U0571155

上海之吕碧城

北京之呂碧城

天津大公報之呂碧城

（坐者爲該社總理英華之夫人）

呂碧城集目錄

卷一

文

卷二

詩

中秋後錢塘觀潮遇雨

爲瘞小犬於荒郊悵惘累日賦此

出居庸關登萬里長城

雜感

山行遇雨

秋興

湖上新秋

若有

秋渡太平洋觀太陽升自朝霞映海水成五色矞皇矜麗不可名狀詩以誌之

附樊樊山和作（聖因寄示檀香山舟次觀日出詩漫和三解）

威賽花園賞桂

春閨雜感和康同璧女士韻

九月九日日內瓦紀事

大雪中乘火車升山賞雪步行半里雪深沒脛乃悵然止於茶室脫所濕之履就爐烘之有西人某助予烘履藉談片刻卽乘車下山詩以紀之

卷三

詞

清平樂

生查子

如夢令

南鄉子

齊天樂

前調（荷葉）

前調（寒廬茗話圖爲袁寒雲題）

浪淘沙

卷四

海外新詞

中華書局印行

卷五

歐美漫游錄

倫敦城之概略

國家圖畫館

水晶宫

倫敦堡

議院

英王更衣室

皇家畫院

太子室

貴族院

爵士廊

中央廳

東廊

衆議院廊

旅況

呂碧城集卷一

文

北洋女子公學同學錄序

北洋女子公學成立於光緒甲辰孟冬其時京津一帶雖有私立女學二三皆家塾制度若撥帑備案就地區爲公衆謀者實以此校爲嚆矢焉溯刱設之始艱苦締造將近一載始克成立予忝爲創辦之人承當事官紳推主講席綜理教務傅太史增湘任監督事當時生徒無多祇分二級以國學爲主略輔以普通之學規制科目尙多未備顧衆譽翕然生徒進步駸駸由是來者日衆丙午之春因擇其資質優秀者改設師範一科釐訂課程力求精進己酉七月行卒業禮計七學期間培植成材者僅有十人此其故實緣北方女學未昌肄業者率多隨宦閨秀曾得南方風化之先者而土著之族仍守舊習觀望不前各於家塾自相教斆焉於是此校遂有日本華族女學之概顧宦遊者去住無恆中途輟學實居多數此所以獲與卒業者殊寥寥也然以全體生徒計已足百名之額因相與謀製同學錄

問序於予遂爲述其厓略如此今夫女學關係之要明達之士類能言之予第慨夫吾國女界之黯黮數千載於茲矣外患已深國勢已蹙至是而女學始興始躋吾輩於文明之域美人香草曷勝遲暮之悲諸生其績學儲能將來各出所得以閎教育而迴景運此則人人所當引爲己任不容一隙自寬者也滋蘭百畝播吾道之芬芳畜艾三年療庶物之疵癘爰刋斯錄以爲之券云

京直水災女子義賑會通告

邇者奇災告警大浸稽天黔黎慘逐波臣京畿淪爲澤國序已殘秋未退潢汙行潦地非極緯瞬成雪窖冰巖等三軍之挾纊盼寄寒衣圮萬戶而斷炊待輸義粟本會由海上諸女士所發起本芳非悱惻之懷爲博施普濟之舉警茲洚水漂殘北地蔫支禳彼災氛還借南都金粉惟以廣益集思衆擎易舉爰發通告號召邦媛或擅八斗才華或屬六珈名貴現身說法降棣棣之威儀游藝登場曳珊珊之環佩此在西方彼美早有先例可循揆諸吳越同舟尤屬當仁不讓行見珠光花氣蒸爲天際祥雲鈿股釵頭化作迷津寶筏睹姑射之仙物不疵癘使泥犁之獄

境悉康莊是望聯袂偕來共維義舉此日賢勞備至他生福慧雙修用肅蕪箋佇遲芳躅謹啟

說舞

跳舞爲國粹之一非僅傳自歐美也吾國文化之興基於六藝而樂與焉樂與歌舞常相輔爲用見禮記及各經傳周禮所謂樂師掌國學之政以敎國子小舞春夏習干戈秋冬習羽籥皆以舞列入學科之明證八佾兩階爲廟堂祠享之用又祭祀則鼓籥之舞賓客享食亦如之是且推行於宴會間矣至若祖逖聞鷄項莊拔劍幾於人盡能舞非僅樂師伶工之專技也（今人不自習舞而以舞爲倡優之技誤矣）且用之於喪葬者見山海經形天與帝爭神帝斷其首葬之常羊之山操干戚以舞此與埃及之死舞同爲世界最古之發明亦可異也

西舞輸入中土當在唐代白居易樂府胡旋舞云天寶末年時欲變內外人人學旋轉內有太眞外祿山二人最道能胡旋按今之 Waltz 譯爲旋轉舞當卽爾時楊妃所習也

歐洲跳舞導源於古代希臘羅馬普徧於近世各國其中以西班牙俄羅斯人擴充而發展者爲最多約略舉之如 Gavotte, Polka, Menult, Mazurka, Bolero, Habanera, Schottische, Fandanco, Chica, Folias, Jota, Rheinlander, Tyrolienne, Aragonesa, Seguidilla, Zapateado, 等有名目相同而步法略異者有名稱雖異而步法略同者有由一種內而截取之別爲一名者紛紜變化不勝詳究但簡單分之一爲古式舞 Classical-Dance 一爲時式舞 Modern Dance 卽 Waltz Fox-Trot One-Step 等 One-Step 本由 Two-Step 脫胎而出現偶有人仍稱之爲 Two-Step 者實則 Two-Step 現已爲過去之陳跡矣但有步法散見於各跳舞中仍稱爲 Two-Step 此僅爲一種步法之名稱而不得成爲一種具體跳舞之名稱也一爲戲臺舞 Stage-Dance 此本以古式之精神成爲演劇之舞如 Toe-Dance, Ballet, Fantasia 等一爲唐鈎舞 Tango 以演劇之姿勢而又可二人合舞適社交之用但其步法繁多約百餘種練習不易卽習得數種亦難遇舞伴試觀跳舞場中演唐鈎者幾於各自爲式難睹相同者繁復可知其導源則由於俄之 Karsavina, Powlow 等舞此外尙有一種東方舞即 Oriental Dance 乃吾國之古技傳流於西土者姿式極優美詩所謂蹲蹲儛儛手舞足蹈禮所謂旅進旅退憲左致右俯仰屈伸發揚蹈厲猶可想見及之又西方多徒手舞用器舞則創自東方上古執羽籥秦漢以後多用劍如項莊舞劍公孫大孃舞劍等今西方之劍舞曰 Fence

以服裝及姿式而別之者則有假面跳舞 Masquerade 在吾國古時爲儺帶獰惡之假面具以狀疫神卽此類也尋常跳舞以雅馴爲度若身體爲過分之搖顫名爲 Shimmy Dance 或衣極短小儼如裸體名爲 Hawaii Dance 美國跳舞列警察範圍之內 Shimmy Dance 及 Hawaii Dance 爲警律所禁犯者拘捕

右所述各種以時式跳舞 Waltz Fox-Trot One-Step 三種最爲普徧適用按以音樂之節奏 Tempo 則 Waltz 宜用四分之三拍子 Fox-Trot 四分之四 One-Step 四分之二然拍子之緩急可以變用其中最易者爲 Waltz 因其步

法均匀而不繁變間有繁複者非常例也 One-Step 則至簡單所難者惟迅速耳 Fox-Trot 步法較繁然緩而易舉或謂 Fox-Trot 爲美利堅人所創行余留學北美時嘗聞其始爲北美土人（紅色種人）所發明歐人渡美後見土人所爲而悦之效其法而成此式然其步法中固有各種古式演繹混合而成總之人類無分文野本天性而發爲歌舞則同也惟文明愈進則跳舞愈成爲蔚然有統系之儀式迂拘者目爲惡俗每禁戒其家屬勿事學習此無異哀樂發於心而禁其啼笑拂人之性古聖不取舞之功用爲發揚美術聯絡社交愉快精神運動體力若舉行於大典盛會尤足表示莊嚴點綴昇平景象非此幾無以振起公衆之歡抃也

費夫人墓誌銘

夫人姓費氏諱佩莊字曰叔嫺吳江人也父諱延釐詹事府右中允篤行君子爲世推重母陸氏端謹明禮蔣母袁氏有二女故夫人第三生八歲而父歿腹育教誨悉依文母淑質惠心備修四德年十七歸吳縣望族謝氏夫曰景宣字贊臣候

選知府上存適姑旁少支姓堂上問寢愼聲帨之容閨房相倚擅連璧之譽周於戚黨曾無間言越五歲而寡處夫之喪毀容掐膺以至歐血又排折衆紛選宗立後大本以定心力交悴然歸寧母氏笑言宴宴怡柔聲氣若忘其悲昔賢承親以爲色難而於夫人有焉夫服既終母嬰凶疾親嘗湯藥兢兢匪懈禱於神祇以求身代蓋匱三日而母遂不起以頭搏地號慟幾絕繇是甚病猶彊與祭奠奉終依禮家人進藥輒覆其甌曰夐夐弱質視死如歸且窀穸未安何亟求生爲爰及封墓始允擇醫思慕摧傷疾不可爍烏虖哀已其居常也怒不揚聲笑不露齒雝雝肅穆嚴而可親寬以接物和於婢使而類不偕循患不盡弭夫以共姜之潔嬰兒之孝鮑女宗貞順好禮孟姬綢直如髮粹於一身横被彤史宜百祿之攸加尙神察於幾理詎天道而靡常忽莫申乎假紀以宣統三年四月戊寅卒春秋二十六嗣子一行惠卽以其年月甲子葬於吳縣之西跨塘啟謝君兆合焉宜也生不逢辰委化任命凡此金閨之彥含章之倫知與不知流涕相告慕德音之孔膠紹芳蘭之幽思用刻青珉以慰泉壤銘曰

猗歟高門葚茲靈秀㐱髮如雲蛾眉顈首風神淖約匪僊胡逅夙秉詩禮婦道既成相夫專靜紛毋令名和鳴將將宜熾而昌如何隊緒適會其殃持躬絜白援禮自閨周旋進退壹中規巨榰柱公姓譽疑所府粵有靈氛筮焉愬汝窮亦不變敬事威家飭我㤋礪佩玉之儺有艾弗乂椒蘭則萎御物謙僔使令寬密九族咸睦融融泄泄胡先胡後維良作則彼疏而粺式刑坤德性已弗遂聿懷隱憂從容顏色終和且柔言歸定省昕夕綢繆天乎罔極慈蔭遽凋心同鑠解淚若泉流淚猶有竭心胡能瘳含悽寢疾自冬徂春淸和扇序怛化歸眞樹蕙盈晦焱風疾振荄則黴矣播馥揚芬舜華易謝寔隕其年松竹之操孰陵其堅宅身弇晦光於斯文千秋萬禩永奠幽窀

訪舊記

庚申春予客京師嘗以事赴津暇時訪同學女友於某小學校蓋相别已十稔矣驅車入僻巷茅屋土壁與慘澹日光同色小家女三五躑躅於短簷下多著紅布衫足小如縷而泥污殆徧間有挾書袋者卽吾友之門徒也已而抵校屋宇稍整

潔一聲媪應門余投以刺俄頃導予逕至吾友處相見悽然幾不能語風韻猶似當年而憔悴骨立蓋女士以侯門麗質賦綠衣之怨大歸後爲某小學校長非衣糲食與村娃伍斷送韶華於悽風苦雨中已不知幾歷寒暑矣憶昔同學時某年其舅翁持節過津參觀吾校武士控怒馬列隊先至蹄聲載道驚塵蔽空制服肩章金彩燦然之使者一再馳報某公始挈其公子涖止校中諸生排隊迎之行一鞠躬禮女士與焉公子卽其夫也亦木然隨乃翁受參禮同學中有黠者目女士努其脣作哂狀而女士臉霞頳起泛入蝤蠐之雪矣滄桑彈指以今例昔猶夢幻耳傾談移晷惘惘而別歸途尋味爲悲感不已是夕返京寓（時余寓北京飯店）華鐙如雪方張樂跳舞如春潮之漲也登樓入室案頭已積函盈寸匆匆展閱殊少佳訊時將晚膳而形神倦憊不欲下樓蓋入餐室須嚴妝也乃按鈴傳餐入寢室膳畢不易寢衣卽頹然臥案上諸銀器爲燈光反射照眼生纈耳畔隱隱聞樂聲苦不成寐百憂駢集生趣索然如處墟墓曉色初綻卽曳衣起推窗而眺時廣衢如砥尙少行人而電炬成排猶暐暐於宮牆柳影間徙倚之頃率成一絕卽

寄吾友詩曰又見春城散柳棉無聊人住奈何天瓊臺高處愁如海未必樓居便是仙

橫濱夢影錄

一九二二年四月予由坎拿大附船返華道出橫濱偕同舟美利堅婦女數人登岸遊覽時英太子華爾士御駕將臨通衢燈彩繽紛如雲霞四泛彌望無際日政府爲特建行宮鏤金鑿石莊麗無倫余等信步入覽重闕排雲華鐙奪月晚妝倭婦曳錦襜插步搖成隊出入於長墀曲檻間氣象巖貴恍見東方古代文明令人生異感方徘徊間倏一少年趨前款客衣歐式禮服佩金章綴以紅緞小纈儀止楚楚予等告以停泊參觀幸蒙不拒復加引導殊爲感謝該少年操其倭音之英語殷殷詢予行踪暨學業甚詳予略答以肄美術於哥侖比亞此行歸國而已彼出其名刺授予加註住址諄以別後通訊爲請予默念同來者衆彼何不悉與周旋而獨惓顧於予詎所謂脣齒之邦誼應親善耶予年來浪跡天涯盍簪之雅徧於各國惟於東隣缺如此蓋因外交杌隉而私誼亦以隔閡輿思及此不覺徵慨

予等與辭諸美婦中惟一年長者與少年握手爲禮餘皆避去予僅頷首亦卽迅步趨廊外少年則急引手穿檻花（時檻上徧置盆花）招予曰此別未必重逢請一握爲幸予從之塞德爾女士睨予囅然予亦匿笑遂踉蹌出登舟時躡渡板予投其名刺於海默祝曰沉者自沉浮者自浮予某某不友其讐厥後遂忘之迄今已二載乃昨夜夢與家族聚處如舊時篝燈閒話其樂融融忽一僮款扉投以名刺視之則橫濱所邂逅者方詫愕間僮復扛一巨簏入曰此某君所遺也請檢收而箱面之郵劵及旅館之封標皆來自東瀛者啟之內滿儲美術用品尤以圖畫顏料毛筆等居多吾母頓嚴霜冪面怫然曰不肖兒予縱汝遊學竟濫交若此友及木屐兒耶予欲辯而格格莫致一詞家人環視雖不明加指斥但或努其脣或嗤以鼻鄙夷之情有甚於語言者吾母檢點各物一一擲之於地一物一詈而不或爽予惶愧無以自明方窘迫間工廠汽笛齊鳴遂蘧然醒如釋重負追憶曩年情境猶歷歷在目橫濱經地震奇災全境陸沉諒其人已罹此刼予今於寒雨瀟瀟之夜濡筆爲記白骨有知於坼巖硝燼中或亦破涕爲笑乎中華民國十三

年三月三十日聖因書於滬西寓廬

游廬瑣記

余夙慕匡廬之勝於本年七月十四夕由滬附輪前往以竟日疲勞入艙卽寢顧岸頭人語嘈雜苦不成寐夜半啟椗後濤聲汩汩漸催入夢次日向午殘暑忽厲餐堂中電扇環拱竟乏涼飔同舟諸人多就余閒話略與酧答卽入室偃息靜臥片時轉覺涼爽蓋日已夕矣越日舟過小姑山嚲鬢鬟黛秀挺依然憶予髫齡時曾經此處倏逾十載有如楞嚴經阿育王所云每過恆河輒形異昔者非耶又一日晡始抵潯埠宿九江公所荒驛無眠坐視星河漸黯夜四鼓卽乘肩輿向牯嶺進發沿途峻嶺平疇參錯競秀約行五小時許由輿夫指示見余所預訂之旅館隱於山坳翠靄間以爲近在目前瞬息卽至耳詎峯迴路轉歷無數峭壁懸崖該館尚忽隱忽現而不可及也又半時許經一街市乃就山勢所闢者郵電警局及店肆皆備街盡處爲修潔之坦途山色横空清溪不斷路旁球場花圃佈置井然而該旅館在焉館名 Fairy Glen 譯曰仙谷名頗稱也予入所訂之室窗對層

嚮涼翠撲人眉宇乃就榻偃息足不出戶晝聞鳴瀑潺湲間以隔戶之啁啾歐語夜則怪鳥哀蟲互相唱和侍者謂此間安謐可開窗而寢予囑其閉百葉窗蓋旣懔於夜景之淒厲復憶晝間所睹山勢之峻險得毋有所謂山魈者耶雖不迷信固有此感想也昨夜宿溥驛時揮汗如雨今則翠被驚秋不耐五更寒矣氣候因地而別如此。

次晨出門散步門外羣山環拱如屏障相距似僅二丈許山麓爲淺溪天然如城濠溪中怪石堆疊緜亘數里淸泉湍激隨與俱遠山腰石齒嶙嶙破黛痕而呈褐色凹處鳴瀑琤琮瀉於叢篁翠篠間水禽嬌小悠然飛鳴有仙意更行里許則亂峯蒼莽寂無人踪縱目四矚惟嵐影與遠天相映身孤心怯不欲再進延佇之頃遇一樵者因就詢歸途其人欣然爲導並謂此間向多虎患後經西人僱獵者搜捕現已絕跡云行經溪畔予詢此中何來如許怪石其人曰此秦始皇鑿驪山時所移至者復雜以神話語津津若甚有味復行經幾曲峻巘路漸平坦洋樓絢然點綴於翠微間則已抵原境矣予謝別樵者拾級登山徑歸旅館予室前有長廊

裝以玻璃窗左右隔以板壁每室皆如此也顧壁不甚高其上皆通一日隣室西童數人架疊桌椅欲跨壁而入予止之曰勿爾否則余將告知爾母一童答曰吾無畏蓋汝不識我母爲誰我母乃密昔斯台樂耳也予爲失笑乃按鈴呼侍者告以故侍者往該室吁長聲叱之如驅逐鷄犬一陣履聲蹴蹈已羣向林中奔去矣山中陰雨則雲氣騰張山巒悉隱窗外景物雖近咫尺亦漫無所睹輕雲冉冉且由窗入室予每以口吸之蓋吾人已身在雲端也惟秋寒襲人愈形蕭索越日天忽放晴微雲抹空蔚藍無際與朱樓翠嶂相輝映景至明靚氣候亦融暖如春午後予散步山麓山花作藍色嬌豔可玩散於山隈尋而擷之漸忘路之遠近偶一回顧則千峯夕照又易原境矣欲行迷路欲佇立以俟行人既足音杳然而日墮崦嵫倀倀何往悔懼交并方徬徨間忽山麓之翠叢微動一白衣西人款步而出向予致辭曰予睹君於前山爲時久矣君必迷途願爲引導可乎予欣然謝之詢其姓氏爲威而思彼語予時操英語然予固辨其爲德人也伴予至旅館門外並以所採之紫花一握贈予而別

次日午餐時來一肥客挈一美婦氣度名貴光豔照人每次入餐堂必易服裝其衣亦詭麗無倫薄綃抹胸袒其皓腕如輕烟之籠芍藥胸前恆懸寶石亦逐日易之如其色絳則衣裙以及腰帶手帕等皆絳若碧則皆碧矣髻鬟高攏作旋螺狀一日忽髻雲低嚲斜覆其額若有意效予之梳掠者尤饒風致但予較彼實自慚蒲柳耳吾友某君有西方終覺美人多之句可謂知言

歸雲弄暝宿鳥喧晴山窗昏曉倏已十度篋中帶有體操書每晨按圖演習畢即進早膳閱書報然後梳沐入客堂午餐飯後假寐習以爲常是日午睡起天氣和暖乃易單衣出遊甫行至綠陰交蔽之石逕（由旅館下山之路）覺涼飔嫋嫋砭人肌骨乃復返取黑絨大衣披之而出遇威而思於門次蓋爲謁予來也遂同行溪畔於途間談話抵御碑亭止而小憩已暮山凝紫一丸赤日豔如火齊漸匿於濕靄間返射作奇彩威而思囑予注目視之時丹輪尙餘半規其墮力甚速倏乃無睹予慨然曰是不啻送人易簀也我亦何樂乎視此然彼固萬刼不磨者伊古以來先我輩來此憑眺者不知幾千萬人皆逝而不返矣威曰君言固當然何

感慨之深也時歐戰方啟威而思日盼捷音而不知德意志帝國之命運同此將沉之旭日耳予與辭威仍送予返寓

陽歷九月半計予別滬寓亦已半月矣是日威而思約予出游予辭謝之向晚天氣沉霾亦猶予意之不適未進晚膳頹然就寢次日偕同寓俄國茶商高力考甫游鹿嶺其地風景幽絕石壁崚嶒疊爲平坂飛瀑緣之曲折而下凹處積瀦成池清澄澈底亂石槎枒間則激爲雪浪瀉入松陰作琴筑聲山顛陡峻如矗筍有數人攀陟而上以遠光鏡遙矚予等並吁長聲呼高力考甫彼亦吁聲答之且告予曰若輩皆俄國教士也俄而踞山顛者發爲長嘯高力考甫亦歌以答之相距雖遠聲浪爲空氣所傳亦頗清朗是足見西人之善於行樂矣予等旋取逕返寓晚餐後予與旅館司賬愛格德夫人閒話高力考甫來索紙筆就案頭作書愛格德故以肘觸之阻撓爲戲且語予曰彼乃作情書也予不覺失聲而笑愛格德曰汝笑何爲詎以彼年老不應作情書耶予頓悔冒昧乃亟辯曰否予乃笑汝之善於雅謔耳愛格德有幼子年甫七齡憨而多力每見予則拖曳而走强與嬉戲予力

不勝則隨之往一日奪予妝鏡予恐其碎之也力持不與鏡有機括予左指適夾機中彼力闔其機指如被箝痛甚予呼其釋手不顧也乃以右拳痛捶其首始釋去而予指腫且破矣恚極奔告其母戒以後不許入予室彼雖不敢入然每遇予必拈糖餌舉示呼與嬉戲

久客傷時感事無以自聊聞有三疊泉者風景最佳擬游畢即作歸計黎明備餱糧登輿出發其先天尚晴朗惟涼風颼起已而濕霧騰漲數尺外昏無所睹初行皆土山徧草萊而乏喬木間有黃菊玉簪花等皆瘦弱不茂以所處高寒故也更進則爲石山峻峭可怖所履皆欹側之石無尺寸土益以濕滑而寒風愈厲霧氣着人眉髮凝如微霰輿夫等頗能履險如夷予心悸不已默念萬一傾躓則頭顱碎矣山童無叢莽惟短松疎然生於石罅夭矯各具姿勢如日人所售之盆景頗可愛也約行半日許始抵一寺疊石爲屋僅堪容膝輿夫等羣入廚爲炊予爲風寒所襲頗感不適就佛堂假寐已而僧來禮佛膜拜誦經且擊磬焉因室小相距咫尺梵音直貫耳膜因自訝曰吾身何爲在此詎夢境耶四顧亂山積礫荒渺無

垠一西人面白皙微有短髯因兵敗國破犢而自戕由巨石躍下頭顱直抵於地有聲砰然卽委身不動蓋已暈矣須臾勉自起立予視其顱凹陷蓋骨已內碎而皮膚未破予知其已無生理欽其爲殉國烈士也乘其一息尚存之際遽前與握手爲禮其人精神立煥且久立不仆予訝之因問曰汝將何如者意蓋謂生乎死乎其人答曰我爲汝忍死須臾言甫竟血從顱頂泛出鮮如渥丹予大駭立時驚醒則一夢耳輿夫來問欲觀三疊泉否距此已不遠矣予曰天尙未霽白霧迷漫卽往亦無所睹日暮途遠宜早歸也乃復忍寒下山薄暮抵寓或問此遊樂乎予惘然無以爲答次日卽理裝返滬

謀創中國保護動物會之緣起

予髫齡寓津見滬報紀伍廷芳氏之蔬食衛生會卽函陳衛生義屬利己應標明戒殺以宏仁恕之旨伍公覆函謂原蘊此義惟恐世俗斥爲迷信佛學故託衛生之說以利進行云云予頻年役形塵網計畫屢輟主義未遷戊辰冬閒居瑞士偶於倫敦太穆士報見有皇家禁止虐待牲畜會之函心復怦然立卽馳牘討論遂

決計爲國人倡導並舉該會概畧以資借鑑將來或與聯合俾臻實力現雖謀設於中國而成效期於世界無畛域之限也

按皇家禁止虐待牲畜會 The Royal Society for the Prevention of Cruelty to Animals 創於一八二四年六月爲世界最先保護動物之機關總會設倫敦分部數百徧布於世界文明開化之區始創者爲白儒穆 Arthur Broome 及馬丁 Richard Martin 二氏以及同志數人歷經種種困難阻力百年後基礎始臻穩固當一八二二年以前世界無論何國未嘗訂保護禽獸之法律是年由馬丁氏艱苦運動始由立法會議正式通過又二年該會亦告成立然僅具毅力而乏基金諸同志百折不撓始終維繫迨一八三五年女皇維多利亞加入聲勢爲之一振時女皇猶韶齡之公主由是皇族入會聯翩不絕以迄今日此皇家命名之所由也一九二四年六月開紀念會二十三國代表蒞焉刋有爲禽獸百年之運動 A Hundred Years' Work for Animals 一書由總會倫敦吉民街 Jermyn Street 一百零五號發行每册價七先令六便士云至該會之辦法雖未提倡完

全戒殺但宣言以禁止虐待爲消極以增進一切仁慈爲積極刋行書籍散布傳單尤注重學校教育改造青年對待禽獸之意見偵察有虐待禽獸者爲依法起訴設文明新法推行於屠場俾屠時禽獸失其知覺而無痛苦此其大概也予今謀創之會則更進一步以禁止虐待及鼓吹戒殺同時並行倡言無諱爲根本之挽救考吾國經傳間有思及禽獸之説成湯之開獵網宣尼之遠庖廚聞其聲不忍食其肉大夫無故不殺羊等皆示限制而戒恣殺但無貫澈之主張蓋未根本明瞭殺生之有違道義也迨佛教東漸戒殺之説始嶄然成立惟以其發源於宗教儒者弗取遂致正義湮沒間有本乎良知附和其説者反遭鄙視笑爲迷信斥爲佞佛而不知佛教一切人我衆生平等願力之宏道義之廣猶儒家之止於至善有過之而無不及實互相印證亦何可鄙之有予不求因果之報不修淨土之宗惟以佛教集戒殺之大成闡文明之眞義心實服膺故予綜攬羣言首宗其説焉次則推崇美總統林肯拯救黑奴之績及感於史遷游俠之傳皆抑强扶弱純然發乎義憤而無所自私道德之定義惟無私者永立於不敗之地而亦感

人最深予慕游俠非欲效朱家郭解之行也惟本其抑强扶弱精神欲救世之不克自救者黑族昔未開化等於禽獸而林肯救之禽獸天賦缺憾無力自救而釋迦牟尼悲之予内省良知遠契諸先覺徽旨爲彼喑啞無告之動物呼籲於人類對物類之暴行誤解不憚辭而闢之善哉英國禁止虐待牲畜會之宣言謂欲造成公衆之新觀念 to create a new public opinion 夫吾人恃强淩弱恣殺他類以利己而不恥者皆原始觀念之誤則改造觀念洵爲必要之途徑茲擇舊觀念之誤點如左

(1)誤認禽獸爲天賜吾人之食品　弱肉强食乃事實所演成非公理所特許試思吾人有時被猛獸如虎狼獅豹等吞噬或被蚊蝨等蟲吮吸膏血吾人亦承認爲天賜彼等之食品否

(2)或謂人類如不殺禽獸則禽獸將繁殖聚而食人　人爲萬彙之靈智勇兼全畏爲禽獸吞食無法防禦非愚卽妄禽獸本不食人凡方齒之獸（其齒與人相類）天然食芻非食肉之類其特種之鷙禽猛獸自應以特別方法處之卽或聚

而殲之以減其種族亦較助其繁殖徐爲無盡之慘殺以供食用者其仁虐之分猶相去億萬里也

(3)或謂肉品及齒革羽毛之豐富捨棄爲可惜　世界萬物供給人類之用已至豐富何必貪婪無厭以慘殺求額外之需且科學精進一切天然物多可以人造品代之如人造絲已大著成效歐戰後德國一切食用等物之匱乏者幾悉以人造品代之此其明證也當白種人販賣黑奴時代黑人之生命幾與牲畜相等設屠食其肉未必不甘於牛羊其髮可製氈毯其骨可製器物苟無林肯義師之戰黑人之髮革齒骨或且入工廠爲大宗之原料一旦廢棄不亦視爲可惜耶

(4)或謂動物非我族類不得以人道論　荀卿曰萬物異則莫不相爲蔽此心術之公患也使萬物各私其類各黨其同蔽以成見相爲殘殺則道德不復存在文明永無可期循是以往近則可攫殺隣人以啖所親遠則可越國界捕殺外民以饗所屬凡膚色有黃白赤黑之判眼有深淺鼻有高低之別者皆可袒其所同而殺其所異此與白人販賣黑奴之心理猶五十步之笑百步乃親疏之計非一視

同仁之旨況同此血肉同此感覺惟以形貌之異遂擯諸道德矜憐之外以彼之痛苦流血饜我口腹之快利用之私悍不動心靦不覺恥此豈以文明進化自詡之人類所應有之態度耶使此穢德腥政與天地相悠久則吾寧願此瓌麗之地球及早陸沉以滌亘玷四大皆空萬有寂滅之爲愈也

英國禁止虐待牲畜會有百年之運動始微著成效吾人欲謀範圍較廣之組織應預爲千年之運動吾生有涯世變無極惟以繼續之生命爭此最後之文明莊嚴淨土未必不現於人間雖目睹無期而精神不死一息尚存此志罔替吾言息壤天日鑒之凡吾同志盍速興起

致倫敦禁止虐待牲畜會函

親愛諸公請准予提議數事以備參考因公等乃同情於可憐無告之牲畜者（一）吾人類誤於强權卽公理之謬說認牲類爲上帝賜與人類之食品譬如因特別情境吾人或被野獸如獅虎等所呑食或被蚊蝨等蟲所吸吮吾人豈承認乃上帝賜與彼等之食品乎由是而論人類之殺物類純出於以强欺弱豈有他

哉予認此事爲世界文明重大之羞恥當美國故總統林肯氏因救黑奴而開戰之前白人之視黑人與牲畜相類殆不自知其謬恰如今者吾人之殺物類同一誤解也如諸公欲完全貫澈公等之主義應勸導人類完全停止殺害物類

(二)予不鼓吹人道之仁義因人之有口能言有手能寫無俟予之嘵嘵予但爲處於世界悲憫矜憐之外之物類籲予爲中國女子夙受吾國至聖先師孔子之敎以爲殺生縱不能完全停止亦應予以限制當吾國周代天子無故不殺牛大夫無故不殺羊士人無故不殺豕屠牲必先說明事由如因國慶宴饗等節典先期須請允許證彼等日常食品穀糧蔬菜而已(三)人類因疾病入醫院受手術時先用珂羅芳伊塞爾等迷藥獸類同此血肉同此痛苦與感覺予以爲此等手續應由立法會議正式通過用於屠場但屠場殺牲日以千萬計用珂羅芳等藥未免太昂當歐戰時德軍用毒嘎斯薰斃敵人據聞受者立時昏迷無鋒鏑槍彈激刺之苦倘屠場採用此法較用藥爲經濟或用電氣及他種方法諸公如潛心研究不患無盡善之法也汝之忠誠者呂碧城謹啟一九二八年十二月十一日

倫敦禁止虐待牲畜會覆函

親愛女士予等謝君惠賜有興味之長函但君顯然未知本會因人類殺牲爲食品事已有多年之運動予欣然奉告予等現有毫無痛苦之方法使牲類失其知覺其法係以無子彈之彈藥包射入腦中此法現已由多數之屠戶自由採用其未採用之城市則由地方會議强迫施行在蘇格蘭已正式訂爲法律施行全境予等希望此法或相類者於本國（指英倫）不久亦將由立法會議通過云予等奉寄本會所刊各種書册當爲君樂於披覽也汝之忠誠者總書記費奸穆讜啟一九二八年十二月十四日

按予曾將此事與一美國女友談及據云伊之鄉里芝加哥城已採用免除痛苦殺牲之方法其他各大都會諒亦多採用者吾國地廣民衆駕乎歐美竟任野蠻殘忍之屠刀流行數千載吾民子孫繁衍皆由無量數之痛苦飼哺流養而成卽此一節較諸歐美已多愧色至希國人使中鼓吹俾吾國文明得與各大國同躋一等之程度而勿遺羞於世界也

致美國芝加哥屠牲公會函

諸位先生予聞貴會有最新文明法用於屠場能使獸類失其知覺而無痛苦公等能惠然示我以詳情否予爲中國女子夙矜恤彼可憐無助之牲畜欲免除彼等無必要之痛苦我國疆域如此廣大肉類食品之供給當超過任何國所需之量然而尚未採用屠獸之新法近者予曾函詢倫敦禁止虐待牲畜會彼等復函所呼爲人道文明屠牲法者謂以彈藥包射入腦中使失知覺而無痛苦云云予甚疑之以爲彈藥包射入腦中何能無痛苦又聞瑞士屠牲法係用機架囿拘牛首使其固定不能轉移而後以少許炸藥射入腦中其法與現行於英倫蘇格蘭者相仿予均不能認爲滿意若貴會尚未發明較善於此之方法予提議試用毒嘎斯卽歐戰時所用以殺敵軍者據云嗅之者立失知覺其功用與珂羅芳或伊塞爾相類此法如用之屠牲每次可殺數千其毒祇薰入腦中及吸入肺中而不染及血肉無碍於肉品之供食也此外或更有他法如用電力殺生等倘諸公肯惠然研究此問題自能得盡善之法也此候覆音　最誠實之呂碧城啟一九二

八年十二月廿一日

覆函由美至歐需時一月不克久待先生此函付刊希海內同志提倡戒殺之
餘先倡此說爲急則治標之策雖吾國文明程度相去尚遠然三年蓄艾必先
運動方獲效果跂予望之譯者自誌

上冊

呂碧城集卷二　詩

題辭

樊樊山年伯增祥七律一首

前身合是絳河星，錦織璿璣手不停。花在春風紅間白，命如霜月素憐青。天然眉目含英氣，到處湖山養性靈。自是游仙無定在，莫疑漂泊鳳凰翎。

又七絶八首

第三嬌女玉巵娘，却去瑤池到下方。紫錦函中書一卷，明明翠水白蓮香。

聰明天賦與嫏嬛，記取前生琯朗星。鍊就才人心與眼，爲誰暖熱爲誰青。

香茗風流鮑令暉，百年人事稱心稀。君看孔雀多文采，贏得東南獨自飛。

俠骨柔腸只自憐，春寒寫徧衍波牋。十三娘與無雙女，知是詩仙是劍仙。

花籥粗淺等奴星，漱玉香毫寫性靈。頗有太倉惆悵意，老人無奈牡丹亭。

眈香愛潔儉妝梳，塵拂瓶花伴讀書。乞與肉身水仙號，滿衣香霧女相如。

月明林下見斯人乞取梅花作粉眞夢寐不離香雪海誰知卽是此花身

十嶽名山數往還人從世外想煙鬟謝家柳絮眞成讖流雪迴風天壤間

又詞二闋

金縷曲

姑射嬋娟子指仙家碧城十二是儂名字冰雪聰明芙蓉色不櫛明經進士算兼有韋經曹史玉尺家聲嬌女繼種鯉庭十萬新桃李（君爲余同年呂提學季女年甫及笄卽爲天津女學總敎習）男不重重生女　江南舊識雲英姊寫春風紅梅一卷詩如花美（令姊嘗爲余畫紅梅卷子題詩其上）芍藥清文今重見始信花中有蕊只漱玉風流堪擬料得前身明月是睹聲名碧海青天裏應買貴薛濤紙

鷓鴣天

聖因賢姪續刻詩集屬余題句卽送遊美洲

縹緲飛樓現碧城又玄集比極玄清盤中珠轉光難定卷裏香多蠹不成　絲宛轉玉瓏玲紫簫能學鳳凰鳴祇憐蕙子英靈手獨抱璇璣海外行

又手書二則

碧城賢姪文几晚誦手書知舞衣事已得前途答復吾姪感時惜别發函悵然僕一生爲人所忌是以愛才彌切七十以後忽見清文麗藻不屬冠帶而屬釵笄而又孤鳳高搴滄溟萬里此亦往古才人所未聞也拙句有云天人交忌是才名昔以自傷今復爲吾姪詠矣書中齒及江寧之事此年家應有之義不援則豺矣逑之滋愧稍暇當過談復候文安增祥拜手

按曩年　先母鄉居被匪擄刼時樊公爲江寧布政使遣兵救之得免於難　碧城謹誌

又

碧城賢姪如面得手書固知吾姪不以得失爲喜愠也巾幗英雄如天馬行空即論十許年來以一弱女子自立於社會手散萬金而不措意筆掃千人而不自矜此老人所深佩者也餘事爲詩亦壯心自耗耳僕卜居未定頗碌碌暇當詣談復候妝安增祥拜手

按　先君故後因析産而搆家難惟余錙銖未受曾憑衆署劵余習奢華揮金甚鉅皆所自儲蓋略諳陶朱之學也碧註

費仲深君樹蔚詩四首

用吳梅村題西冷閨詠韻

淡墨輕霜字半斜不因寂寞損淸嘉吳山越水三年別霧鬢風鬟萬里家遙夜高樓憐漢月温暾小几供蠻花粉腔英氣難銷歇綺夢飛騰走錦車

飄鐙銀海豔金蓮雲母屏風斂紫虛醉倚胡妝羽衣舞閒拈斑管蟹行書天涯放曠身無着世上畸零命孰如冰雪聰明蔬筍氣歡場只合算幽居

飛飛南北一鶼雛凈捲春雲絶寸膚善病年光消藥裹伴愁心事託樗蒱千場月下修簫譜萬樹花前蠟展圖海水不波求艾去錦帆無恙飽家姑

不識文鴦與彩鸞援琴聊傍女貞彈牽蘿補屋臨淞水攀桂何人闖廣寒風裏魚書歸未卜霧中豹采隱難看淩波却坐芝田館愁斷家山凍紇干

又二首

華年璧月綺羅輕婁女申申拂袂行道不遠人窮則變天將玉汝底於成班昭肯藉諸兄重蔡琰能傳阿父名一樣藐孤家難日（予亦幼喪父兩姊皆前母出對時略與君同）蹉跎老大媿傾城

覇府旁求想見之畫衣紗幔女人師豈徒氣壓袁盧輩竟有心降沈宋時舊事悽涼話通德神光離合感陳思步虛聲裏無人識閒寶滄桑入小詩

又一首

送碧城之美國

吹雲和笙董雙成耶躡遠游履褚三清耶霓裳獨舞趙雲容耶玉鞭一往李騰空耶子今告我適異國仙乎仙乎留不得此心久逐滄溟去世人那得知其故（借杜句）鳳城歇浦感蒼涼車鳴枕中夢不長戒壇昨夕微風舉大横庚庚畫沙語是誰認得淩波痕僉名鳳紙雙温馨（京師扶乩有仙人降壇詩切君與朱劍霞女士姓名是時君甫偕朱女士至壇畔事見時報懷芬樓詩話）舊時仙侶苦相憶雪中小點驚鴻跡況我癡骨非仙人惜子之去子莫嗔天涯處處花開落去住飄然莫泥著送子爲天河浣紗之行贈子以陽關咽笛

之聲鶴書早寄珍珠字百年會有相逢地

易一厂君順鼎詩七首

集卷中句

化身應自蕊宮來一著塵根百事哀莫怪詞鋒驚俗耳那知香國有奇才

萬靈悽惻繞吟壇絕代銷魂李易安幾輩閨風閒䌁馬獨敎紅粉泣南冠

可堪無女怨高邱思入風雲筆自遒花落花開等閒耳神州無恙忞芳游

除却湖山歌舞外夕陽紅處儘堪憐隔窗誰弄悲婀娜指下秋風起素絃

異同堅白細評量莫問他鄉與故鄉往返人天何所住仙家風度本清狂

疊窗歷歷夕陽明時見驚鴻倩影憑莫話滄桑舊身世天涯腸斷女延陵

花落花開等閒耳幽蘭不分香心死滿庭花雨下如潮三十六天秋似水

讀素手先鞭何處著如此山川爲之起舞讀往返人天何所住如此華年爲之宕氣讀遼海功名恨不到靑閨兒女則爲之敲碎唾壺矣戊午上巳一厂居士又題

又手書一則

碧城主人鑒屢欲走訪皆因俗冗牽率未果歉甚廬山遊記及詩稿數紙均讀過茲送繳祈詧收見解之高才筆之豔皆非尋常操觚家所有也來函論及女子綺語如漱玉之類謂謗之者固爲病狂辨護者亦屬無味韙哉斯言實獲我心矣平日論作詩有四語云性情眞學問博心地淨胸次高鄙人生平一無所長惟日日向心地淨胸次高兩語做去謗者麕集全不放在心上見他人受謗亦然懶殘云那有工夫爲俗人拭涕自己受謗尚不暇辨護安有暇爲他人辨護哉書博一笑亦不妨示人函云勿示人竊猶以爲未達耳稍暇容奉約一談此請著安易順鼎白

按當日致易君函不知因何不欲示人讀竟亦自赧然凡予著作現無不欲示人者可謂見解已達質之易君當謂孺子可敎惜其已歸道山重展遺牋不勝笛韻山陽之感

陳飛公君完詞一闋

沁園春

昨與寒雲公子夜話泛及近代詞流公子甚贊旌德呂碧城女士且言踰日當折柬邀女士與不慧飲集閒樓留此人天一段韻事爲他日詞苑掌故因以女士自刊信芳集見示不慧尋覽一過奇情窈思俊語騷音不意水脂花氣間及吾世而見此蒼雄冷慧之才北宋南唐未容傲眡今代詞家斯當第一矣審其聽性已入華嚴之玄倘更竿木隨身極盡楞伽變相倚其末那融我悲圓靈雲見桃花而不疑香嚴擊竹而忘所知到此无垠得大自在則逢緣而妙觸處如如矣今塡沁園春即依集中遊匡廬一詞元韻爲女士詞像頌託寒雲公子轉致女士豐干饒舌公子又將哂我頭陀多事也

絕代佳人蕙語蘭心玲瓏太深是色身菩薩龍游花外舊家風調鶴在桐陰如此闌干相逢一笑何似神皋緤馬憑禪天事有誰人解得水月惺泠　江山帶淚孤臨把滄海桑田作豔吟便等閒恩怨都成泡昔多生情障又到而今疑鏡

梳春慧鐙思晚俊悟明朝定不禁休憔悴有蓮花胎命共汝空靈

李仲軒世伯經義詩二首

送呂碧城女士遊學歐美

綠蕚瑤華透早春當年絮閣耳斯人謝公嬌女偏憐小左氏芬才獨出新（碧城爲呂公第三女）吳阜相逢投白紵歐風長漸結青萍搴裳雅合榛苓慕有美東西洽比鄰

隔歲涼風待子歸送行霽月爲君輝十洲清夢仙山遠一舸新詩雪浪飛花雨龍天心上悟樓臺蜃氣眼中霏離羣不盡滄桑感秋入銀河影瀋微

徐芷升君沅詞一闋

法曲獻仙音

老學庵筆記稱易安譏彈前輩多中其病意其識解所到必有以破一世浮議不爲所拘攣者惜其論著不傳乃僅以詞人目之也碧城女史遂於哲理慨女學之不昌爲論說以張之理之所據於前哲不少迴護三千年形史中無此英傑餘事塡詞亦復俊麗絕倫殆今之易安居士歟爰拈是

解依集中晚字韻以寫傾頌之忱

鵑血關河燕襟簾幙身世祇憐春晚海角風濤楚㶊吟篋心情倚樓常孄懺不盡金荃恨展箋正神黯　按歌偏喜坤靈扇開塵障張華路不數五丁揮斷彩鳳拍天來耿吟眸一陣撩亂盡淪新思浥鮫綃珠字穿綫願天風度箋叫起鎖樓繁怨

吳子玉將軍佩孚手書一則

接誦惠函及錦集二卷端莊典雅非末流俗輩所能步其後塵足見我黄祀流澤之遠國粹涵濡之深巾幗文章不減於文人學士也惟時局變幻國勢阽危佩孚匡扶無狀過蒙推許益滋愧歉耳祇肅鳴謝順頌碧城女士蓮祺吳佩孚頓首

內廷秘史繆珊如女士素筠詩二首

飛將詞壇冠衆英天生宿慧啟文明絳帷獨擁人爭羡到處咸推吕碧城

雄辯高談驚四筵蛾眉崛起　平權會當屈蠖同伸日我願遲生五十年

又手書一則

素耳文名時深企慕頃來手翰如獲瓊瑤前讀大作久已膾炙人口固名下無虛今觀書法秀逸筆力遒勁大有鬚眉之概想見揮毫落紙時也珊以積勞之軀復爲二豎所侵衰邁已甚年來壯志消磨諸君子文壇角勝自應退避三舍作壁上觀可耳冬至後舊恙復發日來服藥病勢稍減俟痊可當候駕臨快聆雅教也珊如手肅

沈呂生君祖憲詞四闋

滿江紅

歐學東漸知世界女權橫絕占人間高華理想筠清玉潔慕賽精靈詩寫豔羅蘭氣槩刀瑩血問神州巾幗有誰能盟滕薛　囊琴劍訪碑碣棄脂盝攜壺笠喜亞東女士聯翩游展島國櫻花香薜荔梵天貝葉文翻譯看風潮廿紀啟文明今非昔

欽釧英雄向夢裏尋消問息是何人傾璣瀉玉手能代舌螺墨瀋消雕漆硯鴛

針不繡裝花鳥獨莊嚴襟帶說平權風雷激 扶馬背吟殘月立鰲背看初旭鸞九天咳唾飛來珠屑班氏一門傳史稿劉家三妹雄文筆冠大江南北女兒花呂旌德

百感茫茫對大地萬千巾幗歎同羣紡塼霜燭蘭襟抑鬱解縛索將彌勒笑著書聊當天魔哭發狂言紅粉首齊迴淚痕濕 廳獨立文明國史革命文章伯掃粃糠舊說鐙熒漆室綵綫光陰春有脚金輪世界花添福擬人中龍鳳女蘇黃一夔足

半面朱桓似舊識蕉窗剪燭思往事才媛何在墓門拱木 女姪阿同績學工詩今下世十稔矣 鄭氏小同嗟薄命王家名宿餘癡叔恨英雄並世不珠聯碎明月 用三國名賢贊碎此明月句 謝道韞清逾雪李清照瘦於菊願大家鼎立高張繡纛絕頂聰明天所忞嘔心文字人難續看萬家萬本寫銀鉤焚香讀

又手書一則

碧城先生箸席展誦尊集欽佩之至奉和滿江紅四闋卽希指正今日衆客畢

集擬詞至十起十輟亦可笑矣校事決不致另有變局執事爲北洋女學界之哥倫布功績名譽萬口皆碑幸勿介意諸祈珍護復頌著祺　祖憲

樊樊山先生評

登廬山作

絕巘成孤往鸞靴破蘚痕放觀盡蒼翠洗耳有潺湲秋老風雷厲山空木石尊煩憂渺何許到此欲忘言

瓊樓

瓊樓秋思入高寒看盡蒼雲意已闌棋罷忘言憑勝負夢餘無跡任悲歡金輪轉刼知難盡碧海量愁未覺寬欲擬騷詞賦天問萬靈悽惻繞吟壇

崇效寺探牡丹已謝

纔自花城卸冕回零金賸粉委蒼苔未因梵土湮奇豔坐惜芳叢老霸才卻爲來遲情更摯不關春去意原哀長安慣見浮雲變又爲殘紅賦刼灰

天風

天風鸞鶴怨高寒玉宇幽居亦大難紅粉成灰猶有跡瓊漿回味只餘酸早知弱水爲天塹終見靈衣拂月壇悔過蟠桃花下路無端瑤瑟動哀頑

寒廬茗話圖爲袁寒雲題

搴芙擘芷下芳洲誰控文狸續俊遊莽莽林巒寄幽躅滔滔江漢見清流丹青倪米開新畫詞賦鄒枚集勝儔冷眼人間空黼黻寒雲深處自夷猶

重陽和徐芷升見寄柳絮泉訪易安遺址韻

節到重陽已漸寒愧無新句送秋殘西風人比黃花瘦絕代銷魂李易安

附原作　　　徐沅　芷升

漱玉祠荒柳絮寒江山文藁付叢殘衡量異代才人事旌德端應嗣易安

游葛仙嶺次舒省庵韻

煙霞曖曖渺仙蹤招隱人間有桂叢雲意遠涵疏密雨嵐光高受去來風移文早勒北山北避地何勞東海東棋局長安渾不定祇應都付爛柯中

民國建元喜賦一律和寒雲由青島見寄原韻

超然太空

莫問他鄉與故鄉逢春佳興總悠揚金甌永奠開天府滄海橫　破大荒雨足萬花爭蓓蕾烟消一鶚自迴翔新詩滿載東溟去指點雲帆尚在望

和程白葭韻

誰更臨風懺落花枝頭新綠自交加春回大野銷兵戟雨潤芳塍足苧蔴幾輩閒風閒縶馬千秋湘水獨懷沙軟紅塵外天沉醉願祝餘輝駐晚霞

過白下豐潤門見匋齋德政碑有感

寒日悽風豐潤門李陵歸漢有殘魂幾多豎子身名泰畫戟排衙更策勳

訪攖寧道人叩以玄理多與辨難歸後却寄

妙諦初聆苦未詳異同堅白費評量辯才自悔聰明誤乞向紅閨恕狷狂

一著塵根百事哀虛明有境任歸來萬紅旖旎春如海自絕輕裾首不回

附答詩次原韻　攖寧

蒙莊玄理兩端詳班史才華八斗量莫怪詞鋒驚俗耳仙家風度本清狂

翠羽明珠往事哀化身應自蕊宮來天花散後空成色雲在青霄鶴未回

偕朱劍霞女士觀扶乩有仙人降壇詩切予與朱女士姓名感賦一絕

小隔蓬萊億萬年飛花彈指悟春玄瑤池舊侶如相憶乞向愁城度謫仙

附乩仙詩

江上誰家玉笛聲綠波如鏡月華清似聞天際仙人過半擁朱霞出碧城

某歲游春明於寓邸跳舞大會後夢雪花如掌片片化爲胡蝶集庭墀牆壁間俄而雪落愈急蝶翅不勝其重乃羣起而振掉之一迴旋間悉化爲天女黑衣銀縷皓質輝映起舞於空際予平生多奇夢此尤冷豔馨逸因詩以紀之惜原稿散失僅得其殘缺耳

九天閶闔開嵯峨五雲繚繞羣仙窩樂聲陣陣鳴鸛鵝萬靈趨步威儀佗相偕諸姹頎且瑳巫雲婑婧堆鬟鬖西來豔蕊皆曼佗銖衣閃鑠非綺羅織煙縹霧飛天梭履舄交錯相捉搦迴風流雪成婆娑燕尾雙分烏衣窄鳳翎斜展華裾拖（跳舞時男賓着燕尾禮服女則多執鳳翎舞扇）微聞碎佩鳴玉珂更見淺笑生梨渦宜嗔宜喜朱顏酡一釵一弁

同媚嫻天上文鷁比翬翼海中珊樹交枝柯月落參橫舞未已夜闌不管鳴更罷採風鄭衞存豔詞跳月蠻狄多猺娥禮防漸逐世事磨殊方異俗君莫訶（以下殘缺）

附和章次原韻

費樹蔚　仲深

樓臺蜃市寒嵯峨象房寶簟暖翠窩廣場屏風斂金鵝美人十百來委佗細腰微步巧笑瑳珠光花霧高鬟鬖胸胛融入天酥陀銖衣微曳藕絲羅華燈四照穿銀梭似煙非煙勢霞舉蹋臂起舞仙婆娑斯時五音益繁會細旃膩著長裙拖輕軀圓轉鳴環珂舞酣一笑生微渦玉肌無汗顏微酡觀者目眯交媚嫻碧城仙人舞微倦翩然逝矣尋槐柯三更夢覺樂未止欻入枕畔攙靈鼉明朝語我索我詞槩我筆下西方娥我實才盡被墨磨逡巡不報君莫苛君復北游散煩疴溫泉一浴西山阿瑤臺瓊島小止泊長安街畔面玉河壯麗不啻海上過碩人於此詠考薖忽復見獵清興發嚴妝一夜帶面儺（帶面儺出梅宛陵詩西人跳舞有帶假面者故借用之）風雨颯沓水始波儀態壓倒摩登伽我雖未見想像得書來紀夢詞逶迤是夕舞罷曉色綻雪花如

掌落碧莎花中片片玉蝴蜨紛綸高下翻銀荷一猶豫頃現天女細肋有翅依牆埼以翅自掩如蚌螺皓質不許人瞧科雪飛愈急翅背重張翅而起欠且呵銀海光中一振掉左旋右轉娟傞傞不知是雪是蝶是天女是眞是幻是夢魔趙師雄夢見翠羽蘇子瞻夢銘紅蘳是因是想理則那君今好女夢光怪尤覺冷豔脫臼窠君聞此語颦靑蛾家國之感我亦頗入山毛女千年俄誰家庭院作豪舉强顔作劇防人眡掣電一歡能幾何君但呼我春夢婆我乃竦然感蹉跎子猶如此我恁歷九城日夕鬧歌舞詞流爭爲梅郎哦聲伎自古英雄囮文采巨麗旨已訛神仙有無恣般演不憚世有眞仙訶美哉胡樂與胡舞文武蔚跂壯以和游戲曼衍何足道盛衰哀樂音相摩況君深語有關繫不獨身世惜轗軻一歌再歌聲嘈囉願君饑食玉山禾萬事如夢不須覺枕流漱石棲煙蘿收視返聽心不他滄海三換鬢未皤豈惟塵界歌舞散筆墨化盡烟雲多

由京師寄和廉南湖

笛聲吹破古今愁人散殘陽下庾樓强笑每因杯在手傻游恰見月當頭談空色

十詩言近指遠

相禪初證思入風雲筆自遒滄海成塵等閒事看花載酒且勾留

瞥眼韶光客裏過心期迢遞渺關河茫茫塵刼諸天黯嫋嫋秋風萬水波山鬼有吟愁不盡菩提無語意云何欲探百六興亡跡殘照觚稜寶氣多是日遊武英殿觀淸宮諸寶器

鄧尉探梅十首

玉龍噴雪破蒼煙躡屩人來雨後天不惜風霜勞遠道珮環同禮九嶷仙

湖光如鏡山如黛雪簇花團照眼穠闢作美人湯沐邑春風十里畫圖中

山河無恙銷兵氣霖雨同功澤九垓不是和羹勞素手那知香國有奇才

曉風殘雪鬬娉婷萼綠仙姬竟體馨底事靈均渾不省只將蘭芷入騷經

冷眼人間萬豔空前身明月可憐儂人天小刼同淪落羣玉山頭又一逢

十年清夢繞羅浮物外因緣此勝游欲折瓊枝上清去可堪無女怨高邱

清標冰雪比聰明呼鶴青城證舊盟爲感芬芳本吾道山阿含睇不勝情

仙源不讓武陵多疏雪纔抽十萬柯色相窺來銷未得心頭常貯玉嵯峨

筆底春風走百靈安排薦頌作花銘青山埋骨他年願好共梅花萬禩馨

征衫單薄冷於秋，徙倚疏芳且暫留。後夜相思應更遠，一襟烟雨夢蘇州。

探梅歸後謝蘇州朱鎮守使琛甫

管領幽芳到遠林，旌旄擁護入花深。虬枝鐵幹多凌厲，中有風雷老將心。（末用龔定庵句）

贈高麗音樂家吳小坡女士次南湖韻

乾坤蒼莽蘊奇憂，小拓詩壇寄此樓。故國可憐惟夕照，餘芬未泯有淸流。啣杯已自難爲笑，挾瑟何堪更訴愁。莫話滄桑舊身世，神州無恙恣芳游。

梨雲撩夢送輕寒，異地逢春作客難。何處烏衣尋故壘，獨教紅粉泣南冠。閒調宮羽傳新恨，更檢縹緗結古歡。一卷琳瑯題詠徧，錦囊歸去壓雕鞍。

精忠柏斷片圖爲白葭居士題

兩間有正氣，常與木石緣。庸流悲物化，哲士悟薪傳。干莫冶神劍，躍身爐火間。巴蜀有貞婦，化石山之巔。鄂國精忠柏，遺留詎偶然。當時誓報國，祖背忍鏤鐫。今日餘此木，裂跡同斑闌。趙祚三百載，駒逝如雲煙。不見天水碧，猶見萇血殷。是知萬

堅原兩齦豈巾幗所能道

從見人心自怯猶是女兒身奪胎而出

乘重不及一木堅近世道義喪程子悲悁悁拾取且珍襲詠歎追前賢傳誦風國俗懦立貪夫廉斷片不盈尺用以撑中原

偶成

寒夜悄無聲虛廊走風葉忽忽疑有人欲窺心轉怯

和白葭韻

霽色分平野春聲動萬家風高驕燕雀地老蟄龍蛇滄海變方始莊嚴境尙賒空勞夢懷葛晞髮話桑麻

西泠過秋女俠祠次寒雲韻

松篁交籟和鳴泉合向仙源泛舸眠負郭有山皆見寺繞堤無水不生蓮殘鐘斷鼓今何世翠羽明璫又一天塵刼未銷慚後死俊游愁過墓門前

輓季媛

丙辰春季媛由西泠寓書有既感孤寂復苦春寒之句予答之曰值此春寒料峭倦旅伶俜湖水漣漪嶺梅零落小青長往西子何之而乃幽我佳

人於空谷耶云云後予延之至滬爲食客未久以病辭不知所往今聞噩耗愴然有作

吾人憂患生何樂輪爾先參最上乘墨跡尚憐留簿記湖光無復照鬘髻曾慳設醴疏佳客更少分金恤舊朋何處秋墳容挂劍天涯腸斷女延陵

中秋後錢塘觀潮遇雨

濁浪喧豗撼地來英雄遺恨託風雷長空萬馬奔騰後奇陣還成一線排

纔辭月姊謁馮夷小隊裙裾逐水湄楚尾吳頭勞遠道却教神雨送將歸

小犬杏兒燕產也金鬈被體狀頗可愛余去滬時贈諸尺五樓主昨得來書謂因病物化已瘞之荒郊爲悵惘累日云賦此答之

依依常傍畫裙旁燈影衣香憶小窗愁絕江南舊詞客一犂花雨葬仙厖

出居庸關登萬里長城

摩天拔地靑巉巉是何年月來人間渾疑媧后雙蛾黛染作長空兩壁山飈車一箭穿巖腹（汽車穿山而過）四大皆黝幽難燭石破天驚信有之惟憑爆彈遷陵谷萬翠朝

諸詩全是宋人佳境

宗拱一關山巔雉堞長蜒蜿岧嶢豈僅人踪絕猿鳥欲度仍相還當時艱苦勞民力荒陬亘古寃魂集得失全憑籌措間有關不守嗟何益祇今重譯盡交通抉盡藩籬一紙中時中日協約告成金湯枉說天然險地下千年哭祖龍

雜感

雪霽紅樓媚晚晴曡窗歷歷夕陽明隔窗誰弄悲婀娜洋琴譯音也作西來鐵騎聲

華嚴界界現魑魅城社處處跳狌狸勸君可怒君莫怒慧眼觀來只大悲

已無春夢縈羅綺何必秋懷寄茝蘭灰盡靈犀眞解脫不成哀怨不成歡

幾輩清芬掩墓門年時絃誦憶同羣也知帝意憐嬌弱多遣巫陽引倩魂

百折千迴志不銷由來剛鑽琢心苗夜臺莫更愁幽暗胸有光棱萬萬條

未到斜陽已斷魂重來愁絕舊朱門杜鵑啼盡斑斑血灑入桃花不見痕

小樓如故綠窗殘尋徧芳蹤無跡看回首纖腰人不見春風愁煞畫闌干

八月初三可憐夜花猶無影只聞香一彎眉月幽光寂照見儂家山字牆

綃衣待月立香階盼取姮娥玉鏡開一片瓊花瀉幽影要他扶上好樓臺

驛舍初驚景色新沿途插柳襯芳春他時再過應相識也算天涯有故人

春煙寒鎖碧迢迢行盡疏林見小橋啼鳥一聲山寺悄滿厓花雨下如潮

荒園重到幾經春煙柳斜陽百感頻壁上舊詩痕已落那堪重憶寫詩人

紅闌曲曲映碧紗隔窗誰撥金琵琶黄昏雙燕歸來後暮雨細滴牆頭花

楝花香散過東牆疎雨纔晴熱轉長杏子花紗正宜試上樓閒取縷金箱

野藕作花憔悴紫秋波翻浪悽涼碧濕雲一片過空塘含將殘雨歸飛急

山行遇雨

杲日出東方村鷄鳴喔喔一乘小籃輿躑躅行山麓巖花低拂面澗篠長絆足爽氣盪塵胸好景成幽矚東風忽釀陰濕雲捉盈掬雨氣雜嵐煙霏霏滿襟綠瞬已失山巒路不辨咫尺但聞寒猿聲處處相應續猿聲催夢熟夢入棲霞室游興正雄豪忽被山靈叱千巖閑狴犴百鬼帶面目空山獨往時吾道復窮蹙豁然一驚醒四顧猶惕怵雲破漏斜陽奇峯相爭出始知日已晚哦詩爲紀述

秋興

負字易背字何如

宇宙何寥泬天高爽氣多夢魂聞鼓角風雨黯關河詩筆隨秋老浮生共墨磨百年驚瞥電釃酒且高歌

不盡蕭條意登臨懷抱開鳥從空翠落人負夕陽來流水去何急孤雲招未回秋心雖易感秋氣亦佳哉

雲氣連齊魯蒼茫入望賒荒厓毓蘭芷廢澤隱龍蛇暮靄浮千里秋陰冪萬家孤愁正無奈寂寞數歸鴉

棲烏驚不定飛影亂中庭靜夜三更柝寒天一點星霜華蝕樹白竹氣逼燈青漸聽鐘聲動誰家曉夢醒

湖上新秋

湘簟一枕隔鷗波午睡微酣暑乍過風送荼香來別院雨催詩夢入殘荷山眉斂黛如人瘦艇尾迴汀挂藻多誰道秋來只蕭瑟嫩涼天氣轉清和

若有

若有人兮不可招九天風露任扶搖縱橫劍氣排閶闔撩亂琴心入海潮來處冷

雲迷玉步歸途花雨著輕綃夢回更喚青鸞語爲問滄桑幾刼銷

秋渡太平洋觀太陽升自朝霞映海水成五色喬皇矜麗不可名狀詩以誌之

霞彩繽紛徧海天盡迴秋氣作春妍媧皇破曉嚴妝出特展翬衣照大千

附樊樊山和作

聖因寄示檀香山舟次觀日出詩漫和三解　　樊增祥

萬里滄溟一鑑開紅雲捧日照蓬萊靈媧曉御鑾輿出端坐金銀百尺臺

驚倒人間趙馬兒扶輪碧眼赤鬚眉寧知天際乘鸞女獨立蒼茫自詠詩成句

海心山色浴紅檀爭拜中原女坫壇莫把驚鴻輕照影須從麟閣上頭看女士舟抵埠時美國商會以香花一亘來獻之

威賽花園賞桂

招隱今何處微馨引步來空山見窈窕叔世惋賢才近人有評桂爲花中聖賢者密蕊搓金縷

繁英剪翠攷九秋稱絕豔松菊漫相猜

四大原同域名園且寄生（園爲西人所有）冠爲王者貴（西國以桂冕爲尊榮）氣得聖之清正色羞紅

粉天香悟上京芬芳本吾道宜結歲寒盟

春閨雜感和康同璧女士韻

翻手爲晴覆手陰韶華草草百愁侵桃花潭畔行吟過怕指春波問淺深

飛絮飛花徧錦茵色身誰假更誰眞春穠慧鏡多渲染不信靈犀可避塵

英氣飛騰謾綺思亦仙亦俠費猜疑錦標奪取當春賽肯惜香驄足力疲

花在南枝太俊生仙都彈指有枯榮和羹早薦金盤味零落何傷此日情

倦繡惟求物外因自鋤瑤草傍雲根而今蕙帶荷衣客誰識天花散後身

無題二首

又見春城散柳棉無聊人住奈何天瓊臺高處愁如海未必樓居便是仙

迴文織錦苦縈思想見修書下筆遲累幅何曾暢衷曲從來宋玉只微詞

宛轉愁牽億萬絲春來驚減舊腰支枉求玉體長生訣自效紅蠶近死時

新體無題三首

電掣風輪貼地馳遠鳴仙嚮入通逵鵝絨枕上驚殘夢認得蕭娘輦過時
梵語西來更有情頻傳芳訊慰傾城相如早證蟚蜞夢變格簪花效蟹行
挽臂相將蹴麝塵舞衣新試六銖春曇花連理原彈指且向華鐙寫夢痕

蘇甯紀遊詩各一絕

娥虹身世本飛仙神彩常流霽後天件我明妝人似月熟梅佳節雨如煙　蘇紳裳

君韋齋謂予每來吳門必雨

拾翠無從拾墜歡十年幾看六朝山人間何事堪回首莫怪江流逝不還

附韋齋和作四絕句

碧城偕沈女士月華游白下宿惠龍旅舍既知館主爲英籍亟欲移榻而別無佳屋可以棲止不得已居之初闢兩室沈女士堅主去其一以賃資助倡義輟業諸工人乃與碧城分上下床碧城高臥晏然而月華爲蚊齧幾無完膚次晨還滬碧城沿途散金與學子之募捐者復以餘資百元助

賑予爲莞爾戲作四詩次見示詩韻　費樹蔚

一舸中流望若仙凄馨明月滿諸天更無紈扇揮斜日但有風蘆掠晚烟吳江泛舟

草草經行强作歡清矑何事避鍾山雷車散得天錢訖便抵山陰興盡還

身鬬飢蚊不羡仙沈娥此義動雲天如何君作元龍臥綃帳深深芍藥煙

飄燈別館不成歡接淅而行氣涌山未會六朝烟水味但看赤日槁田還

蘇甯旅行詩答韋齋再疊前韻

昔聞縮地長房仙更縮由旬一杵天犟入吳峯同閼損三分金粉七分煙烟雨吳天旅居閼損月華謂蘇州之天茈低秣陵則天高氣爽

桂叢招隱羨詩仙香滿華嚴卅六天待把高鬟雙綰就半籠吳雨半吳烟有秋間來吳門賞桂之約

夷齊甘作採薇仙故國仇讎不共天豈比村姑矜小節露筋祠樹渺秋烟月華之不貲矣廉猶夷齊之不食周粟也甘受蚊嚼大義凜然露筋祠眇乎小矣

青史黃粱各自歡他年佳話紀名山玉成月姊千秋義一枕遊仙夢乍還余食睡未遑與月華作上下床之揖讓

飛鞚掣電自成歡翠掠東窗飽看山漢女湘姚同邂逅偶然劍合便珠還秣陵一宿余即返滬月華亦赴京口

淚滿東南强作歡移文慷慨誓移山點金幸有麻姑爪散盡天錢去復還余以旅行餘貲悉助滬案輟業諸工人

附彭君子嘉和作

奉和蘇甯旅行詩原韻絶句二首　　彭穀孫

慣說吳儂祀水仙雲軿飛下奏鈞天信芳稿本傳抄徧磨盡廷珪萬杵煙

信是詩仙亦地仙俊遊鴻鵠欲摩天金閨自有安危志一爲蒼生洗瘴煙

小游仙

誰將玉帶束晶盤乍見星精出水寒銀縷飄衣秋舞月珠芒衝斗夜加冠徵聲世外成千刼一睇人間抵萬歡自是驚鴻無定在青天碧海兩漫漫

九月三十日夢雲中一丹鳳漸斂羽翮至不可見惟天際一飛艇又忽墜落於鄰宅因之驚醒詩以紀之戊辰仲秋誌於日內瓦

鳳兮鳳兮德未衰九苞燿采垂天來儵然鵬程翔九萬不比孔雀五里一徘徊又如行空騰驤足無勞風人我馬歌虺隤不知是鳳是仙是夢影但覺雲光靉靆青旻開我方神遊兼目送鷁退豹隱胡爲哉生當喪亂今何世丹崦日暮紅桐死鶴鸛猶羞鷄鶩爭鳳麟豈光河圖瑞文翥和鏘一笑逢付與華胥爲游戲色相匆匆轉瞬消飛艎天末遙相繼我猶列子曾御風前塵入夢原非異憶昔揚舲駛太空朝發羅馬夕奧匈俯瞰邦國如結衲橫掠山嶽如轉蓬上界下界白雲海千朶萬朶碧芙蓉豐隆肆威曜靈灼光使目眯聲耳聾機身一葉能遒勁捭闔浩盪穿鴻濛當時疎嬾無詩紀今撫殘爲補未竟工或云斂翮墮艇非佳讖我聞斯語瓠犀粲前賢籀理齊彭殤況屬幻夢難憑驗縱教鎩羽甘爲鳳便使摧機甘爲艦但期天上駐精魂豈向人間論修短

遺興

客星穹瀚自徘徊散髮居夷未可哀浪跡春塵温舊夢回潮心緒撥寒灰人能奔月眞遺世天遣投荒絕艷才億萬華嚴隨臆幻謫居到處有樓臺

柬同學楊蔭榆女士

之子近如何秋風萬水波瀛寰懷舊雨鄉國臥煙蘿吾道窮彌健斯文晦不磨狂吟爲斫地重唱莫哀歌

聞汪瑣居士近耽塡詞

閒煞經綸手商宮按譜嫺詩餘擒藻麗樹老著花姸叢桂羇詞客深篁妒鬼仙十洲三萬里問訊有吟牋君昔贈詩有萬竹斜陽妒鬼才之句

兩渡太平洋皆逢中秋

不許微雲滓太空萬流澎湃擁蟾宮人天精契分明證碧海靑天又一逢

九月六日日內瓦紀事

玉敦珠槃萬象開華燈扶影步虛來未甘驚座流風歇更向歡場獵一回

大雪中乘火車升山賞雪步行半里雪深沒脛乃悵然止於茶室

脫所濕之履就爐烘之有西人某助予烘履藉談片刻卽乘車下山詩以紀之

豆蔻山在何處阿爾伯次雲中路陰霾寒鎖春未來勿放琪花千萬樹不辨南枝與北枝亂射珠光破銀霧有客渾如鶴無春亦見梅天機寸織悉縞素仙山片礫皆瓊瑰我御飛車印鴻雪搴裳欲行雪沒膝小作爐邊煨芋談同憐海上飄萍跡清遊似此能有幾玄都重到亦可喜知在華嚴第幾天側身四顧心茫然光迷銀海通三界須彌浩渺吾微芥散亂天花著我身霏瓊滴粉將同化願化姑射仙姿瑩遺世辟穀聖之清或化玉井之蓮開太華羣芳俱屬鄶以下或化龍女入道坐跏趺縞衣素帔莊而姝嗟我凡骨那能修到此但作冰砂玉屑培護琪花此山裏更祝乾坤長此存虛白倘教染色莫染赤在天祇許見朱霞在地惟應見紅蕚如爲春色到人間莫教染作萇弘血吁嗟乎東瞻華夏西歐美刼餘未見天心悔龍蛇起陸徧中原艫舳横空窮四海瑞雪由來祓不祥排雲我欲呼眞宰

南唐二主之遺

無風自偃若知否西子裙裾拂過來結句不滅劉郎矣

呂碧城集卷三 詞

清平樂

冷紅吟徧夢繞芙蓉苑銀漢懨懨清更淺風動雲華微捲　水邊處處珠簾月明時按歌絃不是一聲孤雁秋聲那到人間

生查子

清明烟雨濃上巳鶯花好游侶漸凋零追憶成煩惱　當年拾翠時共說春光早六幅畫羅裙拂遍江南草

如夢令

夜久蠟堆紅淚漸覺新寒侵被冷雨更悽風又是去年滋味無寐無寐畫角南樓吹未

南鄉子

雨過漲留痕新水如雲綠到門幾處小桃開泛了前村寒食東風別有春　重讀

幽冷

斷碑文宿草多封舊雨墳蝴蝶一雙飛更去春魂知是誰家壞綠裙

常語能奇

齊天樂

半空風簸秋聲碎淒涼暗傳砧杵翠竹驚寒瓊蓮墜粉秋也如春難駐商音幾許漸爽入西樓惹人愁苦霜冷吳天斷鴻吹影過庭戶　年華荏苒又晚和哀蟬病蝶採盡芳緒往事迴潮殘燈弔夢幾度兜衾聽雨伶俜倦旅只日暮江皋搴芙延佇塵黦征衫舊痕凝碧唾

又

荷葉

此等起句非絕頂聰明人不能道

横塘未到花時節暗香已先浮動紺袂飄煙綠房迎曉旖旎風光誰共田田滿種正雨過如珠翠盤輕捧鴛侶同盟相逢傾蓋倍情重　芳心深捲不展問閒愁幾許緘緊無縫越女開奩秦宮啟鏡擾擾雲鬟堆擁新涼乍送看萬綠無聲一鷗成夢還怕秋深水天殘影弄

仙心禪理

又

漱玉猶當遜席斷腸集勿論矣

此詞居然北宋

寒廬茗話圖爲袁寒雲題

紫泉初啟隋宮鎖人來五雲深處鏡殿迷香瀛臺挹淚何限當時情緒興亡無據早玉璽埋塵銅仙啼露皕六韶華夕陽無語送春去　輕紅誰續花譜有平原勝侶共寫心素銀管鏤春牙籤校秘蹀躞三千珠履低徊弔古聽怨入霓裳水音能訴（君所居曰流水音）花雨吹寒題襟催秀句

浪淘沙

寒意透雲幬寶篆烟浮夜深聽雨小紅樓姹紫嫣紅零落否人替花愁　臨遠怕凝眸草膩波柔隔簾咫尺是西洲來日送春兼送別花替人愁

又

百二莽秦關麗堞迴旋夕陽紅處儘堪憐素手先鞭何處著如此山川　花月自娟娟簾底鐙邊春痕如夢夢如烟往返人天何所住如此華年

三姝媚

爲尺五樓主題揚州某校書芍藥片石畫册

花枝紅半吐似人兒亭亭呼之解語怨入將離倩蠻箋留取春魂同住匪石心堅漫擬作輕狂飛絮芳訊誰傳雨雨風風幾番朝暮　莫問珠韉鈿杜悵金粉飄零墜歡無據夢影揚州只二分明月曾窺眉嫵和淚眠香更吟老韋郎詞句腊有葳蕤深鎖小樓尺五

金縷曲

德國狄斯特爾 Diestel 夫人美丰姿工談笑一見傾心相知恨晚據云歐戰時青島陷後家族悉爲俘虜己獨飄流至滬言次黯然爲感賦此闋

剪燭蕉窗底道相逢惺惺惜惜飄零身世等是仙葩來瑤闕莫問根株同異天也忌山河瑰麗多少罡風吹塵刼任春紅揉損金甌碎況我輩那須計　幽蘭不分香心死撫吳鈎邀君起舞且迴英氣一抹瀛波朝曦外遙指同讐與子怕來日萍踪千里花落花開尋常耳只今宵有酒還須醉殘淚拭盞重洗

洞仙歌

秋葵

細入無間

是荆十三娘一輩人語

丹心一點鎖葳蕤涼蕊笑捲宮衣更凝睇伴清啼絡緯瘦蓼疎棠詩句在寂寞閒庭幽砌　露華瀼似水絹染鵝黃入道新妝玉人試可奈倚牆腰幾度西風羅袖斂鬢雲全墜怕金粉飄零易成塵煩畫稿生綃替描秋思

法曲獻仙音

鴉影偎烟砧聲喚雨暝色陰陰弄晚酒興蕭疎詩情寥落探梅只今全懶但翠袖閒欹竹無言自淒黯　吟思偏倚樓頭且舒愁眼風正緊雁字幾行吹斷雪意釀嚴寒漾江天昏霧撩亂雲葉微分透斜陽空際一線更城南畫角低送數聲清怨

又

題女郎看劍引杯圖

綠蟻浮春玉龍迴雪誰識隱孃微旨夜雨談兵春風說劍沖天美人虹起把無限憂時恨都消酒樽裏　君知未是天生粉荆脂聶試淩波微步寒生易水漫把木蘭花錯認作等閒紅紫遼海功名恨不到青閨兒女賸一腔豪興寫入丹青閒寄

拔天斫地不可一世在詞家獨闢一界不得以音律繩之　徐沅評

右詞係兒時所作音律未叶姑從徐君議存之

踏莎行

水繞孤村樹明殘照荒涼古道秋風早今宵何處駐征鞍一鞭遙指青山小　漠漠長空離離衰草欲黃重綠情難了韶華有限恨無窮人生暗向愁中老

蝶戀花

寒食東風郊外路寥落平原觸目成淒苦日暮荒鴟啼古樹斷橋人靜昏昏雨　凝望誰家埋玉處烟草迷離爲賦招魂句人去紙錢灰自舞飢烏共踏孤墳語

鷓鴣天

半桁簾漪盪晚烟青琴彈冷碧雲天井欄梧葉傳涼訊指下秋風起素絃　耽久坐未歸眠桂花搖影露涓涓銷魂最是初三夜一握幺蟾瘦可憐

謁金門

桂

風露洗花滿華嚴界裏三十六天秋似水冷香收不起　誰見靚妝初倚常伴玉釵金蕊良夜羿娥寒不寐一枝和影對

金荃

長相思

風泠泠珮泠泠知是鸞聲是鳳聲紅樓一曲箏　花愔愔月愔愔愁煞鵑魂與蝶魂空庭夜四更

謁金門

春睡起先看陰晴天氣簾捲春空天似水曉雲拖鳳尾　架上亂書慵理且向小欄閒倚鳥踏庭花飛更墜滿枝紅雨碎

稼軒

摸魚兒

曉眠慵起嘒嘒蟬聲催成斷夢翠水濴洄紅蕖萬柄宛然瀛臺也醒後感而成詠

漾空濛一奩涼翠烟痕低鎖淒黯吟魂已共花魂化恰趁蓬瀛清淺覷醉眼認露粉新妝隔浦曾相見穠華苦短只鷗夢初迴宮衣未卸塵劫已千轉　春明路一任蒼雲舒卷倦游回首都倦鸞牋未許忘情處寫入冷紅幽怨芳訊斷怕瘦萼吹香零落成秋苑摩訶池畔又幾度西風爲誰開謝心事水天遠

百字令

排雲殿清慈禧后畫像

排雲深處寫嬋娟一幅翬衣耀羽禁得興亡千古恨劍樣英英眉嫵屏蔽邊疆京垓金幣纖手輕輸去遊魂地下羞逢漢雉唐鵡　爲問此地湖山珠庭啟處猶是塵寰否玉樹歌殘螢火黯天子無愁有女避暑莊荒採香徑冷芳豔空塵土西風殘照游人還賦禾黍

沁園春

丁巳七月游匡廬寓 Fairy Glen 旅館譯曰仙谷高踞山坳風景奇麗名頗稱也縱覽之餘慨然有出塵之想率成此闋

如此仙源只在人間幽居自深聽蒼松萬壑無風成籟嵐烟四鎖不雨常陰曲檻流虹危樓聳玉時見驚鴻倩影憑良宵靜更微聞鳳吹飛度泠泠　浮生能幾登臨且收拾烟蘿入苦吟任幽踪來往誰賓誰主閒雲縹緲無古無今黄鶴難招軟紅猶戀回首人天總不禁空惆悵證前因何許欲叩山靈

句法善於伸縮詞的是填於能手世間無數鈍漢自命夢窗縱使嘔心十萬二年不能道其隻字

鬆於梅溪細於龍洲於

祝英臺近

爲余十眉君題神傷集

背銀釭，拈翠管，秋影瘦荀倩。洛賦吟成，人共素波遠。可憐魂覓帷問釵，尋海上都不是等閒恩怨。　幾曾見瓊樹日日常新，冰蜍夜常滿。贏得情長，那怕夢緣短。瓣香待卜他生，慈雲乞取，好深護玉樓仙眷。

念奴嬌

爲劉豁公題戲劇大觀

文章何用，甚儒經佛偈，今都倦矣。誰譜霓裳傳倩影，贏得閒情堪寄。鞾鬢翹鬟，峨冠鳴珮，色相紛彈指。憑君認取，浮生原是遊戲。　可奈如夢年華，拚教斷送，在梨雲鄉裏。除卻湖山歌舞外，那有逃名餘地。鈿柱疑鶯，珠喉妒燕，海國天同醉。新聲倚處，春魂還被吹起。

陌上花

感宋宮人餞汪水雲事

沈痛至骨

黃絁綰就徘徊猶見故宮風韻玉筋金觴錦字共題幽恨新詞悽絕家山破忍向離筵重聽算傷心千古天教粉黛寫滄桑影　話南朝舊事湖烟湖水猶夢翠華遙引秋黯招提爭似長門春冷興亡彈指華胥耳端讓靈犀先省悵仙源路杳珮環何處斷人天訊

鎖窗寒

胡氏園有感

彩筆搜春鈿車拾翠俊遊空記纔過燈市還約草堂同醉怪年來情懷暗遷繁霜臘蕙香心萎況題襟久散淒涼鄰笛下山陽淚　塵世原如此但愁裏光陰朱顏儉逝月圓花好癡絕兒時心事悵荒園蘿封圮牆殘詩澹墨凋舊字是當時烟柳斜陽小欄休更倚

高陽臺

落梅

仙廚吹塵飛瓊脊夢餘芳半入苔痕細雨輕寒空山鶴怨黃昏勞他驛使重來探

道美人已化春雲㝡無端小劫匆匆粉淚猶新　返魂縱有奇香在悵靑天碧海難覓吟魂綠樹婆娑他時誰認前身斷腸曾照驚鴻影賸橋頭素水粼粼奈春波流去天涯影也難尋

燭影搖紅

有感時事以閒情寫之次芷升韻

絮影萍痕海天芳信吹來偏野鷗無計避春風也被新愁染早又黃昏時漸倚欄角低迴倦眼問誰繫住柳外驕陽些兒光綫　一霎韶華可憐顚倒閒鶯燕重重帝網彌春魂花綴靈臺滿底說人天界遠待懺卻芷愁蘭怨銷形作骨鑠骨成塵更因風散

點絳脣

野色橫空悠然一葉扁舟小詩情多少暗逐流波杳　鷗鷺相看烟月愁淸曉秋光好鯉魚風早十里芙蓉老

又

雲馬風車宵來涼釀天南雨荷衣楚楚可奈秋如許　江草江花依約來時路渾無據萬方多故歸也歸何處

似唐昭宗語

青衫濕

銀屏鳳蠟流寒焰低照綺羅春酒闌人散涼蟾窺戶無限銷凝　人生大抵落花飛絮流水行雲勝儔難聚勝游難再無處追尋

聲聲慢

聽殘臘鼓吹暖餳簫鳳城柳弄輕烟檢點春衫早是換了吳棉啼鶯喚愁未醒錦屏深慣倚懨懨朦朧語問人間何世月地花天　還賸浮生幾日儘傷心付與淺醉閒眠無賴斜陽爲底紅到樓邊繁香又都吹盡費氷毫多事題箋人空瘦到明朝怕啟繡簾

陳君衡所不能到

清平樂

誰家廢墅舊日藏春處曲院迴廊深幾許只有斜陽來去　孤吟幽境閒尋展痕一逕苔侵秋筍瘦穿石罅老荷高過橋陰

史梅溪換巢鸞鳳之嗣音也

踏莎行

野逕雙灣清溪一角涼飈颯颯生蘋末烟波直欲老斯鄉可能容我荷衣著　鷄白棲塒豨知歸柵村居惟羨農家樂水田百畝蕩秋香今年蓮子豐收穫

浣溪紗

簾幙春寒懶上鈎芳塵何處問前遊澹烟輕夢思悠悠　珠箔飄燈人影颭桃花糝逕馬蹄愁黃昏風雨徧紅樓

高陽臺

鶼簃感舊記爲芬陀居士題

夢警鸚翎誓銷鐲墨情天初換滄桑碎語重題殘編淚浣秋緗循環哀樂君知否證寃緣先有歡場試衡量一寸温馨一寸淒涼　人間已苦三秋永況蕊珠兜率仙曆春長憔悴花魂料應常倚啼妝文簫不怨分鸞鏡怨封侯輕誤蕭孃黯前塵海水東流舊恨茫茫

賀新涼

除敘葉閑專前
軒分渡不羊
寶桃一得于

西陵

古檜生雲氣鬱葱葱觚棱煥彩層巒拱翠霸業而今銷何處滿目蒼涼無際算一樣森嚴聖邸白髮殘兵司香役導游人一逕穿幽隧排戟影已全弛　高風豔骨梅根瘞指西泠孤墳片碣寒馨薦水爭似陵宮峨天半瞰鄂窺荆百里倘萬世嬴秦傳繼拓隴開阡收羅盡遍神州禹甸無閒地民戶小難盈咫

祝英臺近

緺銀瓶牽玉井秋思黯梧苑蘸淥搴芳夢墮楚天遠最憐娥月含顰一般消瘦又別後依依重見　倦凝眄可奈病葉驚霜紅蘭泣騷畹滯粉黏香繡屧悄尋徧小欄人影悽迷和烟和霧更化作一庭幽怨

浣溪紗

殘雪皚皚曉日紅寒山顏色舊時同斷魂何處問飛蓬　地轉天旋千萬劫人間只此一回逢當時何似莫匆匆成句

蘇幕遮

吳城小龍女復見於今瘂作青蟲也褪花蝴蝶向以爲佳見此覺秋餘意淺矣

擬周美成

理鵾絃移雁柱欲訴琴心心事成灰炬浥透鮫綃痕萬縷淚雨何時晴到梨花樹誦騷詞吟洛賦豔殢香頑那信嬋娟誤一點春魂無著處便化蛾蠶也門長眉嫵

浪淘沙

擬李後主

蘚綠蝕吳鈎舊恨難酬五陵辜負少年遊筆底風雲渾氣短只寫春愁　花瓣錦囊收抛葬清流人間無地可埋憂好逐仙源天外去切莫回頭

醉太平

憶梅

綺窗醉凭南枝夢尋雲荒翠冷巖扃寫淒迷古春　鉛華半勻沈檀半薰美人影隔江潯化烟痕水痕

鷓鴣天

徐與樂之亞匹

七夕

一杼流霞織錦纚小樓涼思到雲鬟鴛針乞巧憐芳序蛛網牽愁恨夜闌　烟彩散露華漫碧空如鏡瀉秋寒天河萬古喧銀浪不見浮槎客再還

瑞鶴仙

賦情悽欲斷正翠袖斂寒碧雲催晚深篁自蓊蒨弄陰霾不放斜陽一綫迴腸宛轉有幾許新詞題徧只生來命薄魂柔早是鬼才先讖　重展簪花小記墨暈微匎潛痕猶茜年時幽怨似夢影春雲變歎飄零病蝶銷殘金粉爲底銖衣猶戀鎮無聊繡譜重翻舊懷頓減

喜遷鶯

遊浙境諸山

屛巒幽敻步石磴轉旋瘦筇斜引籟響清心藥香療肺病起閒身相趁茶花半埋雲霧栽向高寒偏勁天風外泛瓊苞玉蕊落千尋頂　重省空歎我塵涴素衣忍說鷗盟冷楂拾霜紅蘿牽晚翠甚日巖棲纔穩儘憐歲華催晚依舊歸期無準碧

雲杳鎖篁陰十里竹鷄啼暝

浣溪紗

風籟鳴哀起翠條撩人心緒漲秋潮仙源回望轉無聊　去去莫教重顧影行行何必更停橈愁山怨水一身遥

臨江仙

錢塘觀潮

横流滚滚吞吳越風波誰定喧豗崎人重見更無期錦袍鐵弩千古想英姿　九辨難招憐屈賈幽魂空滯江湄子胥終是不羈才風雷激盪天際自徘徊

瑞龍吟

和清眞

横塘路還又冶葉抽條繁英辭樹最憐老去方回（賀鑄）斷魂尚戀芳塵送處　悄延佇愁見唾茸珠絡舊時朱戶蠹牋暗褪芸香不堪重認題紅密語　苦憶前遊如夢翠裾長曳錦襜低舞巢燕歸來雕梁春好非故餘哀零怨寫盡閒詞句更誰見

湘波蘸影襪羅微步春共行雲去　吳蠶未蛻猶牽病緒織就愁千縷釀一寸芳心黄梅酸雨罘罳悶倚倦懷誰絮

綺羅香

湯山温泉

礦爇珠霏硝炊玉濺一勺娟娟清泚泛出桃花江上鴨先知未訝冰泮不待葭吹試纓浣閒看浪起引靈源小鬣娥池洗脂重見渭流膩　蘭湯誰爲灌就也似華清賜浴山靈溥惠不許春寒侵到人間兒女喜湔腸痼疾能瘳問換骨仙緣誰嗣競聯翩裙屐風流證盤銘古意

相傳浴者却疾輕身

百字令

登莫干山夜黑風狂清寒砭骨率成此調

萬峯潑墨漾紅燈一點遥穿幽篠翠袖單寒臨日暮來御天風浩浩湍瀑驚雷篔簹戛玉仙籟生雲表飛瓊前世舊遊疑是曾到　昨日綺閣香温宿酲猶殢誰換炎涼早爭道才華多鬼氣佔盡人間幽悄浸入靈犀凍餘冰繭芳緒抽難了驛程

倦影微茫愁入秋曉

滿江紅

庚申端午偕縵華女士迂瑣詞人泛舟吳會石湖用夢窗蘇州過重五詞韻時予將有美洲之行

舊苑尋芳尙斷碣蝌文未滅石湖外一帆風軟碧煙如抹菰葉正鳴湘水怨葭花猶夢西溪雪春間曾同遊杭之西溪又紅羅金縷黯前塵兒時節　人天事憑誰說征衫試荷衣脫算相逢草草只贏傷別漢月有情來海嶠銅仙無淚辭瑤闕待重拈彩筆共題襟何年月

滿江紅

碧城以端午日石湖泛舟詞見寄賦答二首

樊增祥

雙槳吳波正老去江郎惜別金翡翠南來傳語自書花葉滄海泣乾鮫帕雨碧湖喚起蛾眉月又山塘七里試龍舟天中節　青雀舫歌三疊紅鸞扇詞一闋算菱

清深蒼秀不減樊榭山房

謳越女萬金須值張綸詩一曲菱謳值萬金雪藕絲牽長命縷綠荷風裊留仙褶只天西遙望美人雲長相憶

又

玉水東流淘不盡昆明灰刼驚宇宙將軍之號文雄飛檄河朔鵰張節度九門牆狗共孩兒十嘆魔王五百擾人間天爲赤　天津樹多鵑血長安市多虎跡有朱陽新館通明徙宅楊柳門闌人不到桃花源水誰相覓只北樓重過萬枝燈鈫聲寂君所居北京東樓今爲避兵之所

月華清

爲白葭居士題葭夢圖

人影蘆深詩懷雪瘦迷離如墮空際和水和風洗淨梨雲春膩笑放翁畫入梅花羞莊叟情牽鳳子徙倚對蒼茫天地蕭蕭秋矣　除卻烟波莫寄更不寄人間寄存夢裏墨暈葭痕差見白描高致任晝長茶沸瓶笙儘消受南窗淸睡慵起只莞然爲問蝸蠻何世

呂碧城集卷四 海外新詞

摸魚兒

客裏送春率成此調傷時感事不禁詞意之悽斷也

悄凝眸綠陰連苑啼鶯催換芳序春歸春到原如夢莫問桃花前度吟賞路便咫尺西洲忍卻臨波步多生早悞拚香死心苗紅凋意蕊長與此終古 天涯遠著徧飄英飛絮粉痕吹淚疑雨三千頃碧連穹瀚悽絕雲軿迴處今試數衹一霎韶華幻盡閒朝暮人間最苦待珠影聯躔劈塵驚蹕還引姹魂去

前調

暮春重到瑞士花事闌珊餘寒猶厲旅居蕭索賦此遣懷

又匆匆輕裝倦旅芳塵蠟屐重印軟紅塵外閒身在來去湖光堪認孤館靜任小影眠雲夢抱梨花冷吹陰弄暝歎棼尾春光賞心人事顛倒總難準 空惆悵誰見蕊濃妝靚瑤臺偸墜珠粉閒愁暗逐仙源杳更比人間無盡還自省料萬里鄉

園一樣芳菲褪紇千凍忍只蕙擷淒馨芙搴晚艷長寄楚纍恨

念奴嬌

自題所譯成吉思汗墓記（見所著鴻雪因緣）

英雄何物是嬴秦一世氣吞胡虜席捲瀛寰連朔漠劍底諸侯齊俯（江淹恨賦秦帝按劍諸侯西馳）寗鍘裁花珠旒擁樽異想空千古雙棲有約翬衣雲外延佇　幽窆碧血長湮啼妝不見見蒼煙祠樹誰訪貞珉傳墨妙端讓西來梵語嫠鳳凋翎女龍飛蛻劫換情天譜彤篇譯罷騷人還惹詞賦

相見歡

聞鷄起舞吾廬讀陰符記得年時拔劍斫珊瑚　鄉雁斷島雲暗鎖荒居聽盡海潮悽厲壯心孤

浣溪紗

景色何心說故鄉朱樓依舊見垂楊禁他冶葉不迴腸　鳳翽有聲鏘紫塞燕歸無計認雕梁三千弱水溯中央

前調

色相憑誰悟大千瑤峯無盡浸壺天此中眞個斷塵緣　淡掠煙波描夢影淨調氷雪鍊仙顏一生常枕水精眠建尼瓦湖雪山四照末句用韋齋贈詩

前調

蕙帶荷衣惜舊香夢回禁得水雲涼魚書迢遞訴愁腸　已是槎浮通碧漢更聞人語隔紅牆星源猶自見欃槍得故國友人書訴兵燹之苦

前調

知是仙遊是夢遊春痕依約彩牋收芳塵回首恨悠悠　山水有緣温舊跡釵鈿無地證新愁傷心何獨牡丹侯是日遊故侯爵夫人迪斯黛之舊邸

前調

不信山林可賦閒艷於金粉膩於煙鶯花無賴自年年　碎碾青瓊成蓓蕾亂拋紅豆寄纏綿初禪怕住有情天瑞士境內徧植小朵藍花名長相思

前調

小劫仙都認夢痕淒迷淚雨送芳辰長空何處不銷魂　天際葬花騰豔靄人間疑緯說祥雲人天誰懺可憐春

高陽臺

啼鳥驚魂飛花濺淚山河愁鎖春深倦旅天涯依然憔悴行吟幾番海燕傳書到道烽烟故國冥冥忍消他綠醑金巵紅萼瑤簪　牙旗錦帳風光好奈萬家閨夢悽入荒砧血漉平蕪可堪廢壘重尋生憐野火延燒處徧江南草盡紅心更休談蟲化沙場鶴返遼陰

青玉案

櫻雲冷壓銀漪徧春滿了澄湖面十二瑤峯來閬苑眉痕斂黛霞痕渲雪山也如花豔　登樓懶賦王郎怨回首神州似天遠休道年年飄泊慣隨風去住隨波舒卷人也如鷗倦

江城梅花引

建尼瓦湖畔櫻花如海賦此以狀其盛

搴霞扶夢下蒼穹怨東風問東風底事朱脣催點費天工已是春痕嫌太艷還織就花一枝波一重　一重一重搖遠空花影融波影紅數也數也數不盡密朶繁叢惱煞吟魂顛倒粉圍中誰放蜂兒逃色界花歷亂水淒迷無路通

一剪梅

一抹春痕夢裏收草長鶯飛柳細波柔珠簾十里蕩銀鈎箏語東風那處紅樓別有前塵憶舊遊幾日韶華賦筆生愁長安雲物戀殘秋鈴語西風那處紅兜

陌上花

瑞士見月

十年吟管五洲遊屐水遙雲暝碧海青天猶見故宮眉暈含顰凝睇追隨徧莫避尹邢妝靚又今宵依約水晶簾下夢痕堪印　話前身何許萬千哀怨付與瑤臺笛韻舊譜霓裳悽斷人間芳訊嬋娟共影誰長在祇是坡仙詞俊（但願人長久千里共嬋娟東坡詠月詞也）更低徊怕說桂林疎雨茂陵秋病

蝶戀花

纅盡愁絲兼恨縷塵海茫茫欲繫韶光住悱惻芬芳天所賦蛾眉謠諑甯予妒説果談因來復去苦向泥犂鋪墊薔薇路五萬春華誰與護枝頭聽取金鈴語

好事近

雲氣滿乾坤到此荒寒誰約一寸盈盈小影入亂峯層疊　萬松排翠接遙天天籟也沉寂未忍遊蹤遠去怕詩魂孤絶

滿庭芳

建尼瓦湖畔殘夜聞歌有感

倦枕欹愁重衾殢夢小樓深鎖春寒笙歌隔院咫尺送喧闐想見華筵初散怎禁得酒冷香殘空賸了深宵暗雨淅瀝洗餘歡　愁看佳麗地帷燈匣劍玉敦珠盤怕人事年光一樣闌珊漫説霓裳調好秋墳唱禪味同參疎簾外銀瀾弄晚江上數峯閒

一枝春

深院愔愔破苔痕寂寞獨尋幽逕東風僝僽還共晚煙吹暝縞衣輕曳問誰向玉

欄倚凭驚認作粉魅窺人却是老梅揺影　孤芳素心堪印奈花非解語悶懷難訊疎枝殘雪寒到翠禽都噤低徊往事憶情話小牕燈暈知甚處驛使重逢暗香折贈

憶秦娥

金絲織春衣織就金鸂鶒金鸂鶒舞場初試萬波同睩　舊懽如夢休重說穠華懺盡今非昨今非昨白蓮香裏縞衣參佛

解連環

綺霞瀰漫任盈盈小影水天幽占做幾多畫本詩材把嵐翠閒收湖漪輕剪何處飛仙指風送東溟三萬儘相逢一笑莫論主賓休問胡漢　歸遼待尋鶴夢料滄桑故國幾度催換且蹉跎老我浮生有曉霧蠻花夜霜羌管酒醒今宵怕明月隔簾流眄按清歌寄愁未得寸心自遠

天香

予有周子之癖尤愛蓮之白者漫遊歐美未見此花倚聲以寄遐想

玉質生寒仙裳浣碧年時艷影曾寫瀛海春空湘皋佩杳未許胡妝傚借相思何許祗夢與淒馨同化三十六天如水瑤笙爲伊吹罷　嫣紅自搖晚樹送新涼菰蒲雨灑京洛幾人尋句競聯吟社惟怕何郎漸老但粉淚盈懷暗傾瀉煙月微茫凌波去也

玲瓏四犯

建尼瓦之鐵網橋

虹影斜牽占鷲嶺天風長縷輕颺誰鍊柔鋼繞指巧翻新樣還似索挽鞦韆逐飛絮落花飄蕩任冶遊湖畔來去通過畫船雙槳　步虛仙屧傳清響渡星娥鵲羣休傍舊歡密約渾無據春共微波往爲問倚柱尾生可懺盡當年情障鎖鏡瀾悽黯迴腸同結萬絲珊網

好事近

登阿爾伯士雪山

寒鎖玉嵯峨掠眼星辰堪摘散髮排雲直上闖九重仙闕　再來剛是一年期還

映舊時雪說與山靈無愧有心期同潔

澡蘭香

蕪城惹賦金谷迷香夢裏舊遊暗引飈輪掣電逝水回瀾猶寫落花餘韻記哀音撩亂縈絃琴心因誰絕軫半摺吟牋篋底塵封重認　還又仙都小寄波膩風柔瑣窗人靜雲鬟蕩影縞袂兜春沾徧杏煙櫻粉最無端艷冶年光付與啼妝病枕問怎把永晝懨懨艱難消盡

菩薩蠻

舞衣葉葉餘香在歡場了卻繁華債往事夢鈞天夢回清淚淹　疎枝霜後柳病骨如人瘦來歲柳飛綿樓空誰捲簾

六醜

礬銀屏好夢驀別院繁絃悽咽試迴倦眸瀛波涵枕角水遠春闊問幾多金粉大千抛徧賺眾生哀樂穠華苦短憑誰說溝外桃英籬邊絮雪舊時鶯燕能識歎流光草草催換今昨　黃粱乍覺有靈犀清澈待把閒愁怨都懺卻仙蛾破繭舒翼

莫温磨更染艷絲重織望縹緲步虛非隔指碧落別有星寰可許倩魂長托高寒處良夜休怯折芙蓉在手天風外銖衣控鶴

綠意

予喜食新筍海外無此殊悵悵也

春泥乍坼記小鋤親荷籬外尋採市共朱櫻膾佐銀鯽鄉園雋味堪買虛懷密籜層層褪只玉版禪心誰解儘抽成嫩篠新蓀遮斷野溪荒靄　還憶韜光十里綠天導一徑游屐輕快翠亮冰寒洗髓湔腸豈必辛盤先貸滄波不卷瀟湘夢枉遠隔瀛濤流睞問幾人羅袖閒欹消受晚風清籟

如夢令

嵐氣曉來凝黛掩映湖光妍冶輕駛更留痕秋影浪分舟尾欸乃欸乃界破一灣銀靄

前調

近水樓臺歌舞莫辨珠光花霧橋影遠流虹消得晚來幽步歸去歸去紅顫一溪

繁炬

醜奴兒慢

十洲澒洞吾道倀倀何往對滿眼蜃樓花雨那處仙源浪跡遐荒長征不爲勒燕然塵裝一劍霜天萬里羞渡桑乾　夢影依稀宣南燈火江左清談正誰向天山探雪渤海觀瀾來日奇憂東風吹送到雲鬟梅枝難寄鄉心淒黯笛語哀頑

前調

雕欄幾曲月影盈盈初上瀉一抹銀輝如水冷浸花魂悄倚孤梅夜長無寐共溫存惺忪倦眼單寒翠袖香燼慵薰　漏盡更闌幽沉萬籟靜掩千門正遙想歡場春好玉笑珠蠶歌舞誰家華燈紅鬧錦屏人凝情佇久疎林落蕊輕點苔痕

二郎神

楊深秀所畫山水便面兒時常摹繪之　先嚴所賜楊爲戊戌殉難六賢之一變政之先覺也

齊紈乍展似碧血畫中曾污歎國命維新物窮斯變篳路艱辛初步轉日金輪今

何在但廢苑斜陽禾黍矜尺幅舊藏淵渟嶽峙共存千古　可奈鷹瞵蠶食萬方多故怕錦樣山河滄桑催換愁入靈旗風雨粉本摹春荷香拂暑猶是先芬堪溯待篋底剪取芸苗麝屑墨痕珍護

多麗

大風雪中渡英海峽

海潮多形雲亂擁逶迤打孤舵雪花如掌漫空飛卷婆娑落瑤簪妝殘龍女揮銀劍舞困天魔怒颶喑嗚駭濤澎湃鶩槎無恙渡星河正追想阿瞞佳句對酒且高歌休辜負壯觀如此雅興云何　問伊誰探梅故嶺灞橋驢背清哦玩良辰舟浮錦鷁吟寒夜盞挹紅螺迢遞三山間關萬里浪遊歸計苦蹉跎待看取晦霾消盡晞髮向陽阿將艤岸蜃樓燈火射纈穿梭

如夢令

前題

颶捲銀瀧澒勁吹送海天芳信十萬散瑤花人在樓船高凭春冷春冷慵卸一圍

貂領

絳都春

建尼瓦湖習槳

臨波學步試扶上小舟輕移柔櫓弱腕乍揚已覺吟魂消銀浦低昂一葉從洄溯似蘸淥蜻蜓栩栩半灣新漲盈襟紺影悄然來去　休悞煙霞無價供欣賞說甚他鄉我土幾許夢痕濯入滄浪慵回顧仙踪況許壺天住儘水珮風裳容與夕陽正戀瑤峯赤晶認取

夢芙蓉

蔻嶺Caux多紫野花茁於雪際予恆採之遊踪久別偶於書卷中見舊藏殘瓣悵然賦此

纖茁凝奼紫記衝寒破雪嶺頭補綺幾番吟賞褻屐遠遊至素標誰得似繁霜晚菊堪擬高受天風倚嵐光弄靚羞傍髻鬟底　回首林坰暮矣薜老蘿荒夜黑啼山鬼歲華催換陳跡入花史春痕留片蕊琅函脂暈猶膩舊夢重尋但千巖雲鎖

松影墮碩翠

尉遲杯

春駘蕩奈著眼處處成惆悵無端暗引柔絲自把吟魂密綱香心枉費漫閒倚銀屏笑周昉算詞人生帶愁來玉顏空許相抗　征衫倦拍芳塵望朱雀烏衣何處門巷舊苑淒涼更誰見珠淚涴銅仙露掌早料理移宮換羽和海水天風咽斷響任從他羅綺輕盈翠軿花外來往

更漏子　題浣雲吟稿

句如珠珠綴串一一圓姿璀璨哀窈窕惜芳菲自書花葉詩　花開落人離合顛倒夢中蝴蝶癡宋玉苦靈均問天天不聞

翠樓吟

瑞士水仙花多生於陸地然地以湖著名仍與原名契合欣賞之餘製此為頌

艷骨冰清仙心雪亮羞看等閒羅綺柔鄉羇素襪指洛浦芝田雙寄凌波同睇認

玉質金相西來梳洗韶光裏盈盈欲語通詞誰試　恰是羣玉山頭望有娀無恙瑤臺迤邐相逢悲隔世灑千點如鉛香淚首邱容倚寫研粉銀牋花銘同瘞歸無計祇憐辜負故山梅蕊予曩遊鄧尉詩有青山埋骨他年願好共梅花萬稷香之句

風蝶令

煙靄三山遠滄溟萬里迷身非雙翼鳳凰兒已是與天相近與人離　金粉衣難染風花夢豈疑步虛來去幾多時除卻瀛光嵐影更誰知

新鴈過妝樓

旅居雪山之頂漫成此闋

萬笏瑤峯迎仙客半空飛現妝樓一聲新雁哀韻暗引箜篌雲氣嵐光相沆瀣更無餘地著春愁思悠悠魂消冰雪鄉杳温柔　嬋娟憑誰翻影夢素娥青女裙屐風流相逢何許依約羣玉山頭鴻泥無端小印似枕借黃粱聯舊遊閒吟倦但眼迷銀纈寒生錦裯

轉應曲

春晚春晚弱絮輕花飛滿朱樓歡度華年暮暮朝朝管絃絃管絃管底事哀音撩亂

前調

憔悴憔悴嬾向花前迴睇湘臯無限春寒人遠誰聞佩環環佩環佩冷落明珠瑩翠

菩薩蠻

靺紋縐碧波千頃幾痕疏雪摇秋影鷗夢入蒼茫仙鄉即水鄉　輕煙籠晚翠山意慵如睡何處避秦人行吟獨苦辛

長相思

風瀟瀟雨瀟瀟天末秋魂不可招凄涼渡晚潮　醒無聊睡無聊閒倚江樓擫玉簫紅燈影自摇

摸魚兒

遊倫敦堡弔建格來公主

望淒迷寒瀛古堡黄台瓜蔓曾奏娃宮休問傷心史慘絶燃萁煎豆驚變驟薦玄武門開弩發纖纖手嵩呼獻壽記花拜螭墀雲扶娥馭爲數恰陽九　吹簫侶正是芳春時候封侯底事輕負金旋玉璽原孤注擲卻一圓鶯脰還掩袖見窗外囚車血涴龍無首幽魂悟否願世世生生平林比翼莫作帝王冑建格來即位僅九日被馬利女王所殺頭刑先於囚室中睹其夫無首之尸舁過窗外詳情見英史

蝶戀花

彗尾騰光明月缺天地悠悠問我將安托一自魯連高蹈絶千年碧海無顏色

容易歡場成落寞道是消愁試取金尊酌淚迸尊前無計遏迴腸得酒哀逾烈

前調

海上秋來人不識仙籟横空祇許仙心覺小立瑤臺揮羽箑新涼情緒憑誰說

桂影當幃垂簌簌撥影搴帷莫障姮娥矚瀉得銀輝清似淥玉軀合稱蟾光浴

前調

迤邐湖堤光似砑不是湘皐底事爭游冶爲避鈿車行陌野清吟卻怕衣香惹

別浦凝陰風定也蘆荻蕭蕭濠濮閒情寫雙占水天光上下一鳧對影成圖畫

前調

爲問閒愁拋盡否收得乾坤縹緲歸吟袖雪嶺炎岡相競秀一時寒熱同消受

淚雨吹香花落後塵劫茫茫彈指旋輪驟便作飛仙應感舊五雲深處猶回首 瑞義

比鄰雪山火山兩國相望

點絳脣

萬葉鼉風綠天涼鬧山樓雨初收殘暑驀地秋如許 舟塔淩空一點搖紅炬心休怖黝溟黟霧也有光明路

三姝媚

滬友函稱有於古玩肆購得傅君沅叔爲予手書詩冊者珍襲徵詠視如古物事並見之申報予去國時書笥皆寄存滬上此物何由入市我躬不閱遑恤我後惟物主及書者均尚生存竟邀詠歎亦堪莞爾賦此以寄慨焉

芳塵封鄴架記蘭成匆匆錦帆西掛滄海飄零更傷心休問年時書畫尺素僉傳驚掌故新添詩話舊句籠紗翠瀋痕湮粉牋光砑　瞥眼雲煙過也悵脉望難仙浮生猶借片羽人間笑鷄林胡賈早矜聲價知否吟踪尙留戀水柔雲冶還憶家山夢影長恩精舍先嚴築有長恩精舍藏書三萬卷遭家難無一存者

念奴嬌

遊白琅克 Mont Beanc 氷山

靈媧游戲把晶屏十二排成巇嶮簇簇鋒棱臨萬仞詭絕陰森天塹雨滑瓊枝光迷銀纈鸞鶴愁難占羲輪休近炎威終古空瞰　圖畫展偏湖山驚心初見仙境窮猶變惟怕乾坤英氣盡色相全消柔艷巫峽雲荒瑤臺月冷夢斷春風面遊踪何許飛車天末曾絙車懸於電線掠空而行

花犯

建尼瓦湖畔牡丹數枝看花已二度爲題此闋

炫芳叢鞓紅歐碧年華又如此玄都觀裏誰省識重來贏得憔悴已諳世態浮雲

味吟褒懶料理算也似粉櫻三見歸期猶未計　風流弄絕塞胡妝依然未減卻天姿名貴閒徙倚問可是洛陽遷地儘消受鬘花頂禮引十萬紅雲渡海水還怕說祇園春晚宵來風雨洗

阮郎歸

昨宵葉底褪青蟲重來妝更濃三生誰識可憐儂迴身撲落紅　來有影去無蹤相隨過綺叢恨他莊叟夢匆匆翻疑色是空

南樓令

葉落見城廂疏枝恨早霜喜山林乍換秋妝多謝倪郎傳畫筆渲絳赭染蒼黃橋影戀殘陽沙痕引岸長鎖羈愁十里清湘著個詩人孤似雁雲黯淡水微茫

絳都春

拿坡里火山

禪天妙諦證大道涅盤薪傳誰繼世外避秦那有驚心咸陽燧飈輪怒碾丹砂地弄千丈紅塵春翳倦飛孤鶩幾番錯認赤城霞起　凝睇鍋冰斷雪指隔浦迤邐

瑤峯曾寄火浣五銖姑射仙人翔遊袂流金鑠石都無忌算世態炎涼游戲任教燒蠟成灰早乾艷淚

解連環

巴黎鐵塔

萬紅深塢怕春魂易散九州先鑄鑄千尋鐵網凌空把花氣輕兜珠光團聚聯袂人來似宛轉蛛絲牽度認雲煙縹緲遠共海風吹入虛步　年時戰氛重數記龍蛇起陸淚血飄杵望銅標猶想英姿問叱吒茵河阿誰盟主廢苑繁華化夢影淒涼秋雨更低徊綠波素月美人甚處同遊者美國唐麥生君已返紐約

金縷曲

紐約自由神銅像

值得黃金笵指滄溟神光離合大千瞻徧一點華鐙高擎處十獄九淵同燦是我佛慈航艤岸繫鳳羈龍緣何事任天空海闊隨舒卷蒼靄渺碧波遠　啣沙精衞空存願徧人間綠愁紅悴東風難管算路艱辛須求己莫待五丁揮斷渾未許春

光儉賺花滿西洲開天府算當時多少頭顱換銘座右此殷鑒美爲自由苦戰見予所譯美利堅建國史綱上海大東書局出版。

喜遷鶯

得故國友人書謂稷壇芍藥千餘株多金帶圍名種近被暴民集會踐踏無遺爲賦此詞以代傳檄希海內騷人結社招魂以愧暴者兼可爲他年文苑掌故也

杯傳婪尾記滴粉浥脂豐台爭買穀雨吹晴薔枝共晚長恨俊遊難再海壖祇園春好故國雕欄春改馬蹄過問翻階紅艷爾今安在　堪怪張綵幟道是護花刈割同蕭艾芳信將離仙魂不返夢想錦雲飛蓋早知舞衣金縷輸與荷衣蕙帶更鵑哭繞冬青幾樹窀香偸採東陵古蹟亦被摧殘

金縷曲

倫敦快報稱銀幕明星范倫鐵腦 Valentino 之死世界億萬婦女贈以淚眼及香花而無黃金之賻迄今借厝他塋不克遷葬其理事人發乞助

之函千封於范氏富友答者僅爲六函予爲莞爾並賦此闋寄慨

孰肯黄金市歎荒邱蕭條駿骨一棺猶寄知否恩如花梢露花謝露痕乾矣況幻影魚龍游戲人海茫茫銀波外問歡場若個矜風義原慣態事非異　征軺曾訪嗚珂里黯餘春碧桃零落小門深閉舊夢淒迷無尋處消息翠禽重遞算吟債今番堪抵乞取神風東溟送倚新聲好賺悍悍淚虚幕罨夜燈灺

清平樂

尋尋覓覓印徧芳洲跡故國愁雲横遠碧莫問梅枝消息　異鄉消得憑欄身閒便覺天寬野㮴紅迷古堡海棕青過沙灣

前調

亂山蒼茫若個成孤往遠市紅塵飛不上祇有雲光相向　荒寒殘雪無垠卜居誰寄天眞消得翠屏環拱一椽茅屋爲尊

前調

林巒深窅萬綠飛輪峭俯瞰湖光千丈杳洞口一奩低小　兩厓燦錦鋪霞無名

不識蠻花車軌陸懸梯級山田横劃袈裟

前調

錦屏曾隔吳越同舟識花葉誰書傳素翼還待象胥重譯　前番山水因緣今番

槃敦交歡儘狎江湖鳧雁徧瞻今古衣冠

前調

百年飄瞥來去原無着夢抱曉珠歸舊闕一笑水空雲邈　已羞叔世浮名仍羈

滄海餘生哀入江樓倦枕禁他午夜灘聲

洞仙歌

戊辰中秋計予再度去國又二年矣

圓規無恙自乘桴西去二十三番弄消長看蒼茫秋色窈窕冰姿又宛宛來伴客

星同朗　淮南還木落問訊銅仙曾否銜啼淚盈掌故國幾悲懽分付西風掃太

華殘雲來往喜法曲霓裳遠能傳播桂子天香共成心賞

玉漏遲

舊遊迷杜芷採芳重到歲華更替幾曲欄干消得客中閒倚逝水不分今古且莫問滄世何世差自喜吟懷未減一樽堪酹　園林昨夜新霜釀熟柿垂丹晚枇凝翠天際瑤峯還又綺霞微翳道是山川信美可祓得人間疵癘殘照裏高歌海門秋麗

沁園春

時序重逢檢點寒馨東籬又黃悵靈萱堂下曾睽萊綵高椿冢畔莫奠椒漿磨蠍光陰摶沙身世豈待而今始斷腸天涯遠祇孤星怨曉病葉啼霜　家山夢影微茫記擷蔓燃萁舊恨長便宮鷴前面言將未忍風人旨外哀已成傷月冷松楸塵封馬鬣泉路栖遲各一鄉凝眸處但悽風獵獵白日荒荒

慶春宮

雪後

毳幕傳觴雕弧較獵胡天朔雪初乾已霽仍嚴將融又結疎林慣寫蕭閒風裁爭峻指松柏相期歲寒飄零休訴人遠天涯樹老江潭　年時苦憶長安韻鬭尖叉

吟興偏酣官閣梅花梁園賓客夢痕一樣闌珊暮愁千疊擁雲氣橫遮亂山凄迷誰見鴻爪西洲馬首藍關

浣溪紗

處處煙波鎖畫橋夢中猶自倦雙橈仙源長寄轉無聊　欹枕鄉心驚斷雁捲簾秋影見層𡼖欲隨風雨入中條

陌上花

茫茫海水無情東去比愁多少溯到天涯還是燕昏鶯曉紇千何限家山恨夢入吳宮花草又吹殘絮雪上京春晚玉臺人老　數韶光幾許看朱成碧小史華年僉校仙嶼雲煙身世一般縹緲三千珠履飄零盡誰話滄桑天寶但凄涼賸有當時明月夜闌低照

丁香結

夢於友人處見予所繪水墨大士像秀髮披拂現身海中憶髫齡鄉居有以此項舊畫乞爲摹繪者似有其事也

妙相波瑩華鬘風裊一笑拈花彈指記年時桑梓傳舊影醮淥裁緗摹擬黯然尋斷夢夢痕落水驛海溼無端還見墨暈化入盈盈瀾翠　凝思又劫歷諸天暗怯淸遊迤邐塵障銷殘春華惜徧此情難寄遙瀚低掠倦羽自返蓮臺底有菡心靈淨依樣淤泥不滓

望江南

瀛洲好知是甚星寰冠蓋全非如隔世晨昏相背不同天塵夢渺春煙

瀛洲好應悔問迷津蟾影盈虧知漢曆桃源淸淺悞秦人去住兩逡巡

瀛洲好春意鬧湖邊小白長紅花作市肥環瘦燕水爲奩三月麗人天

瀛洲好重賀太平時遠近鐃歌傳綵幟萬千嫠緯泣緇衣哀樂太參差十一月十一日爲歐洲停戰紀念

瀛洲好辟穀餌仙方淨白凝香調犢酪嫩黃和露剝蕉穰薄膳稱柔腸

瀛洲好衣履樣新翻橡屧無聲行避雨鮫絲飛影步生煙春冷憶吳棉

瀛洲好筆硯久拋荒不見霜毫鸜眼燦惟調翠瀋蟹行長繞指有柔鋼

瀛洲好小謫住樓臺身似落花常近水月臨繁電不生輝頑豔有餘哀

蝶戀花

法曲先聞猶隔面繡幙開時一霎橫波亂七寶妝成來閬苑天衣曳處星辰閃優孟風流班宋豔不逞名場便向歌場現舉世滔滔聲色戀燒殘秦火才人賤

望湘人

送征帆遠去孤館悄歸祗憐排悶無計繡椅空時錦裀凹處坐久餘溫猶膩銀褪糖衣灰殘菸尾分明眼底恰匆匆如夢相逢那信伊人千里　紅萼新詞漫擬悵伶俜倦旅歲闌心事聽笑語誰家暖入翠尊芳禊倘逢驛使梅枝折寄冰雪郵程西比西比利亞鐵路不辭化一縷離魂黏入緗苞寒蕊

瑞鶴仙

屐痕侵敗蘚自覓覓尋尋歲闌心眼霜林弄秋絢映蕭疎黃葉素瘢點幹喬松翠晚羨祗許寒禽獨占似宣和畫本偸傳虬影鷲姿重見　還看山眉愁倚淺黛含顰淡妝流眄美人騷畹迨遲暮轉悽豔倘依然綠偏平蕪如此豈必花時堪戀對

西風料理清吟賦情自遠

洞仙歌

白葭居士繪松林一人面海題曰湘水無情弔豈知以寄意南海康更生先生見而哀之題詩自比屈賈而予現居之境恰符此景復以自哀焉爰題此闋以應居士之屬戊辰冬識於日內瓦湖畔

何人袖手對橫流滄海一樸無情似湘水任山留雲住浪挾天旋爭忍說身世兩忘如此　千秋悲屈賈數到嬋娟我亦年來儘堪擬遺魂滿仙源無盡闌干更無盡瀛光嵐翠又變徵上聲遙聞動蒼涼倚晝裏新聲萬松清吹

醜奴兒慢

東橫泰岱誰向峯頭立馬最愁見銅標光黯翠島雲昏一旅揮戈秦關百二竟無人從今已矣羞看貂錦怯浣胡塵　鼎沸依然殘膏未盡腐鼠猶嗔更繡幕閒燒官燭紅照花魂徧野哀鴻但無餘唳到營門迎春椒頌八方爭道木草同新

玲瓏四犯

予徧覽各國名勝獨眷戀羅馬以其多古蹟也法羅羅曼Foro Ro Mano爲千餘年市場遺址斷礎殘甃散臥野花夕照中景最悽黯賦此以誌舊遊之感

一片斜陽認古甃頽垣蝌篆苔翳倦影銅駝偃入野花秋睡儘致殘夢沉酣渾不管劫餘何世看淒迷塵壘蘿蔓猶似綺羅交曳　黯塵空指前游地消凝屧香黏蕊大秦西望蒼煙遠誰解明珠佩重溯故國舊歡記八駿曾馳周轡惹賦情緜邈春痕長暈穆瑤池際（十二世紀時成吉思汗統一歐亞羅馬屬焉）

金盞子

芳禊停修花葉慵書一年春晚憐病蝶依依相婉娩同是夢中虛黯隔簾小影淒迷倚珍叢寒淺黃昏又風雨洗殘梨粉早成秋苑　法曲絕絃按弄繁會哀音儘拂亂禁他曲終易變怕音尾一唱更贏三歎無奈先避華筵當筳歌未散背人處羅帕茜濡漬痕嗁滿

漁家傲

欲避煩憂何所適浮邱挹袖洪厓拍渺渺幽蹤臨衆壑愁千斛雲光磨洗天風濯萬綠自成清淨色玉輝珠媚渾嫌濁峭壁孤花紅一萼標高格祇園羅綺慵回矚

望海潮

平瀾疊翠飛瀧潑雪倚闌長寄心期潮汐循環氷夷恨數晨昏清淚常滋（夜潮由月體吸引）雲葉想旌旗似羣眞蹌濟羽葆輕移舊侶難招佩環何處怨來遲　塵寰小住爲宜望神山縹緲漫寫遐思白柰花零紫蘭人杳蕊宮無限淒迷一樣斷腸時問仙家哀樂世外誰知夢繹天書金字十萬紀騷詞（繹作要解）

月華清

雕影橫秋人煙破暝詩懷一昔催換境入荒寒恰好素襟堪浣和哀蛩新句重商擷晚菊舊情仍戀緩緩向林皋石磴等閒尋徧　何處巫雲吹卷指依樣嶔崎蜀峯攢劍倦旅登臨贏得幾番悽黯怨征樵霜逕初迷問歸獵雪窗誰伴宛宛但蒼龍西走暮山無斷

蘭陵王

秋柳

亂鴉集寫入蕪城秋色隋堤畔一片斜陽紅到枝頭黯成碧宵來夢鬱抑比似眉痕更窄憐憔悴薄黛殘妝付與西風弄梳掠　春華去誰惜憶簾捲紅樓處處煙影朦朧盡是相思縝奈絮朶吹散白華宮怨還憑飛燕認豔迹拾來淚沾臆　悽惻訴飄泊又唱徹陽關魂斷橋側霜條待共梅枝折望故國千里暮雲愁隔歸心何許託笛語問舊驛

憶舊遊

證仙經舊說縹緲三山問是耶非路轉松杉窈恰詩如石瘦境與人離靜參物外禪諦無語會心期正雲戀羣峯青蓮朶朶玉葉垂垂　嵐光瀉濃黛似擘碎琅玕翠髓橫漓漫說衣襟涴便飛來鶴羽也染毰毸軟紅欲避塵夢捨此更何之奈徙倚天風羊公峴淚還暗滋

採桑子

仙情更比人情薄不貸天錢便靳天緣織女黄姑各自憐　騫槎莫向雲濤泛不是星源便是河源星自參商水不廉

卜算子

屏障立莊嚴雷曜爭陰霽松籟泱泱大國風不餒荒寒氣　莫採野花紅且挹喬枝翠古木幽人共一山性理同貞粹

前調

閒趁豔陽天悄訪棲眞處一水盈盈不見舟祇許仙禽渡　門巷落花深嶺嶂春陰聚紅是緗桃白是雲遮斷來時路

前調

祇有斷腸花那有長生藥徐市同舟去海東誰見重還客　紅萼舊詩郵碧漢新蠡測人住塵寰我月球世外通消息

柳梢青

人影簾遮香殘鐙炧雨細風斜門掩春寒雲迷小夢睡損梨花　且消錦樣年華

更莫問天涯水涯孔雀徘徊杜鵑歸去我已無家

月下笛

得汪瑣居士書却寄

吟管搴芳仙裳蘸淥俊遊還再遠游無賴鷗鷺湖邊相待偏人間笙歌正酣冷香杜芷閒自採謝題襟舊侶玉璫緘札賦情猶在　桑田變否試問訊麻姑朱顏暗改渭流脂膩愁渡西戎紅海勸靈源春痕祕留碧桃且莫漂片蕊渺心期又見三山半落青昊外

齊天樂

吾樓對白琅克氷山 Monf Blanc 晨觀日出山頂賦此

曜靈初破鴻濛色長空一輪端麗霞暖鎔金雲蘇瀉玉鬱發天硎新礪氷巒峻倚更反射皚皚銀輝騰綺儘鬬寒暄素韜飛弩惱神羿　鵑聲殘夢喚起繡簾先自捲偏慣凝睇光滿瑤峯春溶碧海慵顧姮娥梳洗羲鞭指怕漸近黃昏短英雄氣影戀花枝斷紅誰共繫

喜遷鶯令

燕啣泥泥渙雪南陌早關情尋芳宜唱踏莎行莫問雨和晴 枝綻花花褪蕚幾日便分今昨今年燈市已前塵何況去年人

玉樓春

人間那是消魂處咫尺西洲成小住翠瀾三面繞妝樓柔櫓一雙搖夢雨 清尊滿引公無渡休向枝頭聽杜宇從教憔悴滯天涯肯說高寒愁玉宇

破陣樂

歐洲雪山以阿爾伯士爲最高白琅克亦堪伯仲其分脉爲冰山餘則蒼翠如常但極險峻遊者必乘飛車 Teleferique 懸於電線掠空而行無軌道也東亞女子倚聲爲山靈壽者予殆第一人乎

渾沌乍啟風雷暗拆橫插天柱駭翠排空窺碧海直與狂瀾爭怒光閃陰陽雲爲潮汐自成朝暮認遊踪祇許飛車到便虹絲遠繫飆輪難駐一角孤分花明玉井冰蓮初吐 延佇拂蘚鐫巖調宮按羽問華夏衡今古十萬年來空谷裏可有紅

妝題賦寫蠻牋傳心契惟吾與汝省識浮生彈指此日青峰前番白雪他年黃土月證世外因緣山靈感遇

惜秋華

和韋齋西溪紀遊之作即次原韻

越尾吳頭認江流玉帶寒漪雙抱金粉正濃欃槍幾番迴照秋山倦倚嚬妝尚依舊雲鬟擾擾（見阿房宮賦）任詞仙醉賞萸風吹帽　前度夕陽老算長房袖裏壺天猶好沙渚淺霜逕曲瘦筇曾到生憐夢影分明憶十年柿圓花小輸了恨吾家紺珠徧少（古有紺珠佩之能記前事）

附韋齋宿虎邱西溪題陳仁先杭州西溪圖原作　費樹蔚

兩地西溪讓臨安獨秀蒼然寒抱孤棹葦間煙嵐玉人雙照人間換劫匆匆算佳處兵塵未擾對秋陰冷落葺衫紗帽　多謝邱園老教開圖認取風光清好淺水畔斜日下十年前到霜紅柿劈銀刀（丙辰於西溪寺中食柿甚甘）但國花拍波猶小（溪中有紫白花浮水面土人呼爲革命花云自辛亥年始有之今必更繁衍矣）休了泛吳艭楝風人少（陳恪勤虎邱詩楝花風裏遊人歇一任閒鷗自往還不啻爲予今日詠也）

木蘭花慢

丙辰秋與老友韋齋及廖公子孟昂同遊杭之西溪頃韋齋寄示新詞述及往事孟昂早歸道山予亦遠適異國棖觸雋句深寓滄桑之感賦此奉和亦用夢窗韻

望家山迢遞遠煙橫黛眉顰儘溯海尋桑看朱成碧欲記難眞荻華又吹踈雪黯西溪無處認秋痕依約前游似夢飄零舊侶如雲　歌殘楚些招魂消侘傺付沉醺怕百年虛度新詞織錦留印心紋未來更兼過平聲去佛說有過去及未來無現在　問芸芸誰是古今人一樣夕陽花影商量莫負黃昏

淒涼犯

斷霞拂霰胡天晚殘年尙弄淒麗山橫玉壘塔明金籀感懷偏異長街裙屐望來去仙仙魅魅似深匡窮探幽秘寶藏去聲待吾啟　除夕三番矣偏征軺採風蒐史錦囊詩料更兼收十洲瀾翠故國今宵問誰酌屠蘇共醉對蠻花自剪燭影照絳蕊

真珠簾

本意

淚華夜夜生滄海捲愁痕遮斷鮫宮縹緲奩底映花枝似霧中催曉顆顆圓姿春暗縮比月影還憐嬌小休惱待銀鉤雙挂燕歸猶早　長恨相見無由道爭如不見餘情難了半面許誰窺但曲終音裊消盡輕寒留淺夢借一斛珍光籠照繚繞又飄鐙細雨閣深人悄

呂碧城集卷五

歐美漫游錄 又名鴻雪因緣

予此行隻身重洋儵然遐往自亞而美而歐計時週歲繞地球一匝見聞所及爰爲此記自誌鴻雪之因緣兼爲國人之嚮導不僅茶餘酒後消遣已也

一 三千年之古樹

自抵舊金山 San Francisco 即聞柯省 California 有三千年之古樹 Muir Woods 爲考古家所欣賞乃賃游車（乃大汽車可容數十人專爲游覽之用）登車後座客已滿御者以一身兼任司機及講演之職講時用傳聲筒游客又多詢究致彼時須回首作答予甚恐其疎忽蹈險（去年四月間巴黎附近此項游車相撞死傷美國婦女八人）予坐適與之竝彼竟請予襄助司機予曩曾開車肇禍今何敢以此巨車輕試該御者少不更事實可譴責然亦可見彼邦女子皆有開車之技矣已而車過金門海峽 Golden Gate 汽車渡海此爲創見蓋以車置巨筏上鼓汽機而行駛入騷撒立途 Sausalito 之境改由鐵路抵蒙他莫立

沛 Mt. Tamalipais 爲柯省名山午餐後與數德人合撮一影即乘山車乃特製以行嶺嶂間者轡亘而震座客大樂相與哄笑抵一叢林濃蔭蔽天緜亙數里衆皆下車步行其樹又名紅林 Red Woods 因其肉質色紅外觀仍綠也樹幹挺矗高拏雲表博物家能察其皺紋核知其壽樹根多十餘株珠聯作圜形徑口約百餘尺其巨可知殆原幹已朽化嫩條所茁皆成巨材根多木菌其形如芝大逾栲栳落葉鋪地厚於氍毹人行其上步履悉深陷仰觀莫見其杪頑青古翠空氣馨蒸游者如入藥爐陶冶立覺却疾輕身之效

金山氣候溫煦因留度歲計三閱月村野間紅繁綠縟豈惟不冬且無一絲秋氣長日恣其遨遊忽爲俗事所擾蓋予因賬款糾葛訟一旅館爲數不巨未延律師因費昂將得不償失也幸獲勝訴收還欠款法庭爲予追償甚嚴不因數小而寬縱署名 Small Claims Court 譯爲小款淸償之署公費一律豁免訴者無錙銖損失而獲實效其制甚善吾國宜仿行之該署設於市政廳 City Hall 壁柱悉鑿花綱石爲之有字示衆曰如於壁上擦火柴一枝罰五十金元因恐吸煙者就

壁取火而致汚痕亦可見其屋宇之精潔矣又如紐約電車榜示曰吐痰一口罰五百金圓或監禁一載或罰鍰與監禁並行亦不許吐痰於牕外云美人好潔遊者所應注意

荷萊塢諸星之宅墅

新年後啟程自西徂東蓋由西岸之舊金山至東岸之紐約第一站先抵羅散吉樂 Losangeles 亦名城之一瀕行之日得識佛革森君亦將往該城者彼於先二小時往予到後即由彼爲部署遊程並代購得荷萊塢 Holly Wood 游劵晨游動物園蓄鱷魚駝鳥甚多鳥能駕車控繮轡於其頸翼載二人疾馳其力與驢等也午後游荷萊塢眼界爲新蓋沿途皆小屋平房搆造精雅錯綜於芳叢綠野間澹冶而饒畫意較之高樓連苑夾道蔽天如居古井深谷者別有天地也一中國戲院方鳩工營造據云價值二百五十萬元餐館數所謂皆銀幕中人所集會者衆星奎聚想見光采沖霄之盛迎面翠峰簇起爲日暉反射艷靄四溢如天后凌虛餘輝散爲寶氣閃鑠於雲霞滃翳間榜大字於山腰曰荷萊塢境 Holly Wood Land 入此以往則諸星宅墅薈萃之區神山樓閣參差起於花陰嵐影間與境外之小屋平疇風景又別峯迴路轉疊見紺宇雕甍簾垂永晝檻鎖穠春一律闃無聲跡凈絶纖塵而異卉嬌禽不知誰主夢境歟抑仙境歟計驅車半日未逢一人未踏一礫可稱莊嚴凈土恨我筆不克曲狀其美但絶無阿好之辭皆紀實耳茲覼舉數宅如左

卓別麟 Charlie Chaplin

門前爲坦潔石逕繚以短垣垣内萬檜森立如春筍怒發雜花抽條覆垣甚密綴英尤繁有春色滿園關不住之概衆綠之杪白屋聳出如一輪皓月高拱雲端氣象嚴貴儼然王者居也

羅克 Harold Lloyd

細草茸綠之塲建以白石之室其樓僅兩層平整雅潔徧張粉霞之幕屋脚植小叢花卉而無樹木如雅儒不逞奇氣如靜女不炫濃妝

賈克枯根 Jakie Coogan

大厦起於廣場草地數方界以白石之逕井然有序門駐巨犖吾人每見此童於影片中初不意其養尊處優有如是也

巴賴乃格立 Pola Negri

白屋覆以絳瓦門前巨圃繁花枝枝挺立層列如波一望無際屋後殿以叢林雍容華貴如富家女

愛琳立許 Iren Rich

白屋徧張綠色牕欞幽蒨娟雅不似演少奶奶的扇子 Laoy Windemers Fan 時之騷辣也

范鵬克 Douglas Fairbanks

白蠣牆紺灰色頂綠草場上有高大之石像作天使鼓翼狀

范倫鐵瑙 Rudolph Valentino

建築古樸而鬱悶宜居者之不壽門牕悉閉廊間尙挂金籠空而無鳥殆有之亦已殉主耶沿堦珍叢淩亂有不知名之異本翹然只作一花色紺而嬌靚爲朶絕

亘但欹側下垂若蘊無窮之悽惡范以藝術成名世人多慕其美然貌亦尋常義國中不乏其儔而湮沒無聞者有幸與不幸之別耳

其餘史璜生 Gloria Swanson 拿斯穆瓦 Nazimova 瑙門塔梅 Norma Talmadge 梅白瑙門 Mabel Norman 諸明星各有其宅未暇一一述及

歸寓後佛革森以電話獻議多留一日作河濱遊當立予否決因於紐約諸事待理赴歐之船期將屆不敢多留也

大坎寧之山景

由羅散吉勒購路券至威廉 Williams 車中信宿復換車至大坎寧 Grand Canyon 該處風景奇麗而名最著下車登山氣候頓寒予披貂氅徘徊於踈松殘雪間腦力爲之清醒惟一之旅館曰愛力陶佛爾 El Torar 高踞山巔外觀樸而內部精麗棟欒悉截松幹爲之不加髹漆綴亘枝蒼松紅葉爲飾畫意詩情悉賫游興斲槎枒松幹爲鐙籠鐙檠映以雪熖晶波袪盡山林荒寒之氣東壁滿懸長槍古劍羅列交叉與西壁羚鹿諸首觭角相對主之者何人乃鎔俠情美感於

一爐極其能事矣平臺以外則大地團圞（實則非地乃如大池羣山起於其中）羣山環拱卽大坎窞也高約八千餘尺面積廣袤二百十七英里山皆赭色爲日光渲染嫣然而紫所奇者其形多方或三角或六角皴痕深刻觚棱疊起如萬塔浮海層層啣接嶄然一線絕不參差綜錯類人工所築疑古之霸者瘏其民力成此巨觀詢之同游者皆謂成之天然決非人力然則造物之結晶歟予立高處攝取一影羣山相對作萬笏朝天狀佳製也是日就山徑之平坦者偕衆驅車作一小時之游僅能覽其概略至探幽矚邃必破十日之晷方臻奇景且非舟車所能通館主欲售以二十金幣之劵爲備騾作二日游且指示山阿有河流蜿蜒如銀線者其旁綴翠斑數點（乃紅山中綠瓦之屋頂也）謂爲旅館可宿其中嗟乎予不乘馬已十年矣曩客京華嘗攬轡於頤和園南苑等處然亦只能馳騁於輦道矧久習媮惰安能再試於嶮巇萬仞之間惟望洋而歎耳

午後觀美利堅土人（卽紅種人）舞蹈該土人卽美洲之舊地主也喪其全境而奴於白種習流利之英語諛詞以媚游客蓋傭於旅館逐日獻技者予觀其膚

髮頗類華人塗赭於面號稱紅種近世考古家每證明華人發見新大陸在哥倫布以前且有謂卽西藏人者今觀此益信而予重有感焉

黄昏散步雪徑與葛柔斯君閒話詰以山形何由如此彼謂係經地震而成予深信之歸寢後此問題仍盤旋於腦如因地震必有迸裂之碎石積於山麓決計晨起再加考察乃次日俯覽山凹澗底淨無片屑復以質問一叟則答以古時洪水衝激水歸海而山裂矣此說較近惜予不諳地質學耳步入客堂見男女多作騎裝裹糧待發自顧弗能旣愧且恨將離此處往芝加哥乃詣車站預訂車位路員某謂毋庸預定有某號車可直達芝埠甚爲簡捷云乃與約定翌日購票及再往僅一少年供職其間叩以路程彼徧檢簿册良久始能作答且謂無通票須於途間换車予疑其不諳路線語頗怨懟彼夷然無忤予轉自慚孟浪彼詢予喜常車抑客車予答以一無所知請爲酌定迨登車見註明爲客車 Tourist Train 第一程先返威廉經鄧佛爾 Denver 計宿三夜而三易其車始達芝埠車中不供膳須俟抵站時下車覓餐館而時限匆迫不暇飽餐换車又多在深夜寢食不安

疲勞極矣同車客謂予本可乘較捷之車直達芝埠於是予益恨爲少年路員所誤後詢之芝埠路員則謂予之幹路總票係由金山預購行經散塔非antafy路線者則枝路之票只得遷就實未誤也當予由金山購總票時路員曾詢欲行何線予無所知惟答以欲沿途風景佳者至簡便與否則未計及矣芝加哥紐約爲世界名城皆舊遊之地雪鴻重印不無惓戀然俗冗無足紀述姑於此紀從略焉

舟渡大西洋　范倫鐵瑙之夢謁

二月十二日由紐約起程赴歐渡大西洋 Atlantic Ocean 船名奥玲匹克O-lympic 重四萬六千噸巨製也船樓六層升降梯三具輪奐宏麗不啻皇居頭等客男女五百餘人於餐室中（頭二三等分列餐室）一律作晚裝侍役亦皆禮服張樂豪飲蓋甫離美利堅禁酒之境予素不善飲爲衆所勸亦勉進少許先二日舟行甚穩世稱風浪最劇之洋竟能容與中流而無所苦雖略感不適但勉隨衆笑謔舞蹈亦得忘之海水黑濁予不敢憑欄觀海惟處舟內俾忘眩暈第三日天氣驟變舟撼甚劇予不克支持偃臥艙室同席安尼斯君遣使賫鮮花一籃

皃存濯露凝香飾以彩絹立覺春意盎然予知花氣傷腦不宜置寢室擬置門外又恐爲贈者見之致慍不得已留焉而芳菲襲人益以風浪激簸竟夕不能成寐僅矇眯一霎忽睹一頎秀之影閃入艙中則范倫鐵瑙也手持名刺謁予其片較普通式略大而方紙作淺藍色印以深藍墨膠之字凸起有光於姓名之上列小字一行爲音樂教師予訝艙門僅啟一隙（予艙位於C字層之中央而無牕臥時欲通空氣將門鈎挂於壁上留一隙約二三寸舟雖搖撼而門不能全閉凡曾乘海舶者皆知其式）彼何由入思至此毛髮微悚未及通詞遽然而醒則一夢耳計通夜中成夢時間僅此一刹那而幻象如此何其突兀也自別荷萊塢兼旬以來舟車跋涉腦髓昏漲更無一絲之隙憶及前遊胡從入夢忽悟是日爲二月十四日范倫太音 Valentine 節也與彼之姓氏相同雖尾音稍異乃義大利文之拼法亡友易實甫君曾有子夜鬼歌云自別世間人都忘世間物世間有太陽知是紅與黑設想之奇悲痛入骨范氏其猶未忘人間令節耶惜予筆墨久荒殊無佳搆爲闡揚徽采於東亞古邦有負幽靈之謁徒貽江淹才盡之慚昔世界第

一歌曲家克路蘇 Enrico Cruso 亦義大利產也藝進於道優入聖域予客紐約時適聞其訃乃爲傳記並其造象投於申報時爲西歷一九二一年絳樹西凋此曲只應天上有矣如范氏協律鈞天當與媲美吾知仙籟所鳴重泉遏響九幽寒冽暫迴黍谷之温萬鬼往來同破黃壚之涕殆亦帝遣之巫陽沛德音於冥漠者雖屬夢幻吾信爲眞確焉

英法兩國僅隔一海峽抵歐時左爲騷然屯 Southampton 英之港口右爲謝伯爾格 Chebourg 爲往巴黎之鐵路安尼司將往倫敦與予分程於此彼預託其法國友人谷賽夫婦導予至巴黎予之車券爲第二輛谷賽等則爲第五彼等乃退券換爲第二以便與予同車登小艇時行李山積予之衣篋偏覓不得谷賽以耄耋之年上下於樓船三層（雖小艇亦有三樓）爲予覓之往復數次予頗不安告以所值無幾不必尋覓登岸後予請谷賽佇立以待予自往稅關覓得之谷賽之女及婿已駕汽車迎於道左彼囑其婿以車送予往旅館而自挈其老妻另雇街車而去其誼甚可感也吾游記於此暫告結束暇當以隃糜殘瀋寫歐陸風

光此篇成之潦草閲者諒之

丁卯二月聖因記於巴黎

續篇　獨遊之辦法及經驗

予既草歐美漫遊錄寫新大陸風景迨抵巴黎遂擱筆而無所記蓋不諳法語幾如聾聵雖諸事得英美友人（渡大西洋時同舟所識者）襄助僅及大端難隨跬步故第一計畫卽專治法語詎習未匝月愈進愈艱臨渴掘井時不我與乃慨然拋棄爲啞旅行之嘗試或轉得奇趣以經歷所得爲隻身遠遊且不諳方言者之嚮導（但英語或法語必通其一方可）則此篇較美洲遊記尤裨實用其法先取歐洲地圖測覽查各國所在定行程之先後歐美各都會皆有經理旅行之公司如柯克 Thos. Cook & Son 及美國轉運公司 American Express 其最著者也彼等代售輪船及鐵路等劵凡不解方言之遊客可向之購買因歐洲輪軌各局員大抵只能作其本國言語非如旅館之職員能通數種方言也此等公司又承辦游覽各事備有大汽車可載客數十派專員演說嚮導名曰 Guide

其辦法固與游客以便利但欠從容蓋嚮導人領衆如牧羣羊游者須跬步相隨不能如意有時率衆下車步行備極疲勞所至之點或非客所欲前遊巴黎凡塞爾Versailles皇宮歸途下車步行數里予着新購革履堅硬歸寓後足趾已破血濡絲襪所得見者舊輦數輛而已若獨自往遊車費旣廉（可附電車前往）且得盡興而免奔波若約友嚮導尤較安適但此僅爲時日寬裕久住之客而論若遊客時間匆促所至之處僅小住一二日者自以加入公司之游覽隊爲便耳

至於旅費除滙票外有旅客支票Traveler's Check及信票Letter of Credit若只往一處者用滙票若往多處而費稍巨者用旅客支票若漫游各國而無定所費用浩大者用信票以上各票只能取於銀行若晨暮及星期假日等則無處可取應備現幣少許以美金爲各處所歡迎無論何時何地皆可兌現

除食宿外尙有稅捐等雜費正賬之外復加小賬名曰使役費大抵十分或十五分甚至有二十分者此等情形與美國完全不同其取小帳者游客卽不另賞僕役惟於特別服役之事酌給賞資耳

護照須隨身携帶凡欲經行之各國皆須預往其使領署簽印且須親往勿託旅館因旅館既索取代往之費而所辦之事又多不確此爲予經驗所知也

予定計取由法至義之路線此路甚長而饒風景須先經瑞士乃往柯克公司預購車票並詢明沿途名勝地點票限十日可隨處小住游覽後予查知尚有限用兩月之票蓋國内及國外各一月予後卽購用之價亦相同也四月二十日晨由巴黎請一能法語之美國友人伴往車站爲通譯寄運行李計僅一箱卽付費挂號上海出版之游歐須知等書謂歐洲無代寄行李制度須自雇人搬運登車者誤也（或當年如此而今非矣）友人送予入車後略談卽去車已開行予獨坐同室已先有四客皆操英語予聞之竊喜然此爲予初次由歐旅行耳其後雖同車無能英語之人予亦無畏將抵法之邊界有登車查驗護照者有查詢携帶現幣若干出境者（大抵不許多數現幣出境）他客告予所運箱笥須於此處自往行李房（在車站內）開鎖請驗否則被擱於此予卽遵辦此節甚關重要其後予每將旅行於購路劵之時卽預詢明何處爲邊界及應查驗行李之地點蓋

入境出境皆須檢驗也

薄暮抵瑞士之芒特儒 Mountreux 爲諸名勝之一予行程中所預計必遊者乃匆匆下車然不自知將投宿何所姑查看情形手提小皮篋步出站門於羣衆熙攘中見一人冠上標美國轉運公司等字知其必解英語乃詢以有何旅館彼示以車站之右果一巍大旅館乃投止焉

瑞士旅館精潔勝於巴黎而價則較廉房金約每日美幣二元（瑞士幣稱佛郎美金一元換五佛郎）膳食另計註册時索閱護照並註明原籍住址然於故國予本無家乃註以無（又如存款於銀行除故國住址父母夫或妻外並須註明兄弟姊妹予皆註以無）予旋以行李票授旅館囑爲代取

侍者導予入寢室日暮體倦不克理粧入餐堂乃囑女傭爲進薄膳予操不完全之法語竟能達意可知習一言卽有一用歐洲各旅館男職員大抵皆略能英語女僕則否瑞士通用法語凡局面較優之所如旅館輪船等晚餐多御禮服不可草率貽羞公衆場所間有不修邊幅不愼儀表者應鑑戒而弗效尤不惟須合本

人之身分亦以保持大國之風度

芒特儒之風景

晨興縱覽風景全埠爲光氣籠罩蓋湖光山色益以朝霞積雪混合而成色彩濃厚吾國古詩曉來江氣連城白雨後山光滿郭青之句僅表示青白二色此則瑤峯環拱皚皚一白中泛以姹紫湖面靚碧微騰寶氣氤氳漫天匝地而樓影參差花枝繁簇可隱約見之須臾旭日高升晴暉鑠眼又憶及唐人詩云漠漠輕陰向晚開青天白日映樓臺曲江水暖花千樹爲底忙時不肯來可相彷彿云

芒特儒前臨建尼瓦湖 Lake of Geneva 各大旅館所在館前皆有花圃芳樹奇葩燦爛如錦東市曰維倫納甫 Villeneuve 西市曰維衞 Vevey 電車往來其間二小時可盡街市小而整潔最宜散步不似巴黎紐約等巨埠之紛擾也城內多溪奔流激湍穿闤闠而歸於湖色渾碧其量似重據云爲歐洲第一滋養之飲料予所居旅館卽臨湖濱最佔優勝館作半環形前爲平臺石檻迂迴樹以華燈高聳雲表燈圓而巨纍纍如明珠光逾皓月會餐時三面玻窗羣峯環映蒼松積雪

歷歷如繪衆賓雅集眞可謂羣玉山頭瑤臺月下非復人間矣

湖濱多魚阡陌植桑恍如浙之西湖惟壯麗過之近處古蹟有錫蘭堡 Castle of Chillon 古爲此城要塞內儲十五世紀各武器及軍犯囚處大詩家擺倫 Byron 曾有專篇詠之

湖後爲山共分三級第一爲葛力昂 Glion 中層爲蔻 Caux 山巔爲饒席德內 Rochers de Naye 乃最高處游人可宿於此觀日出及日落於愛爾伯山 Alps 行火車僅由五月至十月開駛予抵芒特儒時方四月故未登山勾留三日而去賦詩一首曰

誰調濃彩與奇香造就仙都隔下方海映花城騰豔靄霞渲雪嶺炫瑤光鳴禽合奏天然樂靜女同羞時世妝安得一廛相假借餘生淪隱水雲鄉

斯特瑞撒　密蘭

予詢柯克公司由瑞赴義沿途有何名勝彼等謂過此則爲斯特瑞撒 Stresa 風景甚麗云予卽前往啟行時旅館僕役某告予行經某處（似係瓦羅爾伯 Va-

Ilorbbe不能確記）箱笥須啟驗切記勿忘蓋瑞義交界之處否則被其阻留予甚佩此僕之有經驗而惠及行旅勝於鐵路局及經理旅行各公司屆時啟驗始能運行同車美國喬濟夫人聞予能英語遣其夫詢予由何處習得答以曾留美數年彼等係往密蘭Milan者勸予同往謂斯特瑞撒地區甚小無甚可觀予因行李已交鐵路運往斯特瑞撒未便他往薄暮抵該處果係小鎮而山多松篁及緋紅之茶花掩映於飛瀑間景尙不惡有樓臺小築於湖心一望瞭然無多邱壑步行山麓得一酒店入座就餐侍者能英語略談片時卽歸旅館次晨挈裝往密蘭爲義境之巨埠登車覓座一客貌如法人操純熟之英語歡然讓座若爲素稔者談次予詢以密蘭有何上等客寓昨宿斯特瑞撒室中無熱水管殊感不便云該客卽書一紙見示曰予介紹此旅館必能令君滿意該處有熱水有冷水且有自來水云云予知此傖隨意亂言殊不可恃且於沿途登車之客遇婦女則曲獻殷勤遇男子則傲慢不遜予鮲薄之午抵密蘭該客導予領取行李代賃一馬車曰汝可逕往該旅館予少緩亦來遂匆匆去車行甚久予嫌路遠欲改適他處而

御者不解予語只得任之及抵該處旅館尙佳惟地址僻遠且館員不解英語予大悔恨爲該客所誤立欲他往惟初入義大利境不惟言語不通且不知有何旅館予躁急徘徊頓足無可爲計此爲平生所經第一窘境凡讀我此記者若身歷其境不知將何以爲計予忽憶及柯克公司因其分局徧設各處衆所共知乃書 Thos. Cook 於紙自指己身並指大門示意欲往該處館員立悟爲雇一馬車並告車夫以行址予遂挈箱乘之前往果得之於通衢下車置箱其間備訴所經託爲覓一近市之旅館彼等由電話探詢多處皆答以客滿無所棲止蓋適逢賽會之期而義之皇太子駕臨密蘭故游人雲集滿坑滿谷僅一旅館答以晚間或可得一下榻地予恐屆時無着勢必露宿莫如乘火車赴佛勞蘭斯 Florence 爲路綫必經且預計欲遊之地卽向該公司探詢下午三時之車方討論間忽背後有人以報紙拍予肩曰汝亦來乎予詫此地何逢戚友回頭視之則前赴斯特瑞撒時同車之客美國人喬濟也其妻子亦同來予告以故彼請予往彼所寓之館或可覓得一室乃同往焉詎又客滿無隙地喬濟遂僱車送予往車站其二子年皆

八九齡亦歡然同車相送喬濟導予寄裝驗票奔馳於左右兩站於羣衆擁擠中置此二童不顧彼等追隨於後不惟未失散且能爲予照應行李發言如成年之人殊聰慧也而喬濟等以予能操同類之語言遂親如家族其尙友有足多者

義人之親善

凡巨埠車站車輛甚多搭客須認明無誤免入歧途予登車後持券示他客詢此車是否往佛勞蘭斯答曰昔昔 SiSi 此予第一次聞義大利語猶英語中之也斯 yes 座客甚滿予幸分得一席然嫌擁擠僅置小件於坐處如帽或傘等以保守此位（此爲歐俗後至之客見有物在則不佔取其位）己則立於廂門外憑窗眺景諸客時啟罐貯食品輒呼予同食予不欲拂其意勉取少許讀者須知凡舟車中愼勿輕受不相識者之煙茶食品防匪徒暗置悶藥以盜財物然予查知彼等皆良民故敢接受之晚七時抵波羅納 Bologna 予知抵佛勞蘭斯當在十一點三刻夜深殊多不便莫如於波羅納下車一宿可以次晨登他車往佛勞蘭斯較爲安適乃向諸客告辭顧衆阻予勿下車謂此處並非佛勞蘭斯予解彼等之

意但彼等不解予意方言互異無法說明惟有笑謝之而强自下車彼等急覓一譯員來其人爲活潑少年着制服冠上標有英文之鐵路翻譯等字予始獲說明己意彼甚贊成乃導予至車站附近之旅館彼詢予國籍答以中華彼曰汝貌甚佳頗似歐人不類華人予思此少年未必曾至遠東竟臆斷謂華人貌皆黑劣必聞諸謠傳或見之滑稽圖畫耳予所賃室寬大較賃之巨埠者不啻倍蓰而價僅及半且得早爲安息免深夜旅行之苦此夕未往佛勞蘭斯自幸得計該寓與餐館毗連卽往進膳索熱牛乳侍者不解英語試以法語亦不解予乃取片紙畫一牛復取杯作飲狀彼始領悟予游歐洲作手勢以代言語其用較廣眞所謂啞旅行也

次日晨起往車站待車見廣告欄內（卽告示牌）插有圖畫一幅似由像片印刷者其畫爲中西人雜列凭木栅聚觀華人戴瓜皮帽婦女則梳上海髻註有義大利文字果爲何事何故懸示於此殊所不解旋見昨之譯員前來導予登車暨購餐劵惜予未詢彼該圖畫爲何事蓋匆忙未暇憶及也

花城

佛勞蘭斯 Florence 別號花城 City of Flowers 義文之名則爲費蘭斯 Firenze 位於愛爾諾 Arno 山谷之間富於圖畫及雕刻品以美術淵藪著名世界者原有二城亞然斯 Athens 及佛勞蘭斯是也古之亞然斯已成陳跡今惟佛勞蘭斯獨稱於義大利境而大美術家詩家如丹特 Dante 派他 Petrarch 鮑加西 Boccaccio 加立利 Galileo 密且安吉婁 Michael Angelo 里昂納斗文西 Leonardo da Vinci 班維納頭西立尼 Benvenuto Cellini 安德薩頭 Andreadel Sarto 等皆誕生於此圖畫院最著者爲幽斐斯 Uffizi Gallery 並附屬一小者 Pitti Gallery 內儲油畫石像極夥皆名儁之品美術家多携器具前往摹繪任游客佇觀彼等夷然工作一女畫家且告予彼所繪者爲拿坡倫之妹云

建築有麥迪西寺 Medici Chapel 極形壯麗爲麥迪西大公 Grand Duke Me-dici 之舊邸建於一六〇四年糜金一百萬磅麥氏家族皆列裸體石像尸棺郎

瘞其下壁柱皆天然彩石鏤金嵌玉室頂作圓穹形精繪宗教及戰史栩栩如生試拂去壁塵則歷歷返映於壁間蓋石壁摩擦極光無異明鏡此古宅外形樸質殘缺游者身入其中方爲驚愕贊歎蓋聚瑰寶而成於鬼斧神工之名手光采隱鑠於古氣陰森中令人生異感以北京之宮陵較之瞠乎後矣

此城刻石之工尤爲精絕予曾游覽其工廠廠內聚各種天然彩石先繪彩色人物花卉等爲標本然後刻石嵌成彷彿吾國之景泰藍製法惟深淺凸凹陰陽向背儼然如生與照像無異試觀其背面則針鋒參錯聚千百碎片而成蓋必選配色澤使融合無間而不用人工之染必天然物材之富益以工藝之精方克成之可任意洗滌色采永無褪化之虞方製一王后巨像明珠翠羽流眄生姿筆繪尙難況成於嵌石乎

城外近海有村曰匹薩 Pisa 建一欹塔 Leaning Tower 亦著名之作塔約九層故作欹斜欲倒之勢觀者以爲危也然穩妥終不傾圮予因路遠未曾往觀但見其照像耳

三笑

予雖孤踪踽踽每自成欣賞笑口常開抵佛勞蘭斯之次晨計半日間曾嗢噱三次往美國轉運公司就一職員詢事時忽來一媪向該員咆哮出示一字片謂被所誤該員接閱之謂此字非其所書與己無涉媪遲疑曰其人貌與汝相似或即是汝衆爲哄笑予亦捧腹旋往柯克公司兌錢職員某書一支票字甚密滿蓋照例註明某銀行所發欵數日期等予因所支之數甚小故不注意惟見有二百十九等字遂予簽名該員給義幣二百十七枚謂此係今日市價予曰不可因予已簽名收到二百十九枚必須如數與我汝既誤寫汝自負責該員笑曰二百十九乃支票號碼並非錢數予視之果然乃大笑復往他部辦事畢偶睹該員方理簿册而仍匿笑予詰之曰此等細故何久笑不已彼愈笑不可忍遂相與再笑而罷予購劵加入該公司之游覽隊每四人一組雙馬駕車約四五輛以一人統導之衆皆獲座予獨落伍恚甚繞行辦事室間詰責職員等笑領予至門外覓車統導人曰勿躁自有道理旋示予一獨馬之車予拒之曰衆皆乘雙馬之車何予獨異

彼曰此車只某君與汝二人乘之汝得一男伴不較勝多一馬乎衆復大笑所謂男伴者乃英人已授臂挽予登車未便拒却相將就坐統導人猶喃喃曰一士一女最爲相宜佳哉佳哉予止之曰足矣足矣速緘爾口是日所游之處風景平常不若統導人侈誇之甚惟曾大笑三次爲愉快耳

義京羅馬

由佛勞蘭斯往羅馬 Rome 數小時卽到靑峯古堡與其他都會風景特殊曩讀羅馬史心嚮往之蓋法典美術之淵源萬邦所範而政體嬗演凡專制共和封建等制皆早創之今雖記憶弗詳然親至其境興趣復生第一觸目者卽軍警林立服制美觀種種不一大抵爲警察常備軍羽林軍等分散各處靴聲橐橐劍佩鏘然與美法等共和國氣象不同予擬居此稍久乃自規畫第一日櫛沐休息第二日散步街市觀其槪略第三日覓取地圖及說明書自往游覽以後游歷各城鎭大抵皆按此進行也偶得七律一首

夕照鎔金燦古垣羅京寫影入黄昏海波淨似胡兒眼石像靚傳娀女魂萬國

珠槃存息壞千秋文獻尙同源無端小住成惆悵多事迴車市酒門

第五日謁朱公使兆莘氏此爲予自抵歐洲以來初次與國人相見次夕宴於使署朱公謂昨宴由北京返羅馬之義大利公使曾由電話請予陪席値予外出云是夕以久廢不用之國語談論甚暢次日使署秘書長朱英君偕其夫人汪道藴女士過訪並爲予辦理向警署註册之居留證凡游客居留稍久此爲必需之事英法等國亦然

著名之古蹟爲羅曼法羅穆 Roman Forum 乃古市場及議院法庭等建於紀元前六百餘年自四世紀後疊遭外侮精美之石柱等多被移去屋宇傾圮遂成廢墟斷礎殘甃散臥於野花夕照之中時見蜥蜴出入銅駝荊棘有同慨焉

大建築爲珂羅賽穆 Colosseumn 之門獸場工程甚巨高一百五十餘碼闊一百七十餘碼座位八萬餘於西歷七十年開始營造後復次第加增各部閱十餘載方成周圍列座中闢鬭場下層爲獸窟開會之期以勇士與猛獸格鬭舉國臨觀或謂率獸食人以囚犯投入膏其牙吻然就今日温婉多情之羅馬人觀之殊難

信其民族當日有此殘暴之舉此場外觀圓形共四層已缺其半

敎堂之大者爲聖彼德 St. Pietro 毗連敎皇宮 Vaticano 五世紀時所營造位於羅馬西城惕伯爾河 Tiber 之右過河有橋曰 Ponte I. Angleli 建築精麗天使石像分立兩旁鼓翼翔空射影於碧波雪炬之中過橋爲廣場作圜形中立金字石塔左右分列噴水池甚高正面爲敎堂高四百尺深六百尺巍峨瑰麗盛暑生寒而彼德之銅像立於中央歷代敎皇葬於此者一百六十人入堂之右門折入其後及左卽敎皇宮附美術博物等院貯油畫石像甚富大抵皆宗敎畫石像則帝王名宿外多神話時代之愛惜司 Isis 阿普婁 Apo!o 等像院內且多中國古董蓋運自北京者

偶見市售像片彷彿寺院滿列髑髏奇之詢明地址逕往遊覽則爲加波昔尼敎堂 Capuccini 堂後敎室毗連滿貯髑髏不下千萬室頂及壁皆以人骨編綴爲飾直可謂之人骨寺耳一西人方佇觀見予卽用英語呼曰速來此觀覽汝知此累累者何物乎語時並挈一老僧示予曰二百年前卽此物耳該僧默無一言不

知其感想何若又謂此項僧骨共四千餘具葬時不用棺木裸埋土中六年後取出陳列於此云又詢予國籍答以中華予轉詢彼則唶然曰我亦華人耳然予知其必屬美國若英人則未必如是之輕率也彼旋偕老僧他往予獨立其中見頭顱纍纍如貫珠及掌趾森森如編貝左右兩土坑左置全骸多具皆枯白之骨右坑置腐腊殭尸仰臥側倚狀態如生但皆皮縮肉黯毛髮齒甲猶宛然可辨卽埃及藥殮之莫木米也墓室陰暗予無悚怖且手撫髑髏試叩其聲蓋年來浪遊駭目驚心之事見之廣矣予出室後見老僧方佇立門外俟予出而闔其扉給以小銀幣數枚彼亦受之身居是間人生觀當大澈大悟阿堵物應淡忘也

波格斯美術館 Borghese Gallery 建於十七世紀之初前部爲恩波圖第一之別墅 Villa Umberto I 館雖不廣儲品甚精名作如拿坡倫妹寶蓮邦那巴 P-auline Bonaparte 之石像寶蓮先嫁萊克勒將軍 General Leclere 而孀改適加米婁波格斯太子 Prince Camillo Borghese 歿於一八三二年寶蓮貌僅中人而琢工之美則臻極品裸體欹臥於榻革褥棉茵皆形溫軟悉石質也阿普

婁 Apollo 及達芬 Daphane 男女二神石像相持裸立荇藻縈身水痕下瀝表示自海中出美女樸拉塞賓 Proserpine 被擄之石像一虬髯龐大之惡魔攫女於臂其筋骨暴露之手著女體使肉凹陷愈形其柔澤女惶恐撐扎淚痕被頰一強一弱相形宛然悉出於石工下伏一體三首之獰犬爲鬼國守獄門者爲伯尼尼 Bernini 之傑作一六二二年紅衣主教昔平波格斯 Cardinal Scipione Bo-rchese 將此品贈與盧豆維昔主教 Cardinal Ludorisi 近爲義大利孀后瑪格立他 Margherita 復由盧氏購還置於原處又大衞德 David 之石像勇毅絕倫亦伯尼尼所作寫實之畫法成之石工已臻絕頂揆諸藝術進化之理當更別闢蹊徑或更如東洋派之寫意然較寫實尤難當期之異日耳圖畫則有帘克蘭吉羅 Michel Angelo 及鐵先 Tiziano 等名家之作世人恆認猥褻爲愛情鐵先所作聖潔愛情之圖僅女郎及童稚而無男子陳義甚高此所以爲聖潔也

卡匹透連美術館 Capitoline 共分四部遠近毗連屋宇廣大儲品尤豐不暇詳

覽其關於羅馬歷史之物爲一牝狼乳哺二小兒之銅像據云爲饒穆勒斯 Romulus 及銳穆斯 Remus 兄弟也義大利古時有西麗維亞公主 Rea Silvia 者父位被叔篡奪迫主爲尼於寺院中不夫而孿生二子叔責其失貞而生瘞之棄二子於怕伯爾河 Tiber 河流蕩之於岸爲牝狼拾取歸穴而乳哺之後復被他人覔得撫養及長竟復母讐於紀元前七百三十五年四月二十一日饒穆勒斯建國定名曰羅馬故每年逢是日爲開國紀念云英國麥克當奈爾夫人給予羅馬外史一册讀之故知其概略書中謂此古典夙爲詩人所詠卽正史家亦有引爲實據者

狠乳之説聞者或訾爲妄或附會禎祥謂帝王之貴而得天佑然皆非也此類事古今中外疊見傳記蓋出於獸類之慈善心初無他異左傳鬭穀於菟故事稱令尹子文襁褓被棄而虎乳之予數年前居紐約見美報載某博士之子幼時走失八年後得之於豹穴力如虎豹以兩手代前蹄已生厚胼行走如獸云客冬美之舊金山報紀獵者獲二女孩於狼穴確是歐人不解言語亦不解哭笑但作狼嘷

使着衣服輒撕去之某大學心理教授方殫其學力而教化之務使返於人道但較幼之女未幾卽殤惟長者方留養於該教授之家頸間尙御原有之金練云論者謂此二女或係同時遺棄被狠拾爲螟蛉耳夫狠虎豹等皆兇猛之獸吾人未研究其心理安知其無慈善之念其噬人者或爲拒敵起見非盡擇肥取弱也乃吾人類反而肉食無惻隱之心能不愧於禽獸故佛教戒殺儒家遠庖厨之說亦同此旨惟不貫澈耳人類侈談美術圖畫雕刻一切工藝僅物質之美形而上者厥爲美德美物悅我耳目美德涵養心性嘗謂世界進化最終之點曰美美之廣義爲善凡一切殘暴欺詐皆爲醜惡譬之盜賊其形而錦繡其服可爲美乎況以他類之痛苦流血供己口腹之快醜惡極矣歐美有禁止虐待牲畜等會未始非天良上一線之明惟戒殺之說現僅少數倡之中國耳年前厲滬曾擬創辦月刊以人類不傷人類及人類不傷物類二語爲旨走謁步君林屋乞爲主任步君歎爲願望太宏予卒以事冗未暇舉辦爲憾平居雖未蔬食然厨庖戒殺已將三載客秋渡美擬聯合日人提倡此說而又未果縱覽全球齒革羽毛之利方孳孳經

營製造而人人所着之履無一非革勸以戒殺鮮不嗤之以鼻者哀此衆生萬劫不復惟有地球銷毀方能湔此醜惡果能如是吾身甘與偕亡無復眷戀然此爲消極觀念終望世人之具大智慧者成此大願也

加匹透連美術館之前爲義帝二世之紀念坊 Monument of Emmanueli II 實卽統一羅馬之第一帝也帝作金身騎金馬立於高臺臺層疊旋廻階級甚多悉白石琢成前列四柱高聳雲表上立天仙拈花仗劍或持樂器亦皆金色臺之前面石刻人馬甚精左右兩噴泉池日夜潺湲建築尚未竣工故色采嶄新玉宇金人遙望可及甚偉觀也

羅馬史中稱有七山爲巴拉丁 Palatine 亞維丁 Aventine 加必透連 Cabitoline 克立納爾 Quirinal 維密那爾 Viminal 愛斯克令 Esquiline 哥連 Coelian 是也前述三山均近城市餘則地址渺茫莫能認定而予所遊之山林爲平坵 Pincho 及惕佛里 Tivoli 或謂卽諸山之分脈平坵實如平原惟多林木風景甚美此處由潘玉宸夫人導游曾共坐品茗於茶室微雨初過樹香襲人避暑

之佳所也愓佛里則爲山巒瀑布甚多曲折傾瀉有如我國廬山之三疊泉最大者銀瀧奔放聲隆如雷遠望白霧蒸騰蓋水沫噴濺所致或謂該泉成於人工以羅馬噴泉之盛爲世界冠其言似近有別墅曰 Villa Deste 畫壁斑剝甚饒古意

中途回巴黎車中瑣事

游興未闌忽因事欲回巴黎悵悵登車天熱口渴覓水不得同車客某能英語曾爲予下車三次購橙解渴亦未交談因彼坐隔廂不接近也將抵法境有二叟上車坐予廂內彼等吸煙且以進予予謝却之少頃復來法國女子二人廂益擁擠午時予往餐車進膳膳畢回廂見二女方出殺於紙袋以手劈食油汚狼籍一叟復餉予紙烟乃接受之二女知予返自餐車飽而吸烟觀彼饔飧乃惱羞成怒謂予不應在車廂吸烟予卽停止須臾一叟復從衣袋中取雪茄烟作欲吸狀予急取火柴進之叟乃燃吸予卽向二女抗言曰彼亦吸烟汝何不禁止之二女曰汝吸烟時我等方餐而惡烟味現將餐畢故不禁止予曰車廂本非進餐之所肉類油汚使同座憎惡此車本有餐室汝何不往該處（二女因餐室價昂故不往耳

）惜予不能用法語說明僅用英語彼此略諳大意一叟笑曰只許吸大枝雪茄不許吸小枝紙烟予曰孰不許者乃故意取烟吸之噴吐其氣於廂內二女亦無如何蓋彼等有意向予尋釁故予亦不讓也

行李之阻滯

予離羅馬時將行李交鐵路轉運計只一箱費百餘立爾（義幣）予訝其多然言語不通只得遵付車行至邊界道茂道梭拉 Domodossola 予聞行李須在此啟驗方許出境詢之車員皆答以否一客操英語曰勿憂君之行李既係註明運往巴黎應到巴黎領取予（該客自稱）亦有一箱寄往該處沿途予不過問也予仍疑之復詢他客一美國女子自稱能法語願導予下車詢站員予欣然從之該女向站前佇立着制服之路員探詢亦答以否予無奈只得作罷然實大誤當時應逕往行李房尋得己箱開鎖請驗人言不可盡信探詢多人徒費唇舌而反誤事此等經驗敢爲游歐者告蓋予抵巴黎而行李竟未到詢之站員始知實因未啟驗被阻擱於道茂道梭拉而日用必需之一切物件皆在此箱且巴黎氣候

較寒予來自温暖之義國身着單衣忍寒趨往柯克公司請其設法彼等閱予之行李票曰此箱已由鐵路保險不致遺失予曰否惟由美國公司保險耳彼等指示票背曰由鐵路保險五千立爾予始悟前付該站之百餘立爾非僅運費乃兼保險費耳然予當時並未請保更未言及五千之數此額由誰所定詎非笑談不諳方言竟誤演此等事實殊爲奇特柯克公司允代爲覓還此箱須將鑰匙交彼以便寄往開鎖驗物並須給費一百五十佛郎予悉遵辦待至第五日箱始寄到而此五日中所受困難爲何如耶糜費金錢猶其次耳

再由巴黎啟行

費時兼旬將巴黎諸事略爲整理仍遵原路由法往瑞義等國但於沿途名勝之區前所疎略未得暢遊者乃一一勾留先往瑞士鑒於前番行李之阻擱乃鄭重詢明應驗之地點知爲法瑞交界之伯利加 Belegarde 行屆該處車停時予卽下車諸客止予謂少頃有吏上車簽驗護照須坐待車中予不解諸客語一英人爲之通譯予略說明其故（卽前番行李之阻擱）不聽諸客之勸毅然下車寧

願因護照未驗不得入境不願遺失行李到站覓得箱之所在開鎖請驗畢返入車中二分鐘後車即開駛衆仍謂予不應離車致護照未得簽印予亦聽之蓋時間如此匆促事難兼顧容抵境再設法耳及抵建尼瓦站口仍有吏員查驗護照予即呈閱彼爲簽字加鈐予竟得安然入境行李亦同時到站予取之入旅館諸事告妥貼矣次日遇車中通譯之英人於途彼告予謂其行李被阻恰如予前次所述情形且誇予未從衆言實有卓見又謂政府有意阻礙行旅藉以取費云云自係憤激之詞而非事實惟鐵路局應於此節特別榜示喚客注意游客多來自異國不諳規例應於車中用英法德各種通行文字榜示於衆更印傳單分置車廂俾衆易於觸目如車中售餐之舉即甚週到蓋吾人登車之始每見座間置有英法文字並列之傳單勸客購餐券屆時又使車役巡行各廂前呼喚二次該員等睹予貌爲異族即用英語詢予欲購餐券否果於查驗行李之事亦如此喚客注意豈不免除旅客之累乎又如包辦旅行各公司應於售路券時即指示購者免其受累使旅客安適滿意亦即營業之利益也

建尼瓦

瑞士山水馳譽寰球尤以湖著名即 Lare of Geneva 芒特儒 Mountreux 乃湖頭而建尼瓦 Geneva 則爲湖尾國際聯盟會 The League of Nations 所在亦游人薈萃之區地位高出海面一千二百五十尺居民一百三十餘萬教育工藝甚盛水土醇美適於衞生街市亦整潔寬大可爲模範兩岸相對通以七橋橋皆坦闊如輦路但愈近湖尾而橋愈短碧漪翠嶂映以瑰麗之建築如貴婦嚴粧輝采四溢而天際雪山環繞淡白之光適以調和過濃之景色惟夕照時明如瑪瑙復使遊人佇足廻首翹瞻天末而地面景物悉爲減色矣湖濱有極高之噴泉曰 Jet D'eau 據云爲世界冠泉煥彩光不審爲日暉所映抑用別法成之湖濱之路曰 Rue du Ponte Blanc 攬全湖風景之勝各大旅館及舞場茶社櫛比鱗次歌舞通宵過橋則商場地面較廣沿岸汽艇甚多載客渡湖僅銀十五分可免步行過橋往來甚便博物院音樂館及寺廟等皆備不暇觀舉

建尼瓦湖之蕩舟

旅居無俚每晚往隔壁之劇場聽歌晝則常坐磯頭觀釣或附汽艇渡湖但不登岸仍坐原艇歸來藉以消遣而已尤愛瓜皮小艇僅能載二三人游客租用須自搖槳扁舟容與於湖光山色中自饒雅趣惟予既無伴侶又不善操舟每見他人相携登艇搖入遠烟夕照輒爲神往某日午後沿堤散步一少年艤舟傍岸凭堤檻操英語詢予曰汝肯偕我泛棹湖中乎予思捨此更無機會略一沉吟卽展錢袋示之曰予所有者祇此小銀角三枚可悉與汝但恐不敷其值耳彼笑曰予無需此卽扶予登舟鼓櫂去矣然予此行極爲謬妄願讀吾此記者切勿效尤蓋予爲孤客不惟人地生疎且不諳方言不善搖槳乃隨陌路之人捨陸登舟以去不啻以生命付彼掌握其不遇險者徼倖耳舟中談次知彼爲土著生長湖濱隨其父母居此從未他往英語自校中習得云予於舟中賞玩風景轉覺不及在岸遠觀之波光帆影爲可愛身歷其境興趣卽減世事大抵如此該湖體積甚巨波藍如海較吾浙之西湖富麗有餘而幽蒨似遜惜楊柳岸曉風殘月之句不足爲胡兒道也少頃予覺疲倦欲歸彼令予偃息船面解其大衣覆予卽與予對面卧予

曰此湖輪船往來甚夥小舟若無人主持恐被衝激彼笑曰以此美麗之湖爲歸宿亦大佳事汝乃視生命如是其重耶予躁急曰汝不操舟予將起而代之乃起把槳顧格於水力重不克舉彼起旁助曰放乎中流固無危險若任汝鼓棹則必傾覆耳然予於數小時間得彼教授略諳此技惟進行甚緩抵岸時已夕照啣山矣彼願教予法語約定星期一來予寓授課乃別去然星期六夕予忽變計欲往芒特儒即作函告之次晨八時登車行矣計留建尼瓦七日曾訪朱兆莘公使於聯盟會未遇彼旋偕其秘書李君伯然謁予並邀予偕往萬國總會 International Club 晚餐而散

火車行二三小時即抵芒特儒天忽陰霾風雨淒淒惓念前遊惘然如夢得建尼瓦湖短歌四截句如右

其一　歌舞沸湖濱約盟聯國際文軌萬方歧珠履三千會

其二　循環數七橋七橋有長短橋短繫情長橋長響屧遠

其三　蓋世此噴泉泉頭天咔起濺玉復飛珠蓮花和淚洗

其四　今日到湖頭昨宵宿湖尾頭尾尙相連墜歡如逝水

雪山

兩月前曾游芒特儒別時以爲不再到矣今舊境重臨悲喜交集山水因緣益以自身環境之特異故多感慨且前次未得登山今償夙願亦山靈之默契耶山分三級卽葛力昂 Glion 蔻 Caux 饒席德內 Rochers de Naye 前已述之登山處卽所寓旅館後之車站極爲便利於晨間裹糧前往火車沿山而上松檜蒸馨野花炫采皆剽疾拂面而過轉以車行之速不克賞玩爲憾而宿露晨曦閃鑠於林翠間助人神思清爽逸興遄飛車行約二小時始抵站殊未覺時晷之長車停時同座德人某扶予下車遂相伴登山時已六月而積雪照眼餘寒侵脛蓋身著大衣兩腿則僅蟬翼之絲襪故先感氣候之異耳覓得茶室各出食品列几上呼侍者進以熱咖啡飲之取暖憩坐看山有頃始起立努力攀登雪滑山峭步履維艱於絕頂覓得平原踞石而坐山勢如掌突出平坦微欹下臨湖水迎面遠峯環拱琢玉堆瓊寒光四照皆雪山也爲阿爾伯士 Alps 之分脈緜亘迤邐經數國

而達瑞士亦大觀也山麓及巖腰松檜森森排立漸高則童其巔而無叢莽雪痕融處草色靑靑散綴小朶藍花此花名長相思 Forget me not 朶細而色艷殊可珍玩該德人攀陟險巇採取盈握以獻彼解英語極少不克傾談惟彼此以英法德義等語雜湊雖零斷不成句亦能略通大意彼請別後通信然非予所欲故佯爲不解彼多方譬喻使予無可遁飾乃勉諾之不欲實踐也是日遊人甚衆予亦於無意中得伴侶惟轉多周旋不若獨遊默賞之安逸歸時衆皆逕返芒特儒予獨於山半之蔻下車小坐品茗復繞行巖腰盤旋一週始附車返寓日已夕矣

漁翁之廉

遊山以後惟賞玩湖景不作疲勞之遊水濱小魚極夥密隊如針不識爲波所盪而近岸抑爲覓食而來予坐柳陰觀釣漁翁某短褐跣足狀甚貧窶以玻璃盎置淺水處須臾舉之則小魚已滿予乞一尾爲玩彼給一較大者酬以小銀幣五分彼謝不受予乃置魚於厚紙信封中尚撥刺不已掬水注之擬稍留玩弄卽縱之返湖全其生命詎返寓視之已斃矣小銀幣五分以購麵包可供窶人之一膳却

之廉也世風偸薄羣趨貪鄙上流士紳每錙銖必較而廉讓轉見之鄉曲曩年寓滬觀桃於龍華酬園叟以小銀二角叟亦力却謂看花無須納費予固與之則欲剪桃花一枝爲贈否則不受酬硜硜之義形諸詞色予爲起敬同遊之友亦向此叟揭帽爲禮予曾爲傳以誌之惟未付刋耳今春寓巴黎同寓美國客某邀予赴餐館付帳時彼請予償其半予異之而未言葢歐美通俗男女同餐男者付値否則爲恥當時予卽如數付該客欲告辭先去彼謂尙有小賬五分（卽賞錢）予笑付之彼夷然不赧其面此人於歐美爲鮮見也

重到密蘭

前到密蘭匆匆虛度未得稍留兹由芒特儒來此小住二日亦只能就近觀其概略車站前爲公圃細草豐林爽塏宜夏正面有橋極闊過橋聳路矢直卽市街繁盛之區商務殷富爲全國財賦中樞居民一百萬義之軍隊多屯駐於此爲大本營博物院美術館數所未暇往觀僅游一大禮拜堂 Cathedral 爲世界四大教堂之一其餘在倫敦紐約羅馬然以此爲最大形式亦較予歷觀各國之教堂爲

特異白堊其色尖細之頂森森密聳如玉箸銀矛牆壁鏤空精琢人物極玲瓏之致於密蘭最爲生色焉有所謂皇宮 Royal Villa 者乃法帝拿坡倫所居後復屬於奧之元帥拉地凱 Commander in chief Radetzky 而終歿其間蓋密蘭建都於紀元前二百二十年疊被匈奴 Huns 西班牙法奧等國佔據一千八百年後始隸屬於義大利歷史遺跡有足考者時値盛暑予懶出遊曾往劇場消閒半日隣座之客餉以糖果此風每見之義境他國罕覯也於市間購傘一柄純爲草製而以染彩之草繡花雅麗新穎予用之於各國人皆屬目甚有索取傳觀於衆者謂東洋人所用器物亦如此奇巧予輒實告之爲密蘭土產云

途中所遇種種

由密蘭重往羅馬中途經波羅納遇前識之鐵路譯員歡然款待謂遊人過此絕少重返者車停半小時卽啟輪向羅馬進行車廂中先後有耄耋之偶及青年伉儷入座二老不惟頭童齒豁卽面頸之皺皮亦深刻如古樹（後予詢媪年齡已七十八尚能旅行）彼等徐徐取篋中儲殽爲餐並分餉同座意至和善少者顯

係新婚互形婉戀購冰酪時並購一甆贈媪以予甫自餐車歸座知已飽餐故未及予午後予覺口渴少婦囑其夫爲予覓水未得乃進以所儲紙匣之黄梅謂可代水望梅止渴古今中外同焉予取一枚婦再進予更取其一婦堅欲予受其全盒乃納焉予傘偶墜地少年急爲拾取拂拭其塵掬舉以獻意態至恭聚不相識之人於一車而親善若此倘世間人類相處如予此時所遇者則天國矣浮生朝露本應歡娛而弗相扼不幸公者戰爭私者傾軋甚至骨肉仇讐以怨報德其惡可嫉其愚亦可憐也予因欲觀火山須於羅馬换車故僅小住一二日卽往拿坡里 Napoli 該處爲輪船出入之海口英文名內伯爾斯 Naples 如由中國經蘇夷士河 Suez Canal 往義大利卽由此登岸予到此寓車站旁最大之旅館曰 Hotel Terminus 窗對火山昕夕遠眺至佳之所也次日往柯克公司詢事窗欄內（辦事處之銅欄也）有向予招手者趨視之乃前在佛勞蘭斯善笑之職員據云兩月前遷調於此意外重逢更開笑口信乎萍踪聚散之無定也

古城

拿坡里名勝雖多然最著者爲維素維歐 Vesuvio 即火山及旁貝 Pompei 之古城皆遊客所必觀者旁貝乃二千年前古城之遺跡經地震而成爲廢墟但街市及居宅尚歷歷可見僅頹圮而存基址經國人保存清除碎屑標列街名遊者稱便法庭議廳劇場等可就基址形式及壁鐫文字而考明斷礎殘甃章質併美於古代工藝已精進若此洵可贊歎店肆之櫃台茶社之爐灶多花綱石所製貫以導水之銅管悉缺裂剝落野花叢生蘿蔓交曳細蟲小蝶飛鳴其間即當日履舄交錯酌酒徵歌之場陵谷變遷人事代謝於此得實證焉巨室數家堂構尤美浴所建築形式奇奧一圓形巨池爲五人同浴之用池邊環列半月式之石室五間爲浴後更衣之所又一室有全體人骨六具旁置銅匣內儲金幣因地震時欲携輜重逃避不及遂相聚一室而待斃焉左近陳列館即儲廢墟中所掘出之殘燼一切器皿形式樸質古色斑斕人獸之殭化石 Fossil 多具列玻璃罩內人則仰臥側伏輾轉伸屈各盡其態已悉成石質而骨髓斷處見其組織確爲遺骸一犬首尾扭捩作痛苦而死狀尤爲入神是日由引導人率領步行於烈日中自十

點至十二點半始將各街市巡察週徧尙不覺疲予於各宅內拾得舖地碎石數小方爲紀念惟有一處據云不許婦女參觀同遊者只二客及予共三人而已引導者使予坐待於巷中率二客往觀移時始返乃率予等午餐於某館旋來二男子挾樂器爲座客弦歌一度曲一拉樊娥令 Violin 吾國歌伎侑觴皆少女此爲男子殊覺可笑餐畢換火車登山引導人辭去蓋山上另有人引導乃政府所派遊客每人須給五利爾予恐下山時迷路不得歸寓囑原引導人待於車站彼不允惟託同遊之二客導予返寓其一允諾卽就予而坐沿途指點風景予雖不解義語亦能諳其大意

火山

升山之車爲特製逐層傾斜如階級式稱 Funicular 距火山數里尙未抵麓卽見地震之區半土半石翻裂推積作深黑色山麓則噴瀉之泥面積甚廣雖已乾燥仍作流質融化狀浪紋疊疊其暴發時驚駭之狀可以想見泥中生黃花甚多遠望山畔金色燦然車行其處香聞數里山多果樹朱櫻黃杏壓枝纍纍同伴之

客向園童購杏餉予予食後留其核以其產自火山也火車直升山頂向略坦處停止見賣硫磺及雜色土者甚多乃一九零六年四月火山暴發時所遺予等各購少許爲紀念山頂作蓮花形火井居中恰如蓮實白烟滚滚如晴雲噴吐不已隱現紅色若於夜間觀之必明透全赤純然火也體積甚巨直冲天際數十里外皆可見之山頭惟熊熊烈焰及巉巉焦石絕無植物吾人行處砂礫鬆動着履卽流同伴及引導人左右挾予於臂腋間攀登蓮瓣形之尖頂其處較火口尤高愈得縱觀率成絕句一首

玉井開蓮別有山無窮刧火照塵寰年來萬念都灰燼待與乾坤大涅槃

如斯巨熖不計年代卽以最近暴發之期迄今十一年來日夜燃燒不絕地中積薪雖多必更有窮變之日山居貧民無力遷徙者無論矣而山麓樓宇繁密燈火萬家亦晏處安居愚如釜魚幕燕何也同伴導予返寓辭別而去此固彼等爲外賓所盡之義務亦以見其國民懷柔之美德無足異也計予自芒特儒至拿坡里相隔僅五日兩地觀山一雪一火寒熱懸殊赤白相判極宇宙之偉觀矣

第三次到羅馬

古壁噴泉綠陰夕照予第三次到羅京矣小住休息函致巴黎囑將所有各處來函悉爲轉寄於此迨寄到時令予失望蓋大抵皆巴黎紐約等處之函所睠睠之故國消息竟杳然無睹計兩三月前致友函甚多豈盡付之洪喬抑竟將我遐棄耶除公函（亦個人往來之函如致公司銀行等非關友誼者）外有紐約國家商務銀行斯台穆君兩函告予彼到巴黎欲得晤談次函則告以返紐約之船期及岸址因去年在紐約時彼曾言將來晤於巴黎（予居巴黎時逐日往通訊處收取郵件發信者及代收者均不知予之住址也）詎彼到時予已於先一日往瑞士不無悵悵公函例須存稿以備考查故必用打字機印之乃携稿詣柯克公司請一英國職員代爲印錄彼岸然曰予等不代遊客打字予詢以打字機在何處予可自往打字否則答以機器不許借用予雖不悅然彼之義正詞嚴亦無可咎責方欲返寓而該部之義國職員適到予復試請彼立承諾囑予稍待數分鐘後即印成交予並謂此後如有函件請悉付彼當爲代印而不延誤云英職員在

旁聞之默不一語予所寓在愛西達廣場 Piazza Esedra 之側場爲環形甚巨中有噴泉及銅製人物等週圍則餐館劇場廊前滿列茶座佐以音樂繁華之所也左近書店中有日人某能操英語詢以羅馬有東亞人若干答以中國有四人（蓋指使館）日本則三十人然予聞華人尚有留學此間者但皆天主教專習神學絕不交遊即與使館亦不通音問也

予自旅行以來時遇日人皆善處之不存芥蒂曩曾以國讐視之今悟其謬以吾國土地人衆論在在有自強之本能苟非自棄他人何能侮我且怨天者不祥尤人者無志認爲命運或歸咎他人皆自窒其進展之機耳願國人共勉之

某日羅馬民報 Popolo de Roma 女訪員巴祿蘇夫人謁予彼略能英語不克達意予乃以電話約英國墨克當諾爾夫人在寓相待予卽偕巴氏乘汽車造其寓由墨夫人以義語通譯巴氏詢中國女界情形及文藝等予悉舉以告之復詢予對於其首相莫蘇立尼之政策有何意見予答以到此未久不克深知爲歉蓋早有人戒予勿談政治此間警探密佈防被拘捕予何敢贊一詞彼又詢予對於

義國感想何如答以美感彼請予於著述時多為美善之詞予欣然諾之復請於發刊後譯英文一紙寄該報此則近於苛求予與義大利感情本佳無待彼之囑託惟於彼國情狀所知實淺況此行本為遊覽閒雲野鶴不預政治所知者義為君主立憲責任內閣議院採單選制尚無弊端蓋單選人衆不易舞弊若複選取決於少數人之手卽易運動也義以愛爾班尼亞 Albania 及猶鈎斯拉瓦 Jugo-Slavia 等國之事未解決旁且牽涉其他大國故武備難懈而耗財孔多然近整理財政其進步可於滙兌覘之現以美金一元僅換義幣十七八立爾其價之昂較之年前不啻倍蓰蓋前悉用紙幣自鑄用銀輔幣後價自加昂耳

水城

予由羅馬往威尼斯 Venice 該處為水城建築特別半水半石而無寸土有舟楫而無車馬往來街衢悉用小艇細長而翹其首尾狀如吾國之龍舟稱曰岡豆拉 Gondola 橋梁極多頗饒幽趣水光波影搖映牕壁間陸地則悉用石板舖成曲巷狹逕頗似吾國蘇杭之街市所不同者乃石地平坦整潔而兩旁有高樓耳

可任意遊行無車馬衝突之險夾道商品羅列近在咫尺游人賞玩如家庭內之廻廊忘其身在街市以聖馬口廣場 St. Marco Square 爲繁盛之區教堂所在其後爲德加皇宫 Ducal Palace 內儲古代兵器壁畫尤多皆無價之寶下附監獄但爲古蹟供人憑弔而已獄中狹隘黑暗室小如籠石壁鐵樁爲囚犯縶繫之所門洞極低游者須傴身方得入內予與衆客以無罪之身一一鑽入自顧可笑亦爲囚者悲歎據云死刑之具乃鋼針之圈加其首針鋒皆內向以索通之旋轉車上機動而圈逐漸縮緊囚者之腦漿乃絞盡無餘然世間未必有此慘刑諒係齊東野語故爲奇說以聳聽耳附近有橋曰 The Bridge of Sighs 譯爲歎橋謂囚犯入獄須經此橋故而悲歎其說亦近附會古事難考無從徵信也

海岸旁有二石柱高矗雲表頂立天使持戟其一則立雙翼之獅卽聖馬口廣場之左場面甚闊兩廊列商肆且滿設茶座爲時裝士女薈萃之所入夜燈火星繁座客不減也場中集鴿數千與人雜處絕不畏怯游人購糧置掌上飼之則飛集腕臂間或立冠上照像師每於此際爲客攝影故場中携像鏡往來覓主顧者甚

夥亦威尼斯特有之景象也予曾隨衆客乘小船半日觀教堂及工廠數處知此城關於美術之工藝亦精進不減其他巨埠也居威尼斯僅二日於名勝古蹟不暇詳考故無多記載七月十四日乘飛機往奥京維也納 Vienna

天空之飛行

十三日晨將行李付美國轉運公司代寄次日午由聖馬口廣場乘小汽船渡河約一小時抵飛行場場中停機數架其形如鳥雙翼而魚尾每具可載四人司機者坐廂外首部同行者予及其他二客共三人座位寬而安適如汽車之廂予等護照各得出境之簽印後於一時啟機軋軋如雷震耳初則足輪（有兩輪如足）貼地而馳其行甚疾倏忽翩然上升予立覺眩暈幸轉瞬卽愈憑窗外矚則地已豎立蓋機身欹側故視線爲斜地固未動也少頃卽平機行甚穩不如輪船之顛簸離地漸高視各屋宇皆僅寸許田疇及河道如劃粉線宛然一清晰之地圖也樹木則點點如烟不甚明瞭行經羣峯之頂山巔積雪及森森松梢俯視甚晰已而衆山迎面環拱其高際天似無去路予凝視意謂倘一接觸必機損而墜詎

其盤旋兩三轉疾如鷹隼已超過山巔碧空中白雲蕩漾如海皆在機身之下雲影團團落大地上儼分三界蓋吾身行處爲上雲朶懸立居中山河則最下也曩年曾夢升天蔚藍無際銀雲排列近在眉睫下界有衆哭送今此景宛然實現惜無人哭送耳天風颼颼清寒砭骨來時揮汗氣候驟遷幸備有大衣披之仍爲風箭所鑽已而罡飈愈厲雲陣排山倒海而來奔馳於兩翼之下棉白有光之晴雲外復雜以昏暗之濕雲機身漸爲所迷四望杳杳無睹予兩耳爲巨聲所震已聾且右耳底作痛餘無他苦二小時後始出雲海而達清空機行漸低向格拉建佛城Klagenfurt之草場降落卽有關吏前來查驗護照予等亦出而散步該地居民及婦孺數人前來觀看予等且有就予詢話者此地作德話予不解也少頃復登機飛行於五時抵維也納由威尼斯至此火車須行十六小時而飛機四小時卽到其速可知也此行安適惟升降及旋轉時略覺眩暈瞬息卽止恐亦有人乘此而作劇暈者每座皆設革帶據云若善眩暈之人則縛之座上然則苦矣予若再乘飛機擬預購皮帽掩護兩耳如司機人所用以免耳膜震痛之患

維也納之被困

嗟乎予飛至維也納立卽被困今吾搦管爲此記時尙坐困愁城不知何日方脫於難蓋予於十四夕下降此城十五日晨而禍暴發何適逢其會也殆以塵凡之軀游行天際觸犯羣眞而致罰耶雖爲戲言亦惟强自解嘲而已予孑身而來如廉宦之清風兩袖別無長物（因無行李惟飛機中飽受天空耳）寓格蘭德旅館 Grand Hotel 起居華侈安宿一宵晨起往美國轉運公司探詢行李據云尙未運到須待數日予已焦急因一切應用之物皆在箱內必大感不便怏怏歸寓將致函威尼斯代運之公司責其延誤途中遇大隊工人內雜手提錢袋之婦女游行吶喊知非佳兆然尙不意其變之驟也午膳作英文長函將自往郵局投遞詎旅館大門已閉寓客數百聚於廳中神色愴惶惟旁門闢一隙以多人守之予欲外出被阻予告以僅探視門外並不遠出始得許可此旅館之街口僅隔兩街羣衆擁擠濃烟密布火光熊熊予搓拭倦眼而自詫曰其拿坡里之火山經愚公移至此耶一人首纏白布鮮血淋漓坌息喘汗奔過予前予立駭却復見紅十

字會之救護車馳向街口知巨變已成歎息歸寓詢諸衆客（予之探詢甚難因必待遇諸能英語者）謂社會及專制（或稱反社會黨及保守黨）兩黨齟齬已經數月前有社會黨員三人被殺昨經法庭判決兇手無罪遂激衆怒而暴動云是夕餐堂客滿因衆皆不敢出外惟餐於旅館予覓座未得向廚中購果數枚食於寢室草草就枕夜聞槍聲起而開窗見對面樓宇居者亦皆探首窗外瞭望然街道暌隔不易窺見每日晨起探視大門見依然緊閉則愁眉雙鎖索閱報紙謂皆停刊惟社會黨之機關報 Der Abend 獨存而已然爲德文予不識也聞昨日之亂死傷約數百人幽思睇子皇宮 Justiz Palast 爲著名之建築即大理院所在已被焚毁昨所見之火光是也是日起總罷工維也納居民二百五十萬工人佔一百萬幾及半數故罷工之令不崇朝而普徧火車電報電話郵政以及飛機一律停止交通完全斷絕政府有令不許外人入境惟許出境旅客之急欲逃生者用種種方法或購小艇搖槳蕩出內河或駕汽車駛行郊野然終覺不便仍有多人坐困以待者美報稱維也納爲死城 The City of Death 蓋不惟與世

界睽隔而本國内之各省工人方謀大隊出發進攻首都居留城内者惟待死而已此次之變論者多歸咎於共產黨之煽惑然究其遠因則歐戰後凡塞爾條約Treaty of Versailles早播其種今方開始收穫耳奧於歐戰時損失之重只次法國一等不幸多方束縛使絕無恢復餘地當時已處處造成將來困難之地位外力自易蹈隙而入瞬成燎原列强果欲維持中歐之安寧應迅速與以生機否則將來變化正自難料又豈僅一奧斯特立亞哉

本旅館之餐室乃售現而不登賬者予囊貲將罄而各銀行一律關閉無從取款即無從購餐予思柯克公司專爲游客而設或不閉門惟在亂地線内試往商量且冒險一覘外間情勢果得取錢少許將返旅館詎行至半途忽見行人紛紛狂奔予亦挺身急走旋聞背後槍聲如雨階沿上某旅館之旁門方啟一隙衆推之如泉湧入予擠於衆中亦奮勇前進幸近予者多婦女體力相等未被擠傷該旅館急閉其鐵栅後至者不得入矣予奔至廳間就椅而坐一美男子遽前撫慰予爲愕然其人之美如雕刻阿普婁Apollo之石像彼握予腕爲診脈且趣侍者

以冰水飲予彼先操義大利語予不解乃以英語慰予勿驚並爲予歎息此游之不樂座客見之或疑彼此相識然實素未謀面彼何人歟予稍坐俟街市安靜乃辭謝而出該處爲伯立斯特旅館 Hotel Bristol 距予所寓之格蘭德僅隔二宅耳聞此次槍聲係黨人圍攻警署爲軍警反攻云

是夜聞吹觱篥者其聲哀厲馳過窗外由夢中警醒較晝聞槍聲時尤爲驚悸蓋晝出乃預知有險且隨羣衆不甚恐怖此則靜夜清眠驚魂易斷且每於電影中見出征時輒吹角召集軍隊而悲慘之事隨之發生平時腦中感映已久矧茲身處危城乎晨起詢之他人莫能道其所以予素達觀生死久置度外惟鐵路不通行李未到極苦不便一切應用之物卽逐一購買尚不可得蓋値罷市之期況積日無衣更換身寓豪華之所而愈難堪是以度日如年不啻囚犯三日後電車復工城內秩序逐漸恢復惟與外界交通仍完全斷絕後總理塞拍爾 Chancellor Seipel 有辭職之說政府勢將改組五日後乃恢復交通以觀後效聞此亦表面之詞實際乃畏外力之干涉耳予之行李亦旋運到至爲欣慰惟恐大局或再決

裂不敢久留此間乃撥冗作半日游往觀雄本皇宫 The Imperial Residence Schonbrunn 乃奥之前皇約瑟弗一世 Francis Joseph I 之故居彼於一九一六年十一月二十二日殁於此宫宫内陳設都麗無匹壁畫多千百人相聚之巨幅如御狩宫宴等事蹟皇族及權貴各人之面貌皆一一可認皇尤愛東方物品如中國之古磁圖畫漆器皆分室陳列某室之壁頂及椅榻等悉用中國藍錦穠采奪目又一室四壁皆楠香紋木嵌以赤金予費二小時將四十餘室巡閲週徧仍未得詳覽也歸途有二事感歎者一爲菜場列牲類之生鞟多件毛色如生血痕新漬而駕車之牛馬適行經其處彼等見之亦有感覺否牲類爲人服役永無同盟罷工之舉而反遭屠殺世有仁者爲之呼籲乎企予望之又見大隊羣衆及軍警巡邏予詢其故則此番亂時所死之衆今日大葬也嗟乎予曾目睹彼等整隊高呼生氣虎虎數日後竟同瘞地下當時曾自料及否予游興闌珊次晨附火車往德京柏林

柏林

由維也納往德京柏林沿途悉森森翠柏叢林不斷與華文之名巧合平疇多植罌粟紅英絢然其爲製藥用耶近畿之市爲德來斯頓 Dresden 工商輻輳廠棧如林泱泱大國之風令人感想雖經歐戰巨創而民氣不萎終有騰揚之日未可以時世限之也負郭山水甚佳曰薩克桑瑞士蘭德 Saxon Switzerland 怪石巉巖較諸美之大坎甯尤爲壯觀民性之沉毅或亦胚胎於此宮室之建築亦在在表其特性與他國異觀者可意會之予抵柏林寓昂特頓玲頓 Unter denlinden 爲城中要道猶紐約之五馬路巴黎之音樂街也全城名勝之區路線所賅者自西之台加屯 Tiergarten 至東之阿來山德樸拉子 Alexander Platz 及自北之斯卜里 The Spree 至南之來卜斯加 Leipziger 此外佳景尤多不能概括而街道之寬潔森林之緜亙石像之點綴極備極嚴與巴黎倫敦鼎足而三德雖後起之勁自佛來德立二世 Frederich II （一千七百四十年至一千七百八十六年）稱霸使學術與武功並重駸駸與列强伍又因瀕河地利便於運輸鐵路之建築爲全歐中樞遂以工藝名於世而教育亦臻極詣試觀編戶居民門標

博士頭銜者觸目皆是他國無此盛也天氣甚涼予擬在此消夏故從容未即出遊不幸因病謁醫謂非用手術不可遂遄返巴黎佈署各務曾附柯克公司之車於城內作半日遊而於名勝之點如蒲斯頓 Postdam 皇堡 Royal Castle 國家圖畫館 National Gallery 凱撒博物院 Kaiser Museum 等處或匆匆一覽或過門不入故於此記不克覼敍殊以爲憾不識他日更有機緣再到否旅館中備有打字機多具任客取用予因函札甚多光陰大半銷磨於打字室中暇則往京津飯店進餐國人營此業於海外者皆粤籍惟此獨異風味亦佳予與館主操津音談話認爲鄉親蓋幼客津埠不啻土著也地址在坎特街 Kantstrape 130 Charlottenburg 用爲介紹

巴黎

予雖屢到巴黎亦無所記載因初到時擬先肄習法語而後詳考一切顧既輟學偶或遊覽亦因循不錄由是得一經驗卽凡事今日能爲者勿待異日若存推諉心或永無實踐之日世界微塵滄海一粟寄身其中安能爲永久之計哉兹姑敍

概略不能詳矣吾人曾居紐約者後到歐洲每苦街道之紛歧蓋如蛛網犬牙隨意錯綜非若紐約之先繪圖而後建築以二百餘街 Street 爲經十二馬路 Avenue 爲緯整齊有敍可計數而得也巴黎全地界以弓形之河繁盛之區皆在左岸以音樂館 Opera 爲中心前以瑞佛里路 Rue de Rivoli 後以好斯滿路 Boulevard Hausman 二者爲最長然亦逐段名稱各異瑞佛里路微折而接霞穆愛力西路 Avenue des Champs Elysees 亦長闊之路格蘭德布瓦 Grand Boulevards 則爲商務之中樞德拉沛路 Rue de la Paix 乃衣飾店薈萃之所而凱旋門 Arc de Triomphe de L'etoile 則如蛛網之中心以馬路十二條攢拱之地段較音樂館爲清曠此巴黎地勢之大概也

鐵塔 La Tour Fiffel

吾人雖未到巴黎者每於圖畫中見此塔形亦皆識爲巴黎特有之建築位於河岸之右介乎鮑登乃 Avenue Della Bourdenais 及瑟佛倫 Avenue de Suffren 二路之間前爲霞穆馬廣場 Champ de Mars 建於一千八百八十九年高九百

八十四尺有電梯升降可縱覽巴黎全城之景因全體爲鏤空鐵網所製大風時且搖曳徵顫

音樂館 L'opera

原名 Academie Nationale de Musique 爲世界最著名之劇場優等樂師每莅此獻技常時亦多集會座位二千一百五十八樓廂四層雖不甚廣爲加迪爾 C. Gardier 所繪圖式於一千八百六十一年開始建造一千八百七十四年竣工計閲十四載内附藏書樓

魯魏宮 Palais Du Louvre

俯臨河面建於一千二百零四年形式甚舊拿坡倫三世時將泰樂里宮 Tuileries 合併爲一内容愈廣關於歷史事跡尤多佔地四十八畝 Acres 然大部分爲博物院所藏美術品爲世界最佳者之一

埃及塔 L'obélisq de Louksor

位於康可德廣場 Place de la Concorde 之中高七十五尺重二百四十噸下方

上尖精刻古篆爲紀元前一千三百年之遺物旁有圓形噴泉巨池場面極廣爽塏雅潔爲巴黎最美之區然當一千七百九十三年恐怖時代 The Reign of Terror 死於斷頭機 Guillotine 者以千百計皆在此處而今陰霾盡散當風和日麗時游人但覺心曠神怡不復憶及當日之慘變矣

完杜柱 Colonne Vendome

此柱極巨以一千二百礮銅所鑄成頂立拿坡倫像位於完杜廣場 Place Vendome 之中四週建以圜形樓宇在馬德璘廣場 Place de Madeleine 側爲巴黎重要地段

餘如拿坡倫墓凱旋門教堂則有奴特丹 Notre Dame 馬德璘 Madeleine 及旁泰昂 Le Pantheon 皆最著者法庭 Palais de Justice 菜場 Central Market 墳園 P'ere Lachise 均可遊覽

城外則有凡塞爾皇宮 Versailles 建築瓌麗內儲油畫極豐爲歷代法皇驕侈及關於革命之遺跡左近有馬勒梅桑 Malmaison 爲拿坡倫及其后約瑟芬

Josephine之故居簡樸如庶民家室所遺舊衣物甚夥寸鈴尺劍粉盝脂匳一一妥爲陳列猶想見烈士雄姿美人薌澤焉迤南略遠之方亭伯魯宮 Fontaine Bleau 崇樓臨水景尤幽蒨拿坡倫竄流愛勒巴島 Elba 時曾與其扈從話別於此後返國復辟仍開御前會議於此冠蓋匆匆而聖海利那 St. Helena 一往不返幽囚野死英雄之末路亦可哀已

法爲歐洲大陸名邦勝蹟至夥非此記所能賅括予既不能參考法文展轉得諸英籍且屬稿時已離巴黎追憶舊遊不克詳備爲憾至予由德返法之旅況則以俗冗從略焉

渡英海峽

予既讋於醫言乃預理諸務纖屑靡遺凡所欲游之處則急於實踐欣然孳孳終日達觀樂天委化任命固久契斯旨矣英倫爲必遊者乃由巴黎往鮑倫 Boulogne港口約數小時火車之程舟渡海峽則僅一小時耳惟風浪湍激甚於巨洋朱兆莘氏曾有談虎變色之語予幸勉能支持旅客護照即於舟中簽驗給以登

岸文證由孚克斯頓 Folkestone 登車到維多利亞站卽倫敦矣朝發夕至可稱便捷惟視此海峽爲畏途耳

倫敦

抵倫敦時值美國兵團遊歷到此致予訪十餘旅館皆無下榻處（平時亦常患客滿）後得一中等者陳設悉舊式不惟遠遜美國旅館卽較巴黎亦且不逮而價則較昂幸於此邦言語能通諸事便利但於氣候不慣每黑霧迷漫暗無天日致目痛喉癢而咳蓋霧重如濃煙之激刺也凡外人到此須往內務部稱 Home Office 及警察署註册卽遷移一旅館或住宅亦須立時報告取締極嚴違者重罰

拿地尼伯爵之噩耗

前於巴黎因事詣義領館得識拿地尼伯爵 Comte de Nardini 一見如故意頗誠摯臨別授以通訊地址予抵倫敦擬書報而未暇也某日往觀電影爲時尙早坐待無聊乃購晚報消遣則紀有巴黎暗殺案之新聞謂伯爵今晨於辦事室中

被共產黨某鎗擊兇手當場被擒衆視伯爵方欹據汽爐以手掩胸忍痛撑扎曰彼殺我矣旋即仆地而死鮮血尙沿手臂涔涔下也末謂伯爵爲人機警而和藹於外交界夙負盛譽今遭此變知與不知同爲悼惜云予閱畢爲駭愕蓋相別僅數日而人事無常竟如是耶憶別時囑予如返巴黎必往晤彼答以予如不死自能再晤彼慰予曰汝不死也而於汝字語音加重迄今思之若意謂死者非汝乃我耳詎非語讖耶其父兄皆寓倫敦擬以生芻致弔顧不知所寓彼曾欲爲介紹予沉思未答故彼未以住址見示今頗悔當日之疎忽且辜其雅誼也義自厲行法斯西斯主義 Fascism 以來於今九載莫蘇立尼 Mussolini 氏隱執中歐之鎖鑰固爲共黨所切齒而莫逞者其是非茲不具論惟此等傷害何濟於事徒自證其狂妄而已

倫敦城之槪略

倫敦位於泰穆斯河 River Thames 之濱以西部爲繁盛東則工人水手及各種窶人所聚居奧克斯福街 Oxford Street 最爲齊整而長皆巍大商店而匹

卡的歷 Piccadilly 及瑞金街 Regent Street 則舞場酒肆薈萃之區大公園二一爲海德 Hyde Park 廣三百六十畝毗連坎興頓園 Kensington Gardens 則逾六百畝次則瑞金園 Regent Park 四百七十畝內附動植物園街道建築之犬牙交錯略似巴黎河之對岸較爲冷落亦有一公園曰巴特西 Battersea Park 面積較小此地勢之大概也玆略舉諸名勝之區如左

國家圖畫館 National Gallery

在特拉發廣場 Trafalgar Square 館不甚廣儲品則精大抵爲十五及十六世紀義大利名家作品及法德西班牙等學校之成績或由政府之購置或由物主之遺贈內有義大利人名畫二幀以八萬七千五百磅購得約合華幣百餘萬圓其畫爲文迪克 Van Dyck 所作之英王查理斯一世 Charles I 戎裝乘馬之圖其一爲若斐 Raphael 之宗教畫又密蘭 Milan 公爵夫人像一幅亦以七萬磅購得爲義人候彬 Holbein 之作

英國博物院 British Museum

在大若賽街 Great Russel Street 廣儲上古及中古雕刻美術人物碑版等希臘名畫及蠟畫 Encaustics 大抵湮沒吾人無由得見惟於摩賽 Mosaics 嵌石法及藥殮尸棺 Mummy 之藻繪尙可想見古畫之意旨除於義之旁貝 Pompeii 古城所掘得者外則以埃及國內發見最夥埃及亡後其精華皆萃於此洵屬洋洋大觀巴比倫 Babylon 原始碑碣多種字形奇奥如箭簇如草莢交錯而成經專家繹出大抵爲神話殊可寶貴又一室藏著名之愛爾金氏石刻 Elgin Marbles 而碩大無朋之石像及巨逾十圍之石柱重量萬鈞亦不知如何而能移運至此附設藏書樓收羅亦富且有吾國元宋人墨蹟匆匆未暇辨其眞僞

水晶宮 Crystal Palace

此爲倫敦之特有建築猶巴黎之鐵塔也在昔登哈穆 Sydenham 地址甚遠以玻璃及鐵造之成於一千八百五十四年計費一百三十五萬磅然工料尋常並不精美蓋所用者僅薄片玻璃非結晶之料也樓宇六層佔地三百餘畝宮前園景較佳噴泉池等略仿法之凡塞爾宮廣廳列石像多具中央及各廂陳設雜物

兼售茶食彷彿游戲場市廠之類但游者寥落前端列歷代帝后偶像而貌各如其生內有埃及館滿佈篆文偶像等古色盎然壁柱鏤金錯彩鐫繪極精純埃及式其尤可寶者爲世界著名之羅賽他石 Rosetta Stone 此石發見於羅賽他城爲後世迻譯古文之鎖鑰刻有三種文字卽象形 Hieroglyphic 通俗 Enchorial（乃埃及之通俗文）及希臘 Greek 是也若無此石則上古之文明湮沒盡矣所關詎不重哉又有希臘館古雅與埃及館略同內有著名雕刻勞昆 Laocoon 父子被蛇纏繞之像餘如羅馬英德各有其館未暇詳敘是日遊此遇一小學生爲指導各部其風度談論儼如成人據云其校卽在鄰近詢其年齡答以十歲歐人知識開啟之早誠屬可驚

倫敦堡 The Tower of London

位於泰穆士河岸形式古樸略如砲壘廣苑中殘雪疎林佈以車礮衛兵鵠列朱衣竟體峨黑熊冠而執戟鉞氣象森嚴其歷史尤饒戲劇興味所謂 Dramatic 蓋歷代帝后居此或遭刑戮或被幽囚椒殿埋香萇血化碧紅鵑疑蜀帝之魂白奈

涴天孫之淚迄今觚棱夕照河水澌澌更誰弔滄桑之跡話興亡之夢哉當威廉帝 William The Conqueror 之鐵騎南征入主英嶠也雄圖大略始創此堡以固國防分設各部如堡壘武庫皇宮監獄造幣廠藏書樓等自一千零七十八年以迄十二世紀逐漸擴充蔚爲倫敦城之總薈其中一部曰綠宮 Tower Green 宮中小室一隅鋪以花綱石皇族及權貴之就死刑於此者凡七人（一）哈士丁爵士 Hastings 一四八四年（二）安波林皇后 Queen Anne Boleyn 亨利八世 Henry VIII 之次妻一五三六年五月十九日（三）馬格來伯爵夫人 Margaret Countess of Salisbury （四）卡薩玲皇后 Queen Katharine Howard 亨利八世之第五妻一五四二年二月十三日（五）饒佛子爵夫人 Jane Viscountess Rochford 一五四二年二月十三日（六）建格來爵夫人 Lady Jane Grey 一五五四年二月十二日（七）戴佛如伯爵 Robet Devereux Earl of Essex 一六零一年二月二十五日斷頭台上置一巨斧厲惡可佈建格來夫人年幼貌美竟以蝤蠐之頸膏此兇鋒後世惋惜之名畫家多繪圖以紀其事諸人之刑皆用

該斧惟安波林皇后斬於寶劍特由聖奧梅宮 St. Omer 取出以斷其脰者尸皆瘞於堡內之派特寺下 Chapel of St. Peter 至諸人事跡之奇哀頑艷典籍可徵非此篇所能盡也予由曲狹之石級盤旋而降於窖幽邃黑暗蛛網塵封堆積古銹之劍戟而闃寂無人初不知即瘞尸處出窖後向經理室索閱其史而始知之否則獨遊時必疑魅影之或現生恐怖心矣由鐵齒閘門通入監獄諸囚所手鐫姓名或隱謎於窗壁間猶宛然可辨想見當時悽楚之情有於窗上鐫一鐘加A字於其間乃阿貝爾博士 Dr. Abel 之謎蓋鐘於英文爲 Bell 加A則如其姓當亨利八世與其第一后 Queen Katharine of Arragon 離婚時博士援律爲后辨護八世以攖其逆鱗捕繫此獄而以違犯皇帝尊嚴罪斬之刑及律師亦創聞也

綠宮外有伊立撒伯公主路 Princess Elizabeth's Walk 乃公主入獄時所經過者夫建格來與伊立撒伯同以皇胄而被擁立一則由御座而降爲死囚一則由犴狴而爲聖主司賓塞爾 Edmund Spenser 有神聖女皇 Fairy Queen 之

詩以頌之何枯菀茵溷之迥殊也又有所謂血宫 The Bloody Tower 者乃愛德華四世 Edward IV 之二皇被其叔理查三世 Richard III 遣人暗殺於此此說聞諸該室守衛之兵且指示刺客掩入之小門現已砌塞矣至教士之刑於此堡者有慕爾 Thomas More 費薛爾 Fisher 克蘭麥爾 Cranmer 等卒愈激起新教徒之勢力諸人之死於宗教之改革不爲無功也

堡内有巍克斐 Wakefield Tower 者乃皇室寶器之陳列所於一小室之中央置玻璃罩四週繞以鐵欄光彩閃鑠鑽石冕數尊尤爲特色最大者爲愛德華七世之冕計嵌鑽石二千八百十八粒明珠二百九十七粒額之前部綴大鑽石一巨如胡桃重三百零九卡拉名非洲之星沿邊飾玫瑰寶石五十二粒鸚䳇寶石五十九粒紅綠相間瓌麗無倫其形爲絛棱四拱頂立十字重三十九盎斯次爲喬治五世 George 之冕綴鑽石六千一百七十粒印度翡翠一重三十四卡拉及其他寶石不計喬皇矜麗寶相莊嚴女皇維多利亞及馬利后之冕亦相彷彿威爾斯太子 Prince of Wales 冕純爲金製形式簡單又御杖或稱皇節 Sceptre

與羅馬教皇所持之節形式略同頂作金瓜式外加條棱虛拱嵌以珠寶柄端嵌鑽石一巨如鵝卵重五百十六卡拉爲世界最巨之鑽無價可估亦稱斐洲之星其他寶器茲不具述

議院

倫敦議院臨泰木斯河原屬衛斯民宮 Westminster Palace 舊址地廣八畝造價三百萬磅爲嘎惕克 Gothic 古式建於一千零九十七年於一八五七年竣工歷代帝后遊宴於此享利八世嘗開貧民宴欵客六千陳篕三萬然內容並不甚廣不知如何佈置者牆壁爲福來斯寇式 Fresco Style 滿繪史事取材宗教武俠公道三種精神且多石像皆帝后勳貴等棟梁榱桷雕繪甚精其花樣大抵以獅馬皇冕爲標記茲循序覼陳各室如左

英王更衣室 King's Robing Room

由維多利亞宮 Victoria Tower 進口卽爲此室空無器具惟東壁繡屏下設御座一餘三面皆壁畫如無名英雄之葬儀及十八世紀名畫家戴士 W. Dyce 所

作阿塞爾王 King Archur 之故事王爲紀元五百年至五百四十七年時人勇武善戰征服撒克桑人 Saxons 云

皇家畫院 Royal Gallery

由更衣室卽至此院搆造精麗沿壁裝長排軟椅壁立金人八左畫奈勒森 Nelson 之死右畫威林頓 Wellington 與伯魯且爾 Blücher 戰後會於滑鐵盧 Waterloo 又帝后畫像五幅爲喬治王及馬利后維多利亞阿立山大 Alexandra 二女王及阿勒伯爾特 Albert 太子皆文特哈屯 Winterhalten 所作

太子室 Prince's Chamber

室甚小列石像三尊中爲維多利亞左爲慈善之神 Mercy 右爲公道之神 Justice 壁畫爲特都爾 Tudors 諸王后及被刑之蘇格蘭女王馬利及慘死之建極來公主等

貴族院 House of Lords

室形長方縱百尺弱横僅及半惟建築華美鍍金之牕十二嵌彩片玻璃爲英倫

愛爾蘭及蘇格蘭帝后之像南端拱弧 Arch 三面爲戴士及庫樸 C.W. Cole 等所作之畫於英倫美術建築史爲第一次之畫壁其畫爲(一)黑太子承受愛德華三世賜爵之典(二)愛台伯王 Ethelbert King of Kent 受耶教洗禮(三)享利太子受法官處罰之圖各窗之隅爲十八元勳之造像即一千二百十五年迫英王 John 畫諾於大憲章 Magna Charta 者室之北端設御座二爲帝后之用兩旁分設多頭燭台一架麗縟可觀中央置書案議員之席一律紅革長櫈左右各四排後端三排共約六百座議長外交團報告等席外尚有皇族旁聽席末端兩列小椅各八紅革而繪金冕或云爲議員之長子而設室外即爵士廳 Peers' Lobby 空無陳設惟銅架四具懸人名牌共可四百

爵士廊 Peers' Corridor

長狹之廊分段滿佈壁畫爲庫樸所作(一)爵士若賽爾 Lord Russel 夫婦刑場之決別(二)查理斯一世 Charles I 之葬(三)教士乘舟訪尋新英倫其舟爲著名之五月花 Mayflower (四)教士拒絕簽約之被逐(五)倫敦軍隊援救

格勞斯特 Glaucester 城之出發(六)騎兵保護貝興堡 Basing House (七)查理斯一世捕下院五議員(八)查理斯一世屯兵拿亭漢穆 Nottingham 以抗議院.

中央廳 Central Hall

爲八方形空無陳設惟四石像(一)洛賽爾伯爵 John Earl Russel (二)那爾扣特伯爵 Stafford Henry Northcote Earl of Iddeslegh (三)格拉士頓 W. E. Gladstone (四)考沃爾伯爵 G.L.Cower Earl of Granville 皆十八世紀人

東廊 Eastern Corridor

此廊列名畫六幅(一)亨利八世欲與卡賽玲皇后離婚對簿羅馬主教之法庭(按亨利八世曾易其后六人)(二)拉愓麥爾長老 Bishop Latimer 覲愛德華六世論敎產(三)馬利女王戰勝建格來公主入倫敦即位(四)伊拉斯麥斯 Erasmus 及慕爾 Thomas 謁亨利七世之子女(五)卡佈特 John Cabote 父子奉亨利七世之命乘舟訪新地(六)紅白薔薇之戰一千四百五十五年時約

克York黨與蘭卡斯特Lancaster黨爭王各採薔薇分紅白色以爲標誌慘殺三十年此英史特著之事也

衆議院廊 House of Commons' Corridor

壁畫（一）查理斯二世由村女伴逃之圖按查理斯一世被弒後其子二世逃蘇格蘭克如威爾Cromwell尙以兵窮追二世匿大橡樹上兩晝夜經少尉藍氏佯爲其妹請護照往省病親此女乘馬而二世化裝爲之圉人始獲間關逃往諾曼地Normandy迨返國繼位克如威爾已死乃斬其遺骸以復父讎云畫中之少女卽藍倩Jane Lane也（二）李女Alice Lisle計救逃兵事亦俠烈當一千六百八十五年塞吉慕爾Sedgemoar之戰兩軍中各有一兵逃至李女處佯遣其僕報告有司乘隙縱二兵逃顧緹騎已先至將女及二兵逮捕法庭判女焚死世傳Bloody, Assize之血讞是也（三）劊手以書縛芒特魯之頸芒特魯侯爵Marquis of Montrose爲忠於王黨之人韋夏特氏Wishart曾著拉丁文之書以譽之侯爵被刑時當局命以此書縛其頸而後殺之侯爵稱爲榮領（衣領也）

謂榮於賜勳云(四)阿吉爾 Argyll 最後之睡(五)查理斯二世於道佛爾 D-over 登岸(六)兩院進皇冕於威廉帝及馬利后(七)芒克 General Monk 宣言議院之自由(八)釋放七長老

衆議院 House of Commons

建造遠遜貴族院之華美座位亦不甚敷亨利三世以前之議院僅以貴族教士組織之迨三世以無道被拘其臣芒特福爾特 Simond de Montfort 矯詔召集代議士是爲下院之濫觴時一千二百六十五年也其集會大抵於衛斯民教堂 Westminster Abbey 之查樸特館 Chapter House 至一千五百四十七年始移入此間之聖斯泰芬教堂 St. Stephen 迄一千八百三十四年遭倫敦之太火始改建此室中設御座及書案議員席一律爲黑革之長凳左右各五排每方約一百五十餘座上有廊如戲台並設婦女參觀席爲此院之始創蓋以前格於規例不許婦女到場今則時局大異喧傳已久之 Flapper Vote 少女選舉權已於日前(三月十二日)在衆院通過第一讀會凡女子年滿二十一即有選舉

權與男子同將來投票者男子計一二、二五〇、〇〇〇而女子則一四、五〇〇、〇〇〇且占多數政局將永操於女性之手亦英國歷史中重要之變遷也

聖斯泰芬堂 St. Stephen's Hall

爲長闊之室左右列石像各六卽克拉蘭頓 Clarendon 漢穆頓 Hampten 福克蘭 Falkland 塞勒屯 Selten 撒麥斯 Somers 瓦浦爾 Robert Walpole 曼士菲 Mansfeld 霞丹 Chatham 法克士 Fox 匹特 Pitt 伯爾克 Burke 格拉屯 Gratten

聖斯泰芬堂 St. Stephen's Crypt

爲地窨之敎堂建築精麗尤以遙矚其室項（內部）拱弧糾紛極文采披離之致但以如此佳所曾被衆議院用爲儲煤進膳之室復充釁舍後經亨利八世重修得復莊嚴之舊觀而愼加保護云

內部之建築概略如此門外廣場前有理查來昂 Richard Cœur de Lion 跨馬

揚鞭之銅像牆邊窄逕則鑄有克如威爾 Olive Cromwell 之像佇立俯首厥狀嚴厲與特拉法嘎廣場 Trafalgare Square 查理斯一世騎馬之像遙遙相對一以革命成功一以專制被弒彼此仇讎而國人共保存之不加軒輊

衞斯民教堂 Westminster Abbey

議院對面卽衞斯民教堂地廣六百畝一千零四十二年愛德華 Edward The Confessor 所創造目威廉始歷代君主多加冕於此設有御座蘇格蘭諸王亦沿用之各帝后及耆宿名流均葬於此去年大詩家哈地 Thomas Harny 遺命欲於故里與妻合殯當局議決剖取其心葬之故里尸體則葬此堂以申崇敬一九二〇年復爲無名之軍人 The Unknown Warrior 營窀穸於正廳矜式國殤也亭利七世之墓最爲華美隔以堅厚之銅闌鐫刻甚精諸墓之像或坐或立尤多仰臥某爵士之石像被遊人滿刻姓名於其頭面手臂藉爲紀念夫游覽而題名疥壁已屬惡習況摧殘偶像之面目乎惟銅版鐫像平鋪墓面之法甚佳工料既省且免毀傷於東隅某室中見之又一小閣庋藏蠟像 Effigy 古俗凡帝后舉

殯皆以此前導亨利三世以前且以原尸露面於外俾衆得瞻慕遺容兼以證其面色如生免被刺謀殺之嫌後以蠟偶代之

法庭

予由英友介紹得觀法庭民庭在斯特蘭街 Strand 巍然廣廈分十九部刑庭卽奧貝雷堂 Old Bailey 爲古監獄之原址開審時法官高坐左側坐褢讞十二員男女皆有逐一行宣誓禮而後裁判囚犯立於法官對面之高台上就鞫最觸目者卽諸律師之假髮 Wig 霜鬟雪鬢顯非天然夫法庭尙實僞飾何爲殊所不解埃及法官裁判死刑時頸間懸挂金小像稱爲眞實之神其義甚明也因此假髮予遂憶及髮辮吾華人以猪尾見稱於世界久矣迄今各報紙凡繪華人必加辮以爲標識然華人之有辮僅於五千年歷史中占二百六十年耳且長大下垂與豚尾逈異英人古裝亦有辮細小且翹然而起酷肖豚尾試觀倫敦街道中之銅像尙有翹其辮者可以爲證

閱報雜感

予於報紙喜閱訟案頗饒興趣客冬某案引起社會之評論投函各報題爲許殺之權 The Right to Kill 緣某少年貧而喪偶所遺子女皆某撫育致牽累不克營業最幼之女甫四齡久病醫謂不治某乃將此女投浴盆中溺斃之而自首於署官判無罪司法界且有揚言應續訂新律凡病人經三醫證明無救者得殺之以止其痛苦云有投函於 The Morning Post 報者謂其家屬某患臟瘤諸醫大抵謂爲惡毒一醫且言不能延至一星期後此病者經十七年乃歿且非死於臟瘤云前案判決未久又得相類者一媼患肝瘤經醫院割後不堪其苦醫亦證明無救媼之女（已嫁者）乃以砒霜死之官判此女有神經病監禁終身又某被二醫妄指爲狂癲禁錮瘋人院中二十年逃出後乃訟二醫判償金二萬磅二醫不服而上訴竟改原判減爲五百磅某忿極自殺此皆倫敦報紙所載者各案詳情予不得知以法官之經驗或有眞知灼見惟予意醫可誤證或賄託應由病者邀集證人簽名自願就死則殺之者方爲無罪然各國法律多禁自殺報載男女二人因貧不克自存乃相約同死不幸遇救執送有司立判繫獄女聞之色慘變

頓時暈絕不蒙哀矜反獲罪譴何其酷也求生不得求死不許孰謂歐美人民得享自由哉

鬼打電話

英報 Daily Mail, Dated 5 September Faris 紀柏林消息某經商於城市遺其妻及子居鄉村某一日忽聞室中電話屢鳴接之乃其妻之語音自謂已死諸童稚方圍哭云某知該村無電話疑其友仿效妻語而惡作劇也立搖鈴探詢電話局適來之電話係何人所發接線員答曰頃無人取用尊處號碼某益大惑不解少頃其妻之訃竟至乃急返家據侍者云妻病危時猒其子女之圍哭欲以電話召其夫惟距該村八里外方有電話侍者勸阻妻乃悵悵而歿報載此事甚詳其人名 Herr Foltanski

因果

倫敦某鐵路司機員娶再醮婦婦之前夫乃被謀殺於鐵路者二年後司機員暴亡其地恰爲前夫所死之室又某商之妻被殺驗爲剃髮之刀但兇器迄未查獲

某雖被嫌入獄亦旋得釋二年後某以剃刀自戕於其妻所死之室中歐人不信因果謂爲巧合之事惟倫敦之 The Chronicle 每研究靈魂予曾投函供以資料云

與 The Chronicle 報談靈魂之函

昨見貴報討論靈魂及某君函述事蹟與予所見聞者亦多相類或謂此皆偶然之事否則何以人死後大抵杳無音訊然予以爲精神各有强弱必特强者方能有所表示否則幽明間不易溝通也兹述各事如下予之外祖母居北京時與水稼軒工部之夫人相友善會水夫人病其子亦病且死家人秘不以告夫人忽召其子婦至嚴詰之答以無恙乃斥之曰汝尚欲瞞我耶彼頃親來報告謂將死時囑曹媽（女傭）稟聞而拒不往云婦聞言始泣曰其事確也夫人哀痛自嚙其指見血數小時後亦歿此事爲吾母所言也

又四年前予由美返國寓滬之南京路二十號同居僅一侍女名阿毛某日予午睡侍女忽賫熱水一壺置予室内作詫聲曰咦即悄然去予睡起詰其故答曰方

行經汝室外見汝立門前低呼阿毛送熱水來予遂往隔室之浴所（與寢室毗連）取得一壺逕送至室內見汝方酣睡衣履悉褪置於側故爲驚詫耳按是夕予擬赴宴屆時必需熱水梳洗但午睡爲時尚早故未言及詎予睡時魂竟離體而傳令耶

又二年前寓滬之同孚路八號朱樓向南臨方式球場北階前黃沙礫徑餘繞場三面悉冬青樹西即通衢高槐覆牆而鏤花鐵門在焉入夜則門加鍵宅中且有印度警吏二人晝夜邏守當二月十四夜予聞樓下有聲疑爲胠篋之徒乃起立凝神靜聽聲之所在復取手槍平時因避危險槍機悉已拆卸此時予乃將彈筒及彈粒一一裝配費時約五分鐘則腦力已清醒非復睡眼朦朧矣乃悄步至廊向球場瞭望時方細雨門外汽油之路燈光極强烈照雨絲如金線清晰可睹瞥見草場上有物移動於樹影颭亂中旋即越沙徑趨入廊廡恰當予所凭欄之下爲黑物一團如人之傴背但近在咫尺既不見人形而移動平均無步行躑躅之態且廊廡間即警吏棲息之所果爲竊賊應畏懼不前人歟鬼歟殊爲惶惑乃按

壁鈴僕役羣起詢諸警吏方溺職而入睡鄉固云無所睹也相率偵查撥花撼樹搜尋迨徧而無蹤跡門鑰倘未啟也其踰牆逃去耶此事迄今不能解釋云（下略）

三十年不言之人

某日倫敦報載「三十年不言之人逝世」之消息謂此人曾因與妻反目咒詈其妻將來必遭焚斃詎次日其宅被焚妻與二幼子皆葬身火窟某痛悔失言遂緘口終身此較息夫人三年不言爲尤難能也

醫生殺貓案

倫敦某醫院二醫治事畢返休息室按例爲彼等所備之糕已被貓竊食乃憤以鐵器擊斃之血污滿地院長以虐傷畜命訟之於署依法集訊並飭官醫檢驗貓體致命之傷據稱傷非要害係因被擊受驚驟罹心疾而殞二醫辨稱因貓罹狂疾恐傷害病人故斃之判均開釋之

夫歐美之文明傷一物命亦繩以法洵堪欽佩惟於庖廚食品及工廠原料如齒

革羽毛等則恣殺勿論殆謂不得已而用之然於義理終有未安夫仁恕之道推己及人由近而遠始於同族而廣於異族當美洲文化已蒸之日而有販賣黑奴之舉以爲我白而彼黑也彼等之視黑種與禽獸不甚懸殊幸有林肯 Abrahsm Lincoln 總統不惜宣戰以矯其謬偉哉斯績昭示靡窮其功不在黑人之得救而在世界正義之伸張至於人與畜類同爲血肉之軀四肢五官同具惟形貌異知識差耳吾人對之遂抹殺一切道德純爲敷衍自欺與販賣黑奴之心理何異且如牛馬爲人服役循序按法勤勞無忤較之奴隸有過之而無不及迨年老力盡則殺而食之無怪乎近世勞工之抗業主苟非人類力能結合將同此結果耳此間無道義可言也黑奴釋矣次於黑奴者待救孔殷世有林肯其人爲更進一步之撻伐否設曰無之亦世界文明之羞而吾人之罪惡將永無湔滌之日矣茲錄聶君其杰非洲人肉市（見新聞報）之按語於後

其杰按此種風俗乍見之似屬可怪然世間之事可怪者甚多習而成俗則羣相安之不以爲怪矣在不食人肉國之人若居彼族中見人肉而不食則彼族必譁

然而笑之謂其迂愚亦猶我輩食獸肉之人見不食葷者亦羣相諷笑夫彼輩舉箸時見碗中一人手指一人耳舌而不動於心者亦何異於我輩自命爲文明國人者舉箸持刀义取禽獸心肝入口而無動於中也外人誤入彼族陷阱中遭其縛宰訴而不聽者亦何異禽獸之遭吾牽縛而無力自脱也人有天倫骨肉之情禽獸亦有母子之愛人知痛苦禽獸亦知痛苦人知感恩怨怒禽獸亦知感恩怨怒所異者智力不如人故爲人所制任人宰割烹食蓋純然一强弱之問題耳弱者肉强者食或食人或食肉同一恃强凌弱耳豈有他哉夫天地間一切罪惡不外乎以智苦愚以强凌弱以衆暴寡大抵人居於愚者弱者寡者之地位時則心中冀望他人之垂憫雖盜賊之兇忍虎狠之冥頑（城按前篇在羅馬所紀猛獸之仁心一節則虎狼見被棄之人類兒童每拾取代爲撫養而人類每取禽獸之幼稚而烹食之是人不如獸也）我輩遭之猶希望其發慈悲之心一旦自居於優勝地位更不復爲愚者弱者憐惜常人食禽獸玃玃人食人皆同此惡劣之心理而已（下略）

歐美亦有所謂 Ve Getarian 卽蔬食之人而饕餮者飾詞詆之前見西報有投函論蔬食者之殘忍謂草木亦爲生物何忍相殺此等佞詞曲解宣尼所謂詖遁淫邪應予明辨者也夫仁恕之道由近及遠前旣言之矣草木非血肉之軀與人類氣稟逈殊雖應愛惜衡其親疎遠近自應食植物以代動物猶文明民族食獸肉以代人肉其義甚明且天生吾人本非食肉之體質試觀貓犬尖牙而食肉牛馬方齒而食草吾人未生獠牙奈何食肉只以人類多智異想反常欒割而烹飪之違其本質以致疾病叢生損減年壽此伍廷芳氏有蔬食可活二百年之說也因食肉而習見流血之慘養成兇殘之性人類且自相殺害兵戰格鬬一觸卽發釀成痛苦之生涯靈魂亦積眚叢愆永墮沉淪之獄肉體暫寄精神永存奈何恣一時之欲而遺終古之悔吾人試回憶由兒時以迄成年其梯級已一一經過轉瞬卽末端之歸宿猶欲如此最短時期內恃强凌弱狗苟蠅營以損他利己爲務何其心計之拙而目光之淺也或曰子何所見而知人有靈魂答曰人爲萬物之靈而謂無魂是自儕於冥頑之動物也謂地球外無他星球謂物質外無靈界眞

宰造物詎能如是簡單英儒斯賓塞爾有言科學愈發明令人愈驚造物之巧而知神閟之不可誣或曰假定人有靈魂又何知善者超度惡者沉淪答曰無他此因果自然之律耳善者身泰心安死後靈魂清輕惡者行醜德穢死後靈魂重滯靈界安能無涇渭之分而同流合汚哉南海康同璧女士詩云與世日離天日近冰心清淨不沾埃予今已臻此境非淺俗者所能喻也

成吉思汗 Genghiz Khan 墓

倫敦之 The Daily Express 報紀俄國探險家高思羅甫 Professor Kozlov 訪得蒙古王成吉思汗（元太祖）墓於戈壁已廢之城 Khara Khoto 兹譯如左（以下皆高氏所述）

予自一千八百八十三年卽專探亞洲古蹟而於此墓則經二十載始探確無訛予習蒙古語言文字同化爲喇嘛之一始得彼族指導親歷其境焉墓在奧爾杜斯省 Province of Ordos 守護矜嚴禮奠神秘每年夏歷三月二十一日其子孫及諸僧侶詣墓參祭予由王之十八世嫡嗣阿拉山 Alashan Genghiz Khan

及其留學俄國之兄介紹始獲發明中華元代國史稱王於一千二百二十七年薨於 Khara Khoto 之都城因國際關係秘而不宣近見華北日報 North China Review 云王墓在拉齊林惟堆亂石覆以氈幕他無所有棺爲石製云他報亦每爲相類之傳佈此殆疑塚蒙人故爲流言以免貪者之被探獲云予等由墓道而入迷宮爲廣四十尺之方場中置龐大之黃木外廓藻繪悉東亞式內儲銀棺而覆以旗長十尺寬四尺上繡王之徽章棺下置皇冕七十八具皆王所征服取爲紀念者堂後供神龕而皮武器中有嵌寶金劍瓌麗無倫近處設象牙御座一乃掠取於印度者尚有星學之儀器等另一神龕爲王半身之赤玉造像几上置手寫歷史五百頁皆王之眞跡秘事蒙古及中華文並列王簽名於册面並加鈐焉且逐頁簽押以示信史予欲抄寫或攝一影但被拒絕予厚贈監守者以珍品始許詳讀廳前有大如原體之獅虎馬等像色澤腴妍詢何所製答爲寶玉予忽聞啁啾鳥聲然知此隧中必無生羽旋見爲蝙蝠羣飛彼等視爲聖靈之物飼以蜜調朝陽花種啞僧七人終年守墓例不許與人交談惟可與阿拉山語以其

爲王之嫡裔也棺前繚燃漆燈七盞永不滅息中懸碩大之玉磬每七小時敲七響謂王逢忌辰靈魂戾止吹滅各燈附於領袖喇嘛之身於神龕內之黑板作書預言流言之吉凶遺物中有裝訂精美之耶經乃英僧所贈及遊人馬口鮑斐 M-aco Polo（城按似義大利人姓名）所贈之小金册其可詫者則王之愛妻道爾馬 Dolma 皇后竟有銅像作佛教信徒式現爲全蒙喇嘛所崇拜者后葬處距此二百里予隨喇嘛及阿拉山等行四日而抵其處老喇嘛導予等入墓建於山谷適當之處距墓四十尺爲埃及式白石金字塔沙徑徧茁叢莽觀之不類此塋爲大可漢之妻予等費半日之勞始將亂石推移得入隧窨白雲母石之棺在焉碑以蒙古及中華之文幷列文曰

此爲道爾馬皇后安息之所自請大可漢於未薨之前取其生命俾得先爲佈置地位大可漢因而解脫之以短劍剚后之胸逝於懷抱閒七日後大可漢亦薨

The Daily Express 報註曰成吉思汗爲蒙古皇帝生於一千一百六十二年

屬蒙古種乃世界第一大征服家戰勝全亞細亞及歐洲之大半部歿於一千二百二十七年楊赫士班爵士 Sir F. Younghusband 語本報云此墓發明爲第一重要之事予知高思羅甫氏爲卓越之博古家所言均足徵信皇家地學會曾於一千九百十一年贈以徽章以獎其發明中央亞洲古蹟之功云予譯此篇竟乃塡詞一闋如左

念奴嬌

英雄何物是嬴秦一世氣吞胡虜席捲寰瀛逴翔漠劍底諸侯齊俯寶鍘裁花珠旒擁樽異想空千古元戎嬌眷允宜同此英武　幽窀碧血長湮啼妝不見見蒼煙祠樹誰訪貞珉傳墨妙端讓西來梵語嫠鳳凋翎女龍飛蛻刼換情天譜彤篇譯罷騷人還惹詞賦

詞中引用江淹恨賦秦帝按劍諸侯西馳之句然祖龍何足擬此五千年彤史中實無前例也

旅況

歲聿云暮人事蕭條島氣常陰樓深晝晦斷送韶華於鏡光燈影中倏六閱月而遙望鄉關烽火未銷吟踪長滯有萬方多難此登臨之概因憶舊作七律一首乃去國留別諸友者詩曰

客星穹瀚自徘徊散髮居夷未可哀浪跡春塵温舊夢迴潮心緒撥寒灰人能奔月眞遺世天遣投荒絕艷才億萬華嚴隨臆幻謫居到處有樓臺

冬日苦短膳宿外無多餘晷訪得日本餐館於隣街席珍一簋卽吾國之暖鍋爇火自行烹調者而霜菘豆酪清芬爽口曩爲粗糲以饗寒畯者今爲奇雋之味價亦特昂豆腐每方寸薄片需二辨士合華幣制錢四百文侍者以冰盤進十小片爲價四千矣豈故鄉父老所能信者某日計値夏歷除夕予勉自袚飾獨宴於本旅館之特別餐廳著黑緞平金繡鶴晚衣躡金舄而戴珠冕（卽珠抹額）自顧胡帝胡天因竊笑曰吾冕雖不及倫敦堡所藏者之華貴但同一享用而不賈禍珠皆國產爲價本廉當茲共和之世凡力能購者儘可自由加冕（所寓旅館適譯名爲攝政宮一笑）而古帝王必流血以爭之何其愚也獻歲後摒擋諸務仍

返巴黎大陸天氣亢爽精神爲之一振

巴黎選舉女皇

本年之嘉年華會 Carnival 於三月十五日舉行選舉女皇多人而皇中之皇爲寶睞卡特女士 Mlle. Paulette Cayet 首膺國色之選大隊遊行點綴昇平景象萬人載道舉國若狂日午衆聚待於音樂館前予所寓格蘭德旅館適居其右而得俯觀音樂館路及義大利街爲縱横之交已萬頭攢動如麥浪車馬斷絶將近五時始由銅盔黑纓之馬隊前導繼以樂隊各種花車魚貫而至各女皇分紅黑藍衣諸組每組殿以金冠縞衣之女瓠犀翠展揚其皓腕柔荑向左右觀衆擲吻 Threw Kisses 謝其歡迎間以儺裝及酒食之車酒瓶巨丈尤滑稽者爲燒烤人肉蓋歐美燒烤店向以全體雞豚等置旋轉機上如轆轤然爇火於下烤之此則炭盆如故而旋轉機上所縛者乃一袒背之活人時值春寒袒身就火取暖無所灼傷也又一車紙製白象四頭載以寶瓶似效法東亞最後第七十輛爲寶睞女皇銀驄雙組緌駕金輧四角各立金色擎球之天使皇披翬服戴珠冕手持御杖

挾左右扈從向衆致禮而大會告成輦過數小時猶羣衆塞途不能散音樂館前爲地道電車之站衆乃鑽入地道爲尾閭之洩始得鬆動是日游人亦多儺裝巡遊街市極一時之盛歐人之評美色夙重白琅德 Blonde 卽膚髮淡白者故電影中有 Gentlemen Prefer Blondes 之戲而白若奈特 Brunette 次之卽睛髮黑或棕色者次者不平因於電影中亦製 Ladies Prefer Brunettes 之戲皆取名於美文學家所著之書而加以變化者也而今年巴黎被選之女皇皆深色之睛髮足爲白若奈特吐氣矣予意必髮光如漆與雪膚相映方見鮮妍金鬘銀髩轉形黯淡耳

紀木蘭如吉之戲

木蘭如吉 Moulin-Rouge Music-Hall 爲巴黎著名之劇場某夕所演者涉想高遐化粧玄妙歎爲觀止場中飾九天閶闔夜會羣眞以遠景繪宮宇縹緲微茫恍入夢境衣裳悉柔薄之金綃高颺長曳襇摺如畫以粉花茜蕊團簇之彌形妍麗帝命天使聘於列邦使乃乘飛槎遨翔空際得遇諸星精長身姱貌莫辨男女

惟皆威若天神不同凡艷雖衣裝各異一律爲蔚藍之天色或深或淺光閃鑠而式詭妙飾以明星高簇爲冠聯綴成佩穠華各盡其致火星艷灼夭桃寶光璀璨中赤熖隱騰燒天欲醉彗星裸其素質尾長盈丈展佈星光寒輝曄曄土星腰間環以星氣巨圈如加玉帶此皆特別可識者尚有其他諸星精一一行過顧行不以步或緩或急流射於天空殆有暗機代步與浮槎之使雖相見而無欵接蓋上界以意會不以言傳也此劇與予舊作小遊仙詩恰合已刋於信芳集中兹錄如左

誰將玉帶束晶盤乍見星精出水寒銀縷飄衣秋舞月珠芒冲斗夜加冠微孁世外成千刼一睇人間抵萬歎自是驚鴻無定在青天碧海兩漫漫

重遊瑞士

由巴黎往瑞士朝發夕至脫金粉之鄉挹山林之秀心襟頓爽惟文債叢脞前著鴻雪因緣經同學淩楫民博士爲登順天時報久停未續閱者遠道函催亟欲應之費時匝月始脫稿付郵俗務亦粗應付而九十韶光消磨强半矣時値春寒初

以無妨稍待迨偶窺園則玉蘭海棠等已漸零謝乃歎尋芳較晚身居勝境形勢案牘得毋爲山靈竊笑耶

寓建尼瓦湖畔斗室精妍靜無人到逐日購花供几自成欣賞向南叠扉雙啓卽半月式小廊盺夕涵潤於湖光嵐影間雖閉戶兼旬不爲煩倦如岳陽樓之朝暉夕陰氣象萬千疊展其圖畫也晴時澄波瀲灧白鷗廻翔雨則林巒悉隱遠艇紅燈熠昏破晦倘遇陰霾城市中稱爲惡劣氣候者此則松風怒吼雪浪狂翻如萬騎鏖兵震撼天地心懷爲之壯焉堤路砥平繚以短檻行人往來疎林中面目衣襟悉映於波光蕩漾間距吾書案咫尺舉首卽見爲此記時固據實抒寫也東麓有亭翼然臨水菜市也晨間往市售花者踏輪車經此湖堤負巨簍於背滿載芳菲姹白嫣紅掠水天而過景尤入畫

堤邊巨松一株恰當樓側濃青古翠百鳥所巢春眠慵起而芳鄰滋擾未曉卽湜啁啾破予好夢枕上見山頭晴雪卽興奮作遊山計購得草製小籃及籐杖各一皆精緻可愛因憶紅樓夢中牙牌令云湊成籃子好採花仙杖香桃芍藥芽之句

登山吟賞採擷盈籃歸寓而花已萎分插瓶中時爲易水並置廊外使吸清氣信宿竟見回春蕊葉復挺乃供室內分紅白黃藍諸組穠華妍麗巧奪人工始信天能造物復歎花不負予益勤爲灌漑焉惟採時曾遺一手套於十頃花田中無從尋覓值金幣六圓姑與羣芳結香帕之盟而已

此番所游之處爲霞穆拍瑞 Champery 維拉 Villars 香璧 Chamby 白琅奈 Blonay 派勒潤 Mt. Pellerin 等山櫻花如海掩映碧天雪嶺農民耕於繡陌芳塍間或且習而淡忘不自知得天之厚也遊車所到兒童拍手歡呼同座諸客多漠視若無覩予則一一揚手答之前遊德國舟車所過成年男女亦多隔岸歡呼予以爲此等事頗饒情感世界之大過客如微塵而永不再遇亦有招呼之價値也游香璧時春氣晴暖野花遍阡陌黃英燦然兒童數人行經予前一一向予問訊爲禮此情此景皆感愉快有時獨行山中農婦亦致訊詞瑞士人民好禮乃其特性也

國立機關應禁用英文

閱滬報有海關改用華文之議爲之稱快按吾國海關成立迄今七十餘年向由外人主持往來文件悉用英字豈獨海關卽郵政鐵路鹽務等機關亦多用英文此等怪象爲世界各獨立國家所無夷考其始或因外債抵押或因條約關係政柄操諸客卿國體尊嚴久喪此等歷史污痕決不容存在者而社會間英文勢力之普遍尤屬可驚去年英報有某西人投函謂共黨未作之先華英感情甚洽滬人之通英語者居百分之九十五云此言殊不盡誣予周遊各國從未見以他種文字盛行於本境如吾國者何華人於英文獨優而且普徧蓋受其經濟勢力之壓迫浸潤幾於淪肌浹髓故於其文字之同化亦深入而不自覺耳士夫有不知本國史綱及通用文辭者而於英文則亟亟求之苟因溝通學術交換文明起見英文固亦必需若社會間矜爲時髦以不解英文爲恥則所見殊誤蓋吾人屈於西方勢力之下而解英文此則應引以爲恥而且痛者也

抑吾更有進者國文爲立國之精神決不可廢以白話代之吾國方言紛雜由於國土廣袤按其面積猶如歐洲之有多數國家當然有各種語言設使閩粵蘇浙

之人與直魯土著者交談將無一語能通益以時代之變遷民俗之習染各有語風各成音調種種歧異莫可究詰所幸者惟文辭統一耳設使五千年之歷史當時係用白話紀錄者則今日將無人能讀之卽能讀矣而誤解謬釋亦如佛經仙訣之奧妙愈演而紕謬愈多耳且文辭之妙在以簡代繁以精代粗意義確定界限嚴明字句皆鍛鍊而成詞藻由雕琢而美此豈鄉村市井之土語所能代乎文辭一二字能賅括者白話則用字數倍之多所多者浮泛疵累之字耳孰優孰便可瞭然矣但文辭意義深奧格律謹嚴非不學者所能利用然惟深嚴始成藝術夫藝術不必盡人皆能也亦決不可廢必有專家治之（此指文學而言非通用之國文）況吾國以特殊情形賴以統一語言者乎

與西女士談話感想

某日席拍爾德女士函約午餐予購車券登山逕造其寓彼適外出未歸遇其友昔穆森夫人邀憩樹陰談次詢予理想中之上帝體相何似答以無體無相有體相則權力有限無體相則權力無窮彼拍掌歎絕且與予握手以示心契少頃席

女士返寓即入座就餐有巨蟻蠕行於桌布彼以指搓斃之予勸以不可傷生彼然之續有蟻至則以指輕拈之擲出窻外（憶前於美國遊山偶摘樹幹嫩芽汽車夫謂應與以生機其言予甚服膺）彼詢予是否佛教信徒答以所諳甚淺惟戒殺宗旨與吾本性契合則不妨皈依之予知此言非彼所樂聞蓋彼方竭誠誘信耶教誼殊可感惟信仰各有主義焉可苟同若不聲明是欺枉也耶教主博愛而不戒殺殊爲缺憾甚至變本加厲因護教而有十字軍（一〇九六至一二九二年）二百年之慘殺數百萬生命之死亡且被帝國主義者利用爲侵略之具假使當時行於歐洲者爲佛教而非耶教則此奇禍可免一言喪邦況宗教挾洪水滔天之勢力立言可不愼乎世變亟矣惟佛教可以弭兵於人心立和平之根本否則國際聯盟非戰條約皆狙公賦芧詭譎外交殊尠實效也人事繁劇理論紛呶然千端萬緒皆以文明爲目標惟眞文明而後有眞安樂何謂眞文明即吾儒仁恕之道推己及人仁民愛物之心及佛教人我衆生平等之旨使世界人類物類皆得保護不遭傷害茍臻此境則人世無異天堂脫苦惱而享安樂地球之

空氣爲之一變詎不快哉聞倫敦近有佛教之宣傳及廟宇之建設挽浩劫而開景運䟦予望之所惜此舉未能創於十稔以前承歐洲大戰之後收效當較易也

閒居之遣興

山中歲月居而不閒蓋頗勞形於案牘所賴以遣興者每星期登山一次及逐日選花供几而已惟去取之間亦費躊躇殘花未忍遽棄新者又乏瓶供養除購置陶器外兼以盥洗所用之器皿等分貯之由山中採取之花雖色褪香消猶加愛護因彼寄生巖谷怡然自得予既强移之應有以善其後也樓前牡丹二樹綴花數百朶游蜂爲鬧其一且飛入吾室體巨如錢黃粉與黑甲各半固採香之健者予急闔扉欲留玩弄而仍作書不輟迨書畢視之已不知所往旋悟室後之門額略啟通入後廳殆由是飛去惟慮重樓複閣娟娟此豸必迷不得出失其草野生涯而爲繡闥之殍詎非吾過耶驀憶兒時往事嬉於牡丹台下有此類巨蜂棲止於石予乘其不覺而擊斃之舊案儼存覆轍再蹈疚懷自訟他日東皇裁判當邀海內外之花王爲證較葉小鸞之扇損蝶衣簪除花孫情節尤重也

重往建尼瓦

自客夏别建尼瓦不欲再往卽此番寓湖頭（芒特如）兩月餘亦無心作湖尾（建尼瓦）之遊忽因事必須親到且預計到該處當爲六月四日復以自詫蓋去年到時恰同此月日也予之記憶亦自有故因紐約之斯台穆君曾隔歲預約暑假遊歐訪予於巴黎讵彼到時而予適於先一日離法失之交臂疑人生晤會亦有定數今復遣此益莫明其妙然尙擬早一日前往以便所事惟欲再登阿爾伯士雪山而後告别倘能如願則到建尼瓦當爲月之三日方著山屐擬飯後出發詎天氣驟變風雨相阻次日始晴卽購券登火車駛升山頂歸途經格力昂下車詣席柏爾德女士告以翌晨將往建尼瓦及輾轉恰値前遊之期殊以爲異彼嗜然曰此佳兆也應遵行勿失予然之四日成行矣

此次重登雪山風景猶昔惟情懷較異莫辨爲悲爲喜同車客指示羣玉之頂遙見游人如黑鴉數點集於皚皚天末予答曰然曾有一女子攀陟該處失足葬身雪窟經數日之搜掘始獲其尸君等亦聞之乎客答以未他一客曰此事於六星

期前見之報紙當時固有人戒以勿往彼不從也客座相與歎息客夏曾有一英婦溺斃建尼瓦湖中歐美人好游遇難者時有所聞然不因噎廢食此在鄉愿則戒而裹足矣雪山風景見之前篇茲不復贅得好事近一詞如左

寒鎖玉嵯峨掠眼星辰堪擷散髮排雲直上闖九重仙闕　再來剛是一年期還映舊時雪說與山靈無愧有心懷同潔

由芒特如往建尼瓦捨車而舟穩渡四小時得賞沿湖風景且爲價較廉計殊得也仍寓舊時旅舍然昔之寓此因鄰爲劇場深夜顧曲便於往返今抵此經旬尚未涉足某夜夢回方筵歌如沸臥聆樂奏知某也爲狐步舞某也爲轉旋舞往日芳朋俊侶沉酣於春潮燈影之情景一一湧現然今倦厭矣故此等幻影亦旋起旋滅而別有所感者在樂聲之悽咽如訴人事如惜年華無限隱抑及變遷胥寄此宛轉頓挫之節拍中其將終也則淫溢哀亂曳長音而若不足每闋皆然頗合古樂府一唱三歎之旨已而汽車競鳴知爲酒闌人散取視時計方交四點衆響漸寂繼以一陣疎雨淅瀝有聲悽涼況味洗滌歌舞餘歡反響亦殊不弱物理由

靜而得天時人事在在可悟盛衰倚伏之機當局者若執迷不悟耳詩友費仲深君有夜半笙歌倦枕哀之句殆先我而歷此境者

客夏游此每當黃昏散步輒見隔岸雪山爲夕陽渲染赤城霞起玉峯欲頹景最明艷今重來無睹殊爲不解偶過游覽公司詢以天際之瑪瑙屏何以失去彼等胡盧而笑謂天氣清朗時方得見之然當晴時亦瞻望弗及有如神山縹緲或隱或現者何耶

偶過國際聯盟會門外有所感想自本年裁兵集議後尚無重要之會當俄代表李迪威瑙甫到時當局因會黨之流言嚴爲戒備扈從之盛聲容荼火爲從來所未有而萬目睽睽中李氏以龐然肥重之軀蒞止顧其發言衆認爲趣劇不與討論惟法相白里昂氏曾答以滑稽語謂如廢止一切武器則便於民衆之國蓋以體力代武器以衆毆寡則拳脚多者佔勝利云英人則於退席後會廳中相語曰Colossal Joke意謂破天荒之大笑話夫以赤俄謀和平固屬不類然其宗旨無可抨擊雖其辦法荒疏應別謀所以達此目的之方法置不與議則列强無和平

之誠意可知矣然提議者亦何嘗有誠意此所以成一幕滑稽之戲也予爲莊嚴會所湖山勝地惜焉

百花會之夜遊

建尼瓦湖畔每年春暮夏初有花會二次一在湖頭之芒特如於五月舉行名水仙會花具仙姿然不在水偏植山野間與吾國所產之水仙相似予固名之當櫻杏蘋梨風信換耑而娜惜司 Narcissus 則盛放於阡陌間遙望如綴疎雪居民乃結隊游行爲花慶壽韻事也然亦雜神話焉據稱有少年具子都之姣來自隣邦羅馬過建尼瓦湖旣戀湖光復矜己貌顧影徘徊累日不去竟餓死於此以艷殍而化名花纖枝秀挺玉瓣欹垂猶見當年之風韻此與秋海棠爲思婦淚同一佳話不必信其事實也湖尾建尼瓦風景旣遜湖頭花卉亦較尠娜惜司之雲礽未繁衍及此居民欲踵事增華乃渾名百花會於六月舉行惟地屬名城籌備盡善燈彩輪鑾之盛爲芒特如所弗逮卽較巴黎之嘉年華會 Carnival 亦且過之蓋巴黎重在美人此則重在美藝一切飾品皆齎美家之精心結構在在表現

藝術者也月之二十三日午後出發予寓適居賽會界內前有平臺高坐俯觀最稱便利觀畢晚餐旋卽就寢牕外鼓樂喧闐至爲不耐蓋孤客而處繁鬧之場則愈多感慨況百憂駢集之身乎初尚勉作不聞而愈迫愈厲如困垓心受楚歌四面計長夜瀆擾淸眠莫如趨就之轉得消遣乃起理粧出外散步則游人如織燈彩燭天湖面紅綠繽紛逐水光流顫幽艷獨絕會場男女多執紙袋滿貯剪紙彩片隨意向人拋擲如散花之舞卽佇立之警士亦多被騷擾例不禁也婦女著輕綃闊領之衣有揭其領以彩片傾入者有拍行人之肩迨其回顧則迎面猛擲一掬者予亦被擲數次目爲之迷乃掩面揉目而返草草就寢晨起彩片徧枕席焉次日賽會如昨默計苟晚間出遊不可無備亦購彩片一袋暗藏小籃中而覆以巾以示無挑釁之意途中有擲予者則倏報一掬以爲抵抗有一擲卽退者有屢攻不已者予亦奮勇追逐循環報復彼此縮頸揉目或且噫咳蓋紙片撒入口中也方與某甲劇鬭時復來某乙乘隙攫予籃中之紙料左右受敵應接不暇乃竟以籃倒向其腦頟拍擊餘料傾盡方棄甲曳兵而走觀者大笑衆除嘔噱外不許

交談故雖滿街追逐嬉戲均默無言語而予以遠客竟與此邦人士無端啞戰殊得奇趣是夕之游不啻夢境也

文痞文匪之可悲

前寓倫敦値大詩人哈代 Thomas Hardy 逝世舉國哀悼表揚遂爲文痞利用摹寫其字售充眞跡事見報紙頃六月二十五日大公報紀坦途月刊第四期內發見僞造王靜安詞稿之事頗爲該報所痛斥此等事僅誣已死之人耳予今尚生存海內文痞竟將報紙已刋之拙稿肆行盜竊或誣予與之通信將彼等所造讕言冠以予名或將拙稿冠以他人之名公然轉登他報文字界之暴行已與盜匪之擾亂臻同一程度予於滬報僅訂閱新聞報一份已兩見之於該報一爲四月二十七日所刋予可證明其僞造者予旅歐已二載豈有不知法國之幣名佛郞而反稱爲金磅之理（英幣名金磅）予初見之尚不信有如此膽大無恥之人但函求該報更正而已詎又見六月四日之新聞報成吉斯汗墓記一篇投稿者揑稱係其友留英學生陳某譯自倫敦快報而函告於彼者（投稿人爲賺取

酬金計）閱之方知係抄襲予之譯稿已先刋於五月二日天津大公報者彼略爲增減顚倒其段落而直接抄錄一字不改之字句尤居大部份拙稿中已述明快報原著人爲高思羅甫英文Kozlov大公報未加註英文而盜稿者欲賣弄英文以取信於人也又不知如何拼寫竟拼爲Gas Loagh與原文逈異此爲彼於倫敦快報並未寓目之證復將篇末予之題詞删去易以老嫗鼓琴一節爲快報所無亦屬揑造予閱後立致函新聞報並將大公報及倫敦快報掛號郵寄以證其僞計此兩事一則稱予之函告再則稱係其友人陳某之函告殊不思此等長篇何能於函札中述之蓋新聞報曾宣言謂投稿者多屬造謠大家此後譯件非附原文概不收納故彼等乃稱係友人之函述而無原文云滬報種類甚多予不能徧閱拙稿被盜轉登於他報尚不知若干也年來神州一片土已成盜賊世界士林痞丐之充斥尤與相埒造謠以餬口售淫書以荼毒社會久爲識者痛心此輩既粗通文字自命知識階級何不謀正當職業竟出此下策間接反損碍其生計蓋此等劣跡穢行倘爲人偵知孰敢任用之報紙公佈之件尚敢盜竊如委以

職業託以財物斷無不盜竊之理至於造謠餬口尤屬無恥之尤國運方新彼等先自剝奪其人格更不計及將來公權及公民之資格矣

曩於故國備遭文匪之擾故避之若浼旅居歐美除素稔者偶有往來外凡國人僑聚之所良莠不齊予遂因噎廢食概不走訪二年以來於巴黎從未一晤國人亦幾廢絕國語蓋遨遊異地如脫塵網不欲再尋煩惱也

遊覽之危險

七月十六日倫敦太穆士 The Times 報紀六人畢命於阿爾伯士雪山據云其地屬瑞士之塞爾瑪特 Zermatt 境游客之死於此者雖多然六人同時遇難則爲二十五年來所僅見彼等皆法蘭斯人攀陟既高爲雲霧所迷經數小時之困守迨霧消而發見峻陡之雪堆冰柱無路可通導引者失足一人挽救之亦隨之下其處離地二千尺餘四人試以繩縋下悉墮於深淵此由對面嘎瑙極拉山 Gorner Grat 之游衆以望遠鏡窺見者立即馳報有司設法搜尋昨始將六尸覓得姓名亦均查明此外尚有一德國學生由瑪特杭山 Matter-Horn 墜落於莎

韋赫 Solvay Hut 附近其處峻險無可尋覓又一德婦偕引導人遊此處爲崩坼之冰塊擊傷甚重逝於醫院又葛立森 Grisons 之薩囊山谷 Samnaun Valley 有劇雷大雪之轟激致媚瑟 Maisa 及霞珉 Chamin 兩河潰決淹沒三百畝毀橋梁九所幸未傷人皆近日事尙有小瑪特杭山在瑞士與義大利交界處特爲詳紀俾國人遊此者注意太穆士報繪有專圖此篇從略

阿爾伯士既有天險且爲奸人利用謀殺案亦有所聞其事爲日爾曼人夫婦遊此夫忽倉皇馳報有司謂其妻失足墜山死衆不以爲異事且寢矣詎彼於二星期後卽與宅中侍女成婚且向某保壽險公司索其妻之賠款爲公司所疑而訟之遂入獄此與去年喧動紐約之斯乃德案相類斯乃德爲某美術雜誌之編輯者枯楊生稊而納少婦婦利其多金而心不屬也然結褵已十二年生一女且九齡矣婦出私囊暗爲其夫保巨額之壽險復誘夫賭博至夜深倦後飲以烈酒夫就寢婦乃與預匿宅中之一男子擊殺之而後報警謂戕於盜警搜得宅內之珍飾匿藏未失且驗得其夫腦內受有多量之克婁如芳（悶藥）案遂破婦與奸

夫悉伏誅世風日惡而夫婦之道苦然亦財產權限之制有所未善乎

瀛洲鬼趣

前篇曾撮記西報談鬼數則茲更有所聞錄之遣悶猶東坡之在黃州同其無俚也八月杪倫敦快報稱美之國務卿開洛格氏到巴黎簽非戰條約時飭其大使館與法之外部交涉謂簽約時彼座將列於白里昂氏之右恰爲故總統威爾森起草凡塞爾條約之原處彼畏懼威爾森之鬼特請將簽約於外部之議改爲凡塞爾皇宮法外部以此點頗有碍難因德使斯特來曼博士決不願往該處而生感觸德使之蒞法京此爲六十一年來之初次也開洛格復請改爲藍寶賚廳 Rambouillet （法總統避暑之宮） 法政府允之且謂雖仍座列白里昂之右但威爾森曾坐之椅則決擯不用云

倫敦各報皆紀冬花園 Winter Garden 導演員自殺案冬花園者倫敦著名之劇場也其導演主任班乃特於八月初無故自殺案經審訊班氏之母年近七十扶杖到庭供稱其子年二十六康健無病不嗜烟酒度日愉快尤樂其職業母子

同居肇事之日曾與母談笑甚歡黄昏時按常入浴臨往浴室之一分鐘前尚與母作笑謔即闔扉放水有頃母叩扉催其晚餐不應破扉入覘則已自縊於大木橱中衣履已全卸似準備入浴而尚未及者此木橱乃一星期前所購班母心惡其狀不祥而未言云次傳劇場經理亦供稱班氏方與彼規畫營業頗得劇場倚重進款亦豐決無煩惱復由官醫檢驗班之尸體謂肉體與精神均極康健無病法庭乃按常例批爲臨時病狂而自殺班母不服向法官詰責謂其子無病必有意外之遭逢而致死云回家乃將木橱焚毁以絶其祟

又數年前予居紐約見報紀某案有殺妻而埋之馬廐中者妻訴於居宅業主夢中業主報警逕掘馬廐果得尸焉

女界近况雜談

女學生之趨向　談論女界固應綜賅全體然多數仍處草味時代不惟較歐美判若天淵卽與本國少數時賢亦相去萬里其困苦腐陋情狀吾人且少目擊之機會惟得諸傳聞及想像而已就近而論以留學諸女士程度爲最高亦國人屬

望最厚者顧其趨向之變遷大有今昔之感此固時世爲之亦彼等志趣薄弱易致磷淄實吾國前途之不幸也十稔以往留學者多治教育醫藥美術等科洵裨實用且屬女性所近而優爲之者顧櫛風沐雨離鄉勆學歸國後政府不爲獎勵任其各自謀生迨大局幾經劇變習法政者得附潮流而躋要位極軒冕烜赫之致而都會黌校則淪於頹廢不值當局之一盼其基礎較深者又爲少數所把持成暴民專制一校猶一國之縮影焉遠道歸來無援助之教育家貿然就職率被驅逐侮辱至醫藥美術等家則任其自生自滅利祿不與焉於是學者知擇業之途在彼不在此羣趨而治法政矣夫中國之大患在全體民智之不開實業之不振不患發號施令玩弄政權之乏人譬如鐘表然内部機輪全屬窳朽而外面之指示針則多而亂動終自敗壞而已世之大政治家其成名集事皆由内部多種機輪托運以行故得無爲而治中國則反是捨本齊末時髦學子之目的皆欲爲鐘表之指示針此所以政局擾攘迄無甯歲女界且從而參加之愈極光怪陸離之致近年女子參政運動屢以相脅予不敢附和者職是故也

浪漫主義　世風縟靡禮教廢弛浪漫之習由來已漸迨十七世紀盧梭 Rousseau 出而集其大成（盧氏學說甚廣此其餘緒耳）巴黎紐約金粉之藪女子習染尤甚自西徂東普於圜輿有沛然莫禦之勢吾人於此應予以適分之裁制不得推波助瀾也明矣此義精而言之亦具哲理捨精取粗則成下流其於女子亦不僅限以貞操問題也夫處世漫無常軌原非人生之福猶如起居無節而適以戕生終局大抵不幸此固多因世風所誘而境遇拂逆益以女子才能之發展遂趨此途者亦不乏人焉要當以各人地位爲衡如煢獨之嫠仳離之婦責任既無所屬貞操卽失根據苟無損於人得適於己孰得而非之故浪漫主義行於負有責任者爲倫紀之賊而於獨立之人則其自由權內所賅惟亦有其相當之範圍其不愛惜身分殄傷廉恥者則又浪漫主義之賊也每於報紙中見下流浪漫子倡言打倒禮教此輩號稱國民而下筆不能作通用之國文復弄筆詆毁文化此眞無禮無敎之尤也夫禮教有隨時世變遷以求完善之必要而無廢棄之理由世非草昧人異榛狉無論任何國家種族之人苟斥以無禮無教未有不色然

怒者何吾黃帝子孫獨異於世界民族而甘居化外也使此輩而談浪漫主義鮮有不將人格廉恥舉而傾筐倒篋售罄淨者願吾優美女界勿認爲時髦之說而卽盲從之予草此文時適得友人程君白葭來函謂曾向當局建議在奉天辦一大學招考中外大學文科畢業而有國學根柢之人優給膏火教授有系統之國學並預備低級之學科待東西洋人來學畢業後介紹至各國大學爲漢學講師俾發揚東方文明導全世界人類入於禮讓之域云云韙哉此議實獲我心蓋東化西漸已有動機各國大學多添設漢學講科美國各大學中關此科者已有三十餘校予肄業哥倫比亞時聞有華人某主講此席予方埋首求學無心問世亦未注意及之迨世變愈劇乃慨然歎歐美功利主義銳進至極受大創剉時方返而旁求救濟之道孔教佛教均有彌漫全世界之時去年在倫敦曾屢與英人談及彼等漠不見信近予旅舍之街角有瞽丐日日立風雨中予憐之贈以金戒一枚丐與予握手爲謝且詢何不自御之故予笑曰汝不能見現與汝握手之人其指間御有巨大之鑽石耳丐驚歎曰汝實行平等如此眞耶穌信徒也予曰否

吾國中有較善耶穌之教丐言深以未聞大道爲恨不惟盲於目且盲於心矣後予再見之詢知金戒已典質得六先令云吾道不能見信於酒肉之士紳而感動風雨之瞽丐俗有問道於盲之説予則與盲談道雖瑣事亦甚趣也

女子著作　傳經續史久成陳跡四庫之書浩如淵海其分曹奪席與於著作之林者殆夐焉絕響此由吾國教育之不均而非女子天才之偏弱也海通以來女學尙矣又以各種專科及蟹行文字瘏其精力兼謀經濟獨立何暇專心著述爲名山事業哉其結習難忘餘勇可賈者亦僅發爲詩詞歌詠而已茲就詞章論世多訾女子之作大抵裁紅刻翠寫怨言情千篇一律不脫閨人口吻者予以爲抒寫性情本應各如其分惟須推陳出新不襲科臼尤貴格律雋雅情性眞切卽爲佳作詩中之溫李詞中之周柳皆以柔艷擅長男子且然況於女子寫其本色亦復何妨若言語必繫著生思想不離廊廟出於男子且病矯揉詎轉於閨人爲得體乎女子愛美而富情感性秉坤靈亦何羨乎陽德若深自諱匿是自卑抑而恥辱女性也古今中外不乏棄笄而弁以男裝自豪者使此輩而爲詩詞必不能寫

性情之眞可斷言矣至於手筆淺弱則因中饋勞形無枕葄經史涉歷山川之工然亦選輯者寡識而濫取之咎不足以綜概女界也又或以綺語爲世詬病如漱玉斷腸等集予與故友易君實甫曾函論之見所刋拙著古人中如范文正宋廣平司馬温公等其艷思麗藻世所習見無玷於名賢奚損於閨閣必恕此而責彼仍蹈尊男卑女之陋習況詩三百多言情寫怨之作而一言以蔽之曰思無邪先聖不以爲邪後世豎儒反從饒舌眞可謂不識時務矣

予之宗敎觀

世人多斥神道爲迷信然不信者何嘗不迷何謂之迷湮沒理想是也捨理想而專務實利知物質而不知何以成爲物質之理致社會偏枯無情世道日趨於衰亂皆此輩自稱不迷信者武斷愚頑之咎也予習聞中西人言及神道輒曰必有所徵而後能信此固當然之理然可徵信之處卽在吾人日常接觸之事物不必求諸高渺聖經靈跡種種詭異之說徒以炫惑庸流惟自然物理方足啟迪哲士昧者不察捨近就遠此所謂迷也何謂自然天地之有文章時令之有次序動植

物體之有組織盡善盡美孰主之者是曰眞宰敎徒分立門戶各張旗幟或稱一主或信多神皆庸人自擾妄生分別蓋神道異於肉體不可名相專而一之念茲在茲可也析而散之充塞彌漫無往不在亦可也人類擁其所主黨同伐異以褊嫉之心忖神道以閥閱之見揆自然陋己凡一切自然物其器官置備之周文采選擇之美如有意識之製造品此卽眞宰聖靈之蹟昭示於吾人者試以吾人之心理爲喻因循漸進苟且而安者爲無意識倏忽變遷嚴爲判別者爲有意識譬如素絲由舊敗而色蒼黃而黑暗固無足異倘由純素忽染丹青是曰人工自然物之生長亦然由青而藍由鮮而萎固無足異倘忽色采懸殊文章燦列是曰天工歐洲有花曰 Tulip 卽鬱金香之類同根同種其爲花也或嚴判色采或純白如研粉或鮮紅如渥丹以及鵝黃鴉黑姹紫蔚藍直如綢緞莊之各色絲料美不勝收是否經人力之揠苗助長而生變化予不得知然就吾國而論各種花卉不經人力純出天然而色采懸殊燦若雲錦者數亦至夥曩於紐約藏書樓披覽書籍據云中國專有之花爲他國所無者約四千種至植物內部之組織營養各盡

其妙則於倫敦電影劇場見活動映本較植物學之文字演講尤爲明瞭也至於動物則火奴魯魯 Honolulu 之魚特顯異徵各色之鮮艷如翠玉如藍晶寶光璀璨尙不足異而奇在文采如有意識之描繪有通體鵝黃勻排藍縷數條起點及收筆則循環巧篆者有綠色貫以硃紅一幅幅邊飾以黑縷者有首尾皆黑鑲以白邊中段作杏黃色黑處復飾藍縷一條簡而有致者有純黑其體嵌三小方片泥金爲圈內實以硃紅者據魚場 Aquarium 說明書稱特異者約四百餘種配色之佳花樣之妙美術家窮於摹仿皆生於夏威夷 Hawaii 海中然則誰造此者此大美術家卽眞宰也他使蝴蝶孔雀皆著異常之美吾人試遊博物院卽天工製造之陳列所博物家而不識帝力其學亦如機械死書知其然而不知其所以然爲可羞也

神道之先機默示有足徵者予髫齡失怙侍母鄉居舅方司榷津沽奉母命往依之冀得較優之敎育母夙媚竈爲予問卜得籤示曰君才一等本加人況又存心克體仁倘是遭逢得意後莫將僞氣失天眞恰是勉勗游子之詞厥後雖未得意

而自此獨立爲前程發軔之始又遊廬山之仙人洞龕祀純陽吾宗也道士慫試蓍蔡乃以婚事爲詢得示曰兩地家居共一山如何似隔鬼門關日月如梭人易老許多勞碌不如閒此卽吾母卜婚之讖而畢生引以爲悔者當時予雖微詫亦未措意後且忘之而年光荏苒所遇迄無愜意者獨立之志遂以堅決焉夫山林井竈何有神祇卜者誠虔則亦感應此卽神道無往不在之徵也

塘沽距津甚近某日舅署中秘書方君之夫人赴津予約與同往探訪女學瀕行被舅氏罵阻予忿甚決與脫離翌日逃登火車車中遇佛照樓主婦挈往津寓予不惟無旅費卽行裝亦無之年幼氣盛挺而走險知方夫人寓大公報館乃馳函暢訴函爲該報總理英君所見大加歎賞親謁邀與方夫人同居且委襄編輯由是京津間聞名來訪者踵相接與督署諸幕僚詩詞唱和無虛日舅聞之方欲追究適因事被劾去職直督袁公委彼助予籌辦女學舅忍氣權從未幾辭去然予之激成自立以迄今日者皆舅氏一罵之功也回首渭陽愴然人琴之感

都中來訪者甚衆秋瑾其一焉據云彼亦號碧城都人士見予著作謂出彼手彼

故來津探訪相見之下竟慨然取消其號因予名已大著故讓避也猶憶其名刺爲紅牋秋閨瑾三字館役某高舉而報曰來了一位梳頭的爺們蓋其時秋作男裝而仍擁髻長身玉立雙眸炯然風度已異庸流主人欵留之與予同榻寢次晨予睡眼矇矓覩之大驚因先瞥見其官式皂靴之雙足認爲男子也彼方就牀頭皮小奩敷粉於鼻嗟乎當時詎料同寢者他日竟喋血飲刃於市耶彼密勸同渡扶桑爲革命運動予持世界主義同情於政體改革而無滿漢之見交談結果彼獨進行予任文字之役彼在東所辦女報其發刊詞卽予署名之作後因此幾同遇難竟獲倖免者殆成仁入史亦有天數存焉此外黄秀伯（其尊人愼之殿撰思永於予爲父執）杜若洲（名德輿）等則力勸入都有爭名於朝爭利於市之語予因所辦女學將有成議概辭謝焉

予初抵津諸友偵知窘況紛贈舊衣服及脂粉胰皂等日用所需供應無缺其事甚趣誼尤足感自此予於家庭錙銖未取父母遺產且完全奉讓（予無兄弟諸姊已嫁予應承受遺產）可告無罪於親屬矣顧乃衆叛親離骨肉齮齕倫常慘

變而時世環境尤多拂逆天助吾而復厄吾爲造成特異之境直使魯濱孫飄流荒島絕處逢生又如達摩而壁沉觀返省獲證人天之契此則私衷所感謝愉快者悟解所及筆之於篇爲世之具慧性善根者告焉

赴維也納璪紀

予受國際保護動物會函聘演講由瑞赴奥之維也納計兩日火車之程沿途山水清奇惟心不坦釋者予帶有一箱付車站運寄越境時須由稅關檢驗否則卽被阻擱於中途今詢路局及售劵公司檢驗之地點爲何處皆不能確答謂在布克斯或費德克囑予俟抵站時探詢故予須時時注意各站詎尙未抵其處忽見車站標語皆完全德文予驚訝疑已越境詢諸他客始知瑞士本無一定之國文西部用法文東用德文南用義文故紙幣上皆三種文字並列蓋以蕞爾之邦處三大强鄰之間中古時代迭被侵略文化混合近世始劃爲緩衝國然歐戰時中立猶被破壞與比利時同可慨也迨行抵布克斯及費德克皆不檢驗仍須驗於維也納路局且不確知況旅客乎到維也納投宿於昔年所寓之格蘭德旅館此

爲予第二次之遊奥雪鴻重印恍如夢境也

翌晨五月十日往會所探詢一切衆方忙碌晤一女職員予以演説稿徵其意見彼謂不必堅持廢屠之議衆皆僅以禁止虐待爲詞云予曰予此來爲發表己之主張若人云亦云則何需我彼旋亦折服歸寓後此問題仍盤旋於腦各團體贈予之書册甚多予曾閲概略其保護動物之道無微不至而獨不言保護動物之生命英國有倫敦蔬食會又有國際蔬食聯合會諸會員多終身不食肉不用毛革物品其欲戒殺也明矣何不爲明白之宣言或有此項論著予未披覽周詳歟予曾函某會（諸團體中之一）詢其保護動物之範圍是否戒殺而覆函言他於此點從略

十一日各國代表已到維也納晚間聚餐於素菜館該菜館以釋迦趺坐之像爲商標殆本佛教戒殺之旨歟聞此外尚有三家以維也納之繁盛此數尚不爲多也

十二日午前行開會禮諸代表聚而攝影各國公使到者二十五人姓名錄中有

日本而無中國蓋以吾國駐奧使館已裁撤之故晚間會中演映電影題曰佛教保護動物之旨計九十餘幀乃德人安克白蘭德君所貢獻卽由彼逐片指示演講二小時以巨大之佛像爲最末一幀後予詢其由何處得此答以得自印度然予睹影片中有涅槃二字料得自中國惜匆促未暇詳談予於此夕之會甚爲感歎緣歐美多耶教國竟能旁採他教主義鄭重闡揚如此返觀吾國本佛教之國也而年來摧毁佛像覇佔廟產之聲囂然宇內倫敦太穆士報登有 The Iconoclasm in China 一篇頗含微詞又如故國青年有發誓不看線裝書之說而紐約學士會 The American Council of Learned Societies 方取吾國周秦諸子學說逐譯而公佈之他國之所尊崇我者卽吾國所自鄙棄者轉拾他國餘唾乞鄰醯以驕儕輩循是以往則將來國人欲考查其自有之文獻者須往異國求之眞有就胡僧而話劫灰之感

十三日爲諸代表開始演說之期予列第三雖在晝間而會堂深大電燈齊燦予戴珠抹額著拼金孔雀晚妝大衣皆中國物也前二人演說皆德語及予乃用英

語講畢予以所携之中國戒殺學佛等書（滬友所寄適於予啟程赴奧之前一日遞到）說明大旨當場奉贈會中卽有人用德語法語將予之演詞譯述二次俾衆周知予下台後羣衆趨前圍繞握手問訊內有三人自稱係佛教信徒云且有多人請予簽名爲紀念或贊成其宗旨此事予甚爲難因簽名含法律性質不欲隨意從事拒之又覺情面難堪不得已乃於簽名下註明係赴會紀念或贊成禁止活剖 Vivisection 贊成人造毛革等字以清界限又有請予立往照像以便公佈者予倦極以稍緩辭之晚六時會員五千餘人列隊遊行街市道旁觀者加入隨行二萬餘人晚八時之集會仍爲演說婦女之頸圍貂狐及著皮衣領袖者當場被諸演說家諷戒皆默受而不反脣予有豹皮領袖之大衣乃昔年所購每赴會則置而不御蓋早料及然豹爲食肉猛獸應殺與否尙當別論也是夕有英國哈密頓公爵夫人 The Duchess of Hamilton 演說彼著春水綠之百葉綃飾以銀鼠彼揚示於衆謂係人工仿造美麗不減眞皮其演詞大旨稱己係終身蔬食之人但不能使世人皆廢肉食故暫以推廣文明屠獸機器使牲類受屠時

失其知覺而無痛苦爲治標辦法云云其同伴海吉貝女士Lind-af Hageby演說則稱保護動物之道最上者廢屠次則使屠法改良再次則禁止虐待云云此爲予第一次聞彼等廢屠之議心至愉快會場中有一年十五六之少女贈予紫丁香花一束此女貌頗似華人每見予輒致惓惓且託人語予欲別後通訊亦可異也

十四日予因一齒劇痛已久詣牙醫乞拔去醫爲注射藥水四次雖痳木而鐵針刺入肉質仍感知覺心則震跳不已因念人與動物同爲血肉之軀以予此際之痛苦恐怖較諸動物之不用注射藥而被屠割者恕道安在尤憶及一事予曩由美歸國夜見一鼠入書案之抽屜予急閉其屜致鼠之後部雙足夾於屜外予以剪割斷之使不能逃然後取而斃之今每憶及此事輒爲愧悔蓋鼠之生命雖小而予之殘忍行爲關於德性則大予所以出此者皆因歐美之宣傳謂鼠能釀疫應殺滅之然予之手段酷矣牙拔去後頤作劇腫歸寓偃臥竟日未進飲食而枕畔電話時鳴皆報館訪員之求見者概謝絕之晚間復有女訪員謂特自柏林來

者乃勉接見索得予之像片而去是日會務閗係演說及電影等十五日上午議決案件予未克到會下午演電影於劇場題爲「猶太屠獸法割獸之喉能使獸立失知覺乎」夫猶太屠獸法以殘忍爲世詬病久矣故予亟往觀之演映時一人立台上指示各片加以演講有頃忽客座間有高聲發言者主席問爲何人其人答曰某博士居某處餘語予則不解（德語）滔滔抗言氣促聲厲知必係反對此影片者據云此人係猶太屠黨首領座間時有人噓聲阻其發言而此屠戶博士之黨羽則報以惡聲秩序漸亂予甚恐雙方動武幸當局持以鎭靜任其發言俟其言畢而後駁詰往復靡已於是電影場化爲演說場久之始散據云每開會屠黨必來滋擾予曰何不禁止入場答曰任其前來吾等欲感化之耳至片中所映之情形固屬慘怛惟除用機器外尋常屠法亦只得如此其執行之人手法敏捷每獸僅割一刀卽拋置之任其顚撲移時而死（吾國屠法亦然若屠手不精練則獸受痛苦愈甚）而會中指爲野蠻殘忍者乃獸頸被割後顚撲行走逾半小時而始斃命若用機器就其腦部施行可立失知覺減短痛

苦又會中主張若同時屠多數之獸應分隔執行不得令彼獸眼見此獸流血之慘故新式屠場之建築卽係分隔法顧猶太人拒用機器不受指導於是各會刋行書籍演映電影分隊演講到處宣傳猶太人之罪惡羞惡之心人皆有之但其拒絶改良屠法乃其殘忍耳此項機器創始於倫敦蘇格蘭全境已由立法會議通過强迫執行矣愛爾蘭則由多數屠戶自由採用矣獨不能推廣於倫敦（亦有若干屠戶採用但猶太屠黨則堅拒不用）雖皇室提倡亦且無效前女皇維多利亞有親筆所書「使不能言語又無抵抗之動物擠於道德仁慈之外不能爲完全之文明」之標語哈密頓公爵夫人曾上書於今英皇求改良屠法英皇以私人式覆函嘉許各會復聯名一一致函於兩院諸議員懇求提出此案通過法律議員覆函允爲贊成者三百餘人其未覆函者經各會晝夜奔走面謁懇求寢食俱廢迨提案時初頗順利勢且通過第二讀會而忽遭阻擱蓋雙方皆積極撑扎成肉搏之勢肉商二萬餘戶以商務關係多受猶太屠黨運動此等肉商於兩院中皆占有若干席位甚至諸造胰公司亦加入屠黨尤可怪者竟有一二主教

Bishop 亦助屠黨爲冥頑之反抗於是善黨敗矣後雖迭遣代表謁屠黨求和平之協定卒不可得蓋歷年以來彼此互相醜詆（屠黨稱善黨婦女爲獸之接吻者造此讕言益徵其卑劣汚賤之根性見善會所刊報告書）結怨已深故屠黨對此項機器堅拒到底其言曰屠牲須令獸類有完全之知覺及痛苦人食其肉方合衞生此言殊妄蓋動物當恐怖痛苦時體內發生一種毒質名 Pomarne 人食其肉有害衞生其理顯然但天下事以實力爲樞紐理論究薄弱也猶太人又謂其屠牲法乃本其宗教上帝指示之聖法當祭神時且割取一股於活獸之體云查英國奧克斯福德城之博物院內有由古墓掘得之埃及人屠牲模型與猶太法完全相同考其年代乃在希伯如教成立之前蓋上古野蠻屠法大抵如此而猶太人謂本其宗教神聖不可侵犯者亦妄也各會又提議凡猶太法所屠之肉只售於猶太人基督教人應拒絕購食此亦不克實行若以宗教論則耶教云動物乃上帝所造以供人食者亦與保護動物之旨不符故歐美善會儘言保護動物而不明言廢屠者殆爲其宗教所拘束歟今一部分歐美人士對於所謂上

帝賜給之肉品拒而不食而出入於以佛像爲商標之素菜館是與耶教已貌合神離同牀異夢將來佛教與耶教消長於世界之趨勢於此已微見朕兆焉去年有印度高僧往倫敦建廟之舉今年則有吾國太虛僧赴美説法尙望國內鴻儒及深諳佛學者佈道海外儒釋雖有入世及出世之别然皆良心宗與他教之神權宗不同似相反而實相成故並行不悖返人羣於禮讓弭世界之殺機抉微矚遠此其時矣

予於電影中睹德國之屠豬機器其法將豬由機器之上端推入由下端傾出豬已失其知覺任人屠割而不稍動至爲速快簡便而省人工予已與發行此機之公司通函得有各種圖説吾國食品以豬肉爲大宗望各屠場採用通訊處如下Georg Kitt, Ingenieur. München So 5, Müller Strasse 13, Germany 吾國如閉關自守慘殺牲類尙可習而安之然試入國際之場立聞詆斥猶太法野蠻殘忍之聲洋洋盈耳實則吾國屠法與猶太同耳何憚而不改良乎旣保全名譽又便利實用只在當局者一念之決斷耳德國保護動物之團體有三十四各地分會尚未計及彼等造有各種文明屠機而樂爲推銷者也殺鷄機器創自丹麥諒德國亦有之如欲向英國採購可致函於 The R.S.P.C.A. 105, Jermyn Street, London S.W.I. England 或函 The Animal Defence Society, 35, Old Bond Street, London W.I. England

十六日上午議決案件詎猶太屠黨復擁至紛呶雙方爭辯不已過午始散於是議決之舉移於下午即告結束

十七日會員等結隊往巴登 Baden（維也納郊外）旅行羣巒疊翠峭石疎松儁爽如畫予等止於市政廳由市長出迓致頌詞主席麥爾克博士爲予介見市長予伸手爲禮市長執予手而吻之此等儀式時見於維也納其屬員某謂予爲最遠之客他年如再開會當以飛艇迎予於北京聞者莞爾其地有温泉浴池色碧如玉據云每星期日諸大學學生來浴者二萬五千人

計此一星期中熙攘忙碌腦爲昏脹予不過參加之一員而諸當局之賢勞可以想見會期甫畢通信社復敦促攝影予以頰尚微腫欲再待一二日彼等云今已

嫌遲再遲則無用矣乃往照得二十四寸之巨像不知將刊於何報維也納報紙種類甚多達泰格報 Der Tag 爲報界六大領袖之一紀此會云會中最有興味聳人視聽之事爲中國呂女士之現身講台（演詞另錄）其所著之中國繡服矞皇矜麗尤爲羣衆目光集注之點云云此爲會員某告予者予覓此報不得（乃五月十四日之報彼誤告予爲十五日）乃託旅館中之打字生代覓彼爲剪聚一亘封送至各報所紀大略相同

予每日就餐於素菜館時見佩徽章本會之會員予之斷除肉食方五閱月彼等均多年之蔬食者德國原道會 Bund Für Radikale Ethik, E.V. Berlin 之會長史旺濟君 M. Schwantje 則蔬食已三十四年精通中國老子之學彼請予往柏林演講謂可約集同志百餘人開一小歡迎會重在聽講人程度之高低不關人數之多寡云彼蓋恐予存出風頭之見因人少不肯往也彼現將往他國演講秋間返柏林卽來函商訂此事又有人請予往羅馬君士旦丁及西班牙之馬德里演講者自愧學殖久荒弗克斠玄繹邃就正於世界對諸人之請頗費躊躇

也

會務既畢略事遊覽曾往音樂館 Staats Oper 聽歌奧以物質論固工業之國以精神論則音樂詩歌之國也銅像林立多詩歌戲劇編作家最著者如比陶文 Ludwig van Beethoven, 1770—1827, 海恩 Josef Haydn, 1732—1809 蕭伯特 Franz Schubert, 1791—1828 斯特饒士 Johann Strauss, 1825—1900 葛立巴塞 Franz Grillparzer, 1791—1872 去年值蕭伯特逝世百年之期曾有盛大之紀念會云予由音樂館歸寓西歌不曾入夢而夢聞故國歌聲極頓挫蒼涼之致夢中悽感較醒時尤甚爲賦黃鐘商之律如左

還京樂

殢春睡聽引圓腔激楚哀絲顫話上京遺事周郎顧罷龜年歌倦又夜來風雨無端撩起梨花怨縈萬感殘夢碎影承平猶見　鳳槽檀板問人間何世依然粉醉金迷華席未散而今更不成歡對金樽怯試深淺指蟾宮早桂影都移霓裳暗換渺斷魂何許青峯江上人遠

曉珠詞

題詞

沁園春

陳完

昨與寒雲公子夜話泛及近代詞流公子甚贊旌德呂碧城女士且言踰日當折柬邀女士與不慧飲集門樓留此人天一段韻事爲他日詞苑掌故因以女士自刊信芳集見示不慧尋覽一過奇情竚思俊語騷音不意水脂花氣間及吾世而見此蒼雄冷慧之才北宋南唐末容傲睨今代詞家斯當第一矣審其聰性已入華嚴之玄倘更竿木隨身極盡楞伽變相倚其末那融我悲圓靈雲見桃花而不疑香嚴擊竹而忘所知到此无垠得大自在則逢緣而妙觸處如如矣今塡沁園春即依集中遊匡廬一詞元韻爲女士詞像頌託寒雲公

曉珠詞

子轉致女士豐干饒舌公子又將哂我頭陀多事也

絕代佳人、蕙語蘭心。玲瓏太深、是色身菩薩、龍遊花外、舊家風。調鶴在桐陰。如此闌干相逢、一笑。何似神臯繫馬、憑禪天事、有誰人解得。水月惺泠江山帶淚孤臨。把滄海桑田作豔吟。便等閒恩怨。都成泡、昔多生情障、又到而今。疑鏡梳春、慧燈思晚。俊悟明朝定不禁、休憔悴、有蓮花胎命。共汝空靈。

法曲獻仙音

徐沅

老學庵筆記稱易安譏彈前輩多中其病意其識解所到必有以破一世浮議不爲所拘攣者惜其論著不傳乃僅以詞人目之也碧城女史邃於哲理憫女學之不昌爲論說以張之理之所據於前哲不

少迴護三千年彤史中無此英傑餘事填詞亦復俊麗絶倫殆今之易安居士歟爰拈是解依集中晚字韻以寫傾頌之忱

鵑血關河。燕襟簾幙。身世祇憐春晚。海角風濤。楚纍吟篋。心情倚樓常懶。懺不盡金荃。恨展箋正神黯。按歌遍喜坤靈。扇開塵障。張華路不數五丁。揮斷彩鳳。拍天來。耿吟昨。一陣撩亂。盡淪新思。浥鮫綃珠字穿線。願天風度笛。叫起鎖樓繁怨。

南唐二主之遺

無風自偎君知否西子裙裾拂過來結句不減劉郎矣

曉珠詞

樊樊山先生評

旌德女士呂碧城聖因

清平樂

冷紅吟遍。夢繞芙蓉苑。銀漢[illegible][illegible]清更淺。風動雲華微捲。　水邊處處珠簾。月明時按歌弦。不是一聲孤雁。秋聲那到人間。

生査子

清明烟雨濃。上巳鶯花好。游侶漸凋零。追憶成煩惱。　當年拾翠時。共說春光早。六幅畫羅裙。拂徧江南草。

如夢令

夜久燭堆紅淚。漸覺新寒侵被。冷雨更淒風。又是去年滋味。無寐。無寐。畫

曉珠詞

角南樓吹未。

南鄉子

幽冷

雨過漲留痕。新水如雲綠到門。幾處小桃開泛了。前村。寒食東風別有春。

重讀斷碑文。宿草多封舊雨墳。蝴蝶一雙飛更去。春魂。知是誰家壞綠裙。

齊天樂

常語能奇

半空風籟秋聲碎。淒涼暗傳砧杵。翠竹驚寒。瓊蓮墜粉。秋也如春難駐。商音幾許。漸爽入西樓。惹人愁苦。霜冷吳天。斷鴻吹影過庭戶。 年華荏苒又晚。和哀蟬病蝶。揉盡芳緒。往事迴潮。殘燈弔夢。幾度兜衾聽雨。伶俜倦旅。只日暮江皋。搴芙延佇。塵涴征衫。舊痕凝碧唾。

此等起句非絕頂聰明人不能道

仙心禪理

又

荷葉

橫塘未到花時節。暗香已先浮動。紺袂飄煙。綠房迎曉。旖旎風光誰共。田田滿種。正雨過如珠。翠盤輕捧。鴛侶同盟。相逢傾蓋倍情重。 芳心深捲不展。問閒愁幾許。緘緊無縫。越女開奩。秦宮啓鏡。擾擾雲鬟堆擁。新涼乍送。看萬綠無聲。一鷗成夢。惆悵秋來。水天殘影弄。

又

寒爐茗話圖爲袁寒雲題

紫泉初啓隋宮鎖。人來五雲深處。鏡殿迷香。瀛臺抱淚。何限當時情緒。興亡無據。早玉璽埋塵。銅仙啼露。陌六韶華。夕陽無語送春去。 鞓紅誰續

曉珠詞

花譜有平原勝侶，共寫心素，銀管鏤春，牙籤校秘，蹀躞三千珠履，低迴弔古，聽怨入霓裳，水音能訴（君所居曰流水音），花雨吹寒，題襟催秀句。

浪淘沙

寒意透雲幬。寶篆煙浮。夜深聽雨小紅樓。姹紫嫣紅零落否，人替花愁。

臨遠怕凝眸。草膩波柔。隔簾咫尺是西洲。來日送春兼送別，花替人愁。

澂玉猶當選席，斷腸集勿論矣。

又

百二莽秦關。麗堞迴旋。夕陽紅處儘堪憐。素手先鞭何處著，如此山川。

花月自娟娟。簾底燈邊。春痕如夢夢如煙。往返人天何所住，如此華年。

此詞居然北宋。

三姝媚

爲尺五樓主題揚州某校書所畫芍藥片石卷子

花枝紅半吐。似伊人亭亭。呼之解語。怨入將離。倩蠻箋留取。春魂同住。匪石心堅。漫擬作輕狂飛絮。芳訊誰傳。雨雨風風。幾番朝暮。莫問珠鞴鈿杜。悵金粉飄零。墜歡無據。夢影揚州。只二分明月。曾窺眉嫵。和淚眠香。更吟老韋郎詞句。賸有細函深鎖。小樓尺五。

洞仙歌

秋葵

丹心一點。鎖戢穠涼蕊。笑捲宮衣更凝睇。伴清啼絡緯。瘦蓼疏棠。詩句在寂寞閒庭幽砌。露華瀼似水。絹染鵝黃。入道新妝玉人試。可奈倚牆腰。幾度西風。羅袖斂。髩雲全墜。怕金粉飄零易成塵。煩畫稿生綃。替描秋思。

法曲獻仙音

曉珠詞

細入無間

鴉影偎煙。砧聲喚雨。暝色陰陰弄晚。簪蕚紅疏。題箋墨孅。探梅只今全懶。但翠袖閒欹竹。無言自依黯。吟思徧倚樓頭。且舒愁眼。風正緊。雁字幾行吹斷。雪意釀嚴寒。漾江天昏霧。撩亂雲葉。微分透斜陽。空際一線。更城南畫角。低送數聲淸怨。

踏莎行

水繞孤村。樹明殘照。荒涼古道秋風早。今宵何處駐征鞍。一鞭遙指靑山小。漠漠長空。離離衰草。欲黃重綠情難了。韶華有限恨無窮。人生暗向愁中老。

蝶戀花

寒食東風郊外路。漠漠平原。觸目成悽苦。日暮荒鴉啼古樹。斷橋人靜昏昏雨。遙望深邱埋玉處。煙草迷離。爲賦招魂句。人去紙錢灰自舞。飢烏共踏孤墳語。

鷓鴣天

一桁簾漪盪晚煙。青琴彈冷碧雲天。井欄梧葉傳涼訊。指下秋風起素絃。
孤坐久。未歸眠。桂花搖影露涓涓。消魂最是初三夜。一握么蟾瘦可憐。

謁金門

桂

風露洗。花滿華嚴界裏。三十六天秋似水。冷香收不起。　誰見靚妝初倚。常伴玉釵金蕊。良夜羿娥寒不寐。一枝和影對。

長相思

金莖

曉珠詞

風泠泠珮泠泠知是鸞聲是鳳聲紅樓一曲箏　花愔愔月愔愔愁煞鵑魂與蝶魂空庭夜四更

清平樂

落花

大千塵世總是消魂地粉怨香愁無限意吹得滿空紅淚　臨風猶弄娉婷回看能不關情願誦楞嚴一卷懺渠繙溺飄零

摸魚兒

曉眠慵起嘒嘒蟬聲催成斷夢翠水濚洄紅葉萬柄宛然瀛臺也醒後感而成詠

漾空濛一奩涼翠煙痕低鎖凄黯吟魂已共花魂化恰稱蓬瀛清淺覷醉

眼。認露粉新妝隔浦。曾相見。穠華苦短。只鷗夢初廻。宮衣未卸。塵劫已千轉。春明路。一任蒼雲舒卷。俊遊回首都倦。鸞牋未許忘情處。寫入冷紅幽怨。芳訊斷。怕瘦萼吹香。零落成秋苑。摩訶池畔。又幾度西風。爲誰開謝。心事水天遠。

百字令

排雲殿清慈禧后畫像

排雲深處。寫嬋娟一幅。翬衣耀羽。禁得興亡千古恨。劍樣英英眉嫵。屏蔽邊疆。京垓金幣。纖手輕輸去。遊魂地下。羞逢漢雉唐鵡。爲問此地湖山。珠庭啓處。猶是塵寰否。玉樹歌殘螢火黯。天子無愁有女。避暑莊荒。採香徑冷。芳豔空塵土。西風殘照。遊人還賦禾黍。

曉珠詞

沁園春

丁巳七月遊匡廬寓 Fairy Glen 旅館譯曰仙谷高踞山坳風景奇麗名頗稱也縱覽之餘慨然有出塵之想率成此闋

如此仙源。只在人間。幽居自深。聽蒼松萬壑。無風成籟。嵐煙四鎖。不雨常陰。曲檻流虹。危樓聳玉。時見驚鴻倩影憑良宵靜。更微聞鳳吹。飛度泠泠。浮生能幾登臨。且收拾煙蘿入苦吟。任幽踪來往。誰賓誰主。閒雲縹緲。無古無今。黃鶴難招。軟紅猶戀。回首人天總不禁。空惆悵證前因何許。欲叩山靈。

祝英臺近

爲余十眉題神傷集

句法善於伸縮的是塡詞能手世間無數鈍漢自命夢窗縱使嘔心十二萬年不能道其隻字

背銀釭。拈翠管。秋影瘦荀倩。洛賦吟成。人共素波遠。可憐魂覓帷閒。釵尋海上。都不是等閒恩怨。　幾曾見。瓊樹日日常新。冰蜍夜常滿。贏得情長。那怕夢緣短。瓣香待卜他生。慈雲乞取。好深護玉樓仙眷。

念奴嬌

爲劉谿公題戲劇大觀

鬆於梅溪細於龍洲

文章何用。甚薰香摘豔。今都倦矣。誰譜霓裳傳倩影。贏得閒情堪寄。䰃髻翹鬟。峨冠鳴珮。色相紛彈指。憑君認取。浮生原是游戲。　可奈如夢年華。拚教斷送。在梨雲鄉裏。除卻湖山歌舞外。那有逃名餘地。鈿柱疑鶯。珠喉妒燕。海國天同醉。新聲倚處。春魂還被吹起。

陌上花

曉珠詞

感宋宮人餞汪水雲事

黃絁縮就徘徊猶見故宮風韻。玉筯金觴錦字共題幽恨。新詞悽絕家山破。忍向離筵重聽。算傷心千古。天教粉黛寫滄桑影。話南朝舊事。湖煙湖水猶夢翠華遙引。秋黯招提。爭似長門春冷。興亡彈指華胥耳。端讓靈犀先省。悵仙源路杳。珮環何處。斷人天訊。

沈痛至骨

瑣窗寒

胡氏園有感

彩筆搜春。鈿車拾翠。俊遊空記。纔過燈市。還約草堂同醉。怪年來情懷暗遷。繁霜獵蕙香心萎。況題襟久散。凄涼隣笛。下山陽淚。　塵世原如此。但愁裏光陰。朱顔偷逝。月圓花好。癡絕兒時心事。悵荒園蘿封圮牆。殘詩澹墨凋舊字是當時。煙柳斜陽小欄休更倚。

高陽台

落梅

仙麝吹塵。飛瓊眷夢。餘芳半入苔痕。細雨輕寒。空山鶴怨黃昏。勞他驛使重來探。道美人已化春雲。最無端。小劫匆匆。粉淚猶新。　返魂縱有奇香在。悵青天碧海。難覓吟魂。綠樹婆娑。他時誰認前身。斷腸曾照驚鴻影。膌橋頭素水粼粼。奈春波流去天涯。影也難尋。

燭影搖紅

有感時事以閒情寫之次芷升韻

絮影萍痕。海天芳信吹來徧。野鷗無計避春風。也被新愁染。早又黃昏時

曉珠詞

漸。意惺忪低廻倦眼。問誰繫住。柳外驕陽些兒光線。一霎韶華可憐顛倒。閒鶯燕。重重帘網殢春魂。花綴靈臺滿底。說人天界遠。懺三生芷愁蘭怨。銷形作骨。鑠骨成塵。更因風散。

點絳脣

野色橫空。悠然一葉扁舟小。詩情多少。暗逐流波杳。鷗鷺相看。煙月愁清曉。秋光好。鯉魚風早。十里芙蓉老。

又

雲馬風車。宵來涼釀天南雨。荷衣楚楚。可奈秋如許。江草江花。依約來時路。渾無據。萬方多故。歸也歸何處。

似唐昭宗語

青衫濕

陳君衡所不能到

銀屏鳳蠟流寒燄。低照綺羅春。酒闌人散。涼蟾窺戶。無限消凝。人生大抵東勞西燕。流水行雲。勝儔難聚。勝游難再。無處追尋。

聲聲慢

聽殘臘鼓。吹暖餳簫。鳳城柳弄輕煙。檢點春衫。早是換了吳棉。啼鶯喚愁未醒。錦屏深慣倚懨懨。朦朧語。問人間何世。月地花天。還賸浮生幾日。儘傷心。付與淺醉閒眠。無賴斜陽。爲底紅到樓邊。繫香又都吹盡。費冰毫多事題箋。人空瘦。到明朝怕啓繡簾。

清平樂

誰家廢墅。舊日藏春處。曲院迴廊深幾許。只有斜陽來去。孤吟幽境閒尋。屐痕一徑苔侵。秋筍瘦穿石罅。老荷高過橋陰。

曉珠詞

踏莎行

野逕雙彎。清溪一角，涼颸嫋嫋生蘋末，煙波直欲老斯鄉，可能容我荷衣著。雞自棲塒。豨知歸柵，村居惟羨農家樂。水田百畝蕩秋香。今年蓮子豐收穫。

浣溪沙

簾幙春寒懶上鉤。芳塵何處問前遊。澹煙輕夢思悠悠。　珠箔飄燈人影颭。桃花糝逕馬蹄愁，黃昏風雨徧紅樓。

高陽臺

鷓簃感舊記爲芬陀居士題

夢警鷃翎，誓消鯽墨，情天初換滄桑，碎語重題，殘編淚涴秋緗，循環哀樂

史梅溪換巢鸞鳳之嗣音也

君知否。證宛緣先有歡場。試衡量。一寸溫磨。一寸凄涼。人間已苦三秋永。況蕊珠兜率。仙曆春長。憔悴花魂。料應常倚啼妝。文簫不怨分鸞鏡。怨封侯輕誤蕭孃。黯前塵。海水東流。舊恨茫茫。

賀新涼

西陵

古檜生雲氣。鬱葱葱觚棱煥彩。層欒拱翠。霸業而今消何處。滿目蒼涼無際。算一樣森嚴聖邸。白髮殘兵司香役。導遊人一徑穿幽隧。排戟影。已全弛。高風豔骨梅根瘞。指西泠孤墳片碣。寒馨薦水。爭似陵宮峨天半。瞰鄠窺荆百里。倘萬世嬴秦傳繼。拓隴開阡收羅盡。徧神州禹甸無閑地。民戶小不盈咫。

稼軒賓叙分桃葉渡一闋不得專美于前

祝英臺近

縋銀瓶。牽玉井。秋思黯梧苑。蘸溼搴芳。夢墮楚天遠。最憐娥月含顰。一般消瘦。又別後。依依重見。　倦凝眄。可奈病葉驚霜。紅蘭泣騷畹。滯粉黏香繡靡悄尋偏。小欄人影凄迷。和煙和霧。更化作。一庭幽怨。

吳城小龍女復見於今

浣溪沙

殘雪皚皚曉日紅。寒山顏色舊時同。斷魂何處問飛蓬。　地轉天旋千萬劫。人間只此一回逢。當時何似莫匆匆。成句

蘇幕遮

擬周美成

理鵾絃。移雁柱。欲訴琴心。心事成灰炬。浥透鮫綃痕萬縷。淚雨何時晴到

梨花樹。誦騷詞。吟洛賦。豔殢香頑。畢竟皆塵土。蜜熟花殘蜂不哺。甜與何人。卻自成辛苦。

浪淘沙

擬李後主

蘚綠蝕吳鉤。舊恨難酬。五陵孤負少年遊。筆底風雲渾氣短。只寫春愁。

花瓣錦囊收。拋葬清流。人間無地可埋憂。好逐仙源天外去。切莫回頭。

醉太平

憶梅

綺窗醉凭。南枝夢尋。雲荒翠冷巖扃。寫淒迷古春。　鉛華半勻。沈檀半薰。美人影隔江潯。化煙痕水痕。

曉珠詞

鷓鴣天

七夕

一杼流霞織錦躔。小樓涼思到雲鬟。鴛針乞巧憐芳序。蛛網牽愁恨夜闌。

煙彩散。露華漫。碧空如鏡瀉秋寒。天河萬古喧銀浪。不見浮槎客再還。

瑞鶴仙

賦情悽欲斷。正翠袖欹寒。碧雲催晚。深窗自翦。蒨弄陰霾不放。斜陽一綫。

迴腸宛轉。有幾許新詞題徧。只生來命薄魂柔。早是鬼才先讖。　重展。

花小記墨暈微黟。潸痕猶茜。年時幽怨。似夢影春雲變。歎飄零病蝶銷殘

金粉。爲底銖衣猶戀。鎮無聊繡譜重翻。舊懷頓減。

喜遷鶯

徐典樂之

亞四

層巒幽夐。步石磴盤旋。瘦笻斜引。籜響清心。藥香療肺。病起閒身相稱。茶花半埋雲霧。栽向高寒。偏勁天風外。泛瓊苞玉蕊。落千尋頂。　重省。空歎我塵涴素衣。忍說鷗盟冷。檯拾霜紅。蘿牽晚翠。甚日巖棲纔穩。幾番俊遊暫寄。依舊歸期未準。碧雲杳鎖。篁陰十里。竹雞啼暝。

浣溪紗

風籟鳴哀起翠條。撩人心緒漲秋潮。仙源回望轉無聊。　去去莫教重顧影。行行何必更停橈。愁山怨水一身遙。

臨江仙

錢塘觀潮

橫流滾滾吞吳越。風波誰定喧豗。畸人重見更無期。錦袍鐵弩。千古想英

曉珠詞

姿。九辨難招憐屈賈。幽魂空滯江湄。子胥終是不羈才。風雷激盪。天際自徘徊。

瑞龍吟

和清眞

橫塘路。還又冶葉抽條。繁英辭樹。最憐老去方回賀鑄斷魂尚戀。芳塵送處。

悄延佇。愁見唾茸珠絡。舊時朱戶。蠹牋暗褪芸香。不堪重認。題紅密語。

苦憶前遊如夢。翠裾長曳。錦襜低舞。巢燕歸來。雕梁春好非故。餘哀零怨。寫盡閒詞句。更誰見湘波。蘸影襪羅微步。春共行雲去。吳蠶未蛻猶牽病緒。織就愁千縷。釀一寸芳心。黃梅酸雨。罘罳悶倚。倦懷誰絮。

綺羅香

湯山溫泉

磺爇珠霏。硝炊玉濺。一勺娟娟清泚。泛出桃花江上鴨。先知未訝冰泮不待葭吹。試纓浣閒看浪起。引靈源小鑿娥池。洗脂重見渭流膩。　蘭湯誰爲灌就。也似華清賜浴。山靈溥惠。不許春寒侵到人間。兒女喜湔腸痼疾能瘳。問換骨仙緣誰嗣。（相傳浴者卻疾輕身）競聯翩裙屐風流。證盤銘古意。

百字令

登莫干山夜黑風狂清寒砭骨率成此調

萬峯潑墨。漾紅燈一點。巡穿幽篠。翠袖單寒臨日暮。來御天風浩浩。湍瀑驚雷。篔簹戛玉。仙籟生雲表。飛瓊前世。舊遊疑是曾到。　昨日綺閣香溫宿酲猶殢。誰換炎涼早。爭道才華多鬼氣。佔盡人間幽悄。浸入靈犀。凍餘冰繭。芳緒抽難了。驛程倦影微茫。愁入秋曉。

滿江紅

庚申端午偕縵華女士迋蹞詞人泛舟吳會石湖用夢窗蘇州過重五詞韻時予將有美洲之行

舊苑尋芳。尙斷碣蝌文未滅。石湖外。一帆風軟。碧煙如抹。菰葉乍鳴湘水怨。葭花猶夢西溪雪。（春間曾同遊杭之西溪）又紅羅金縷黯前塵。兒時節。人天事。憑誰說。征衫試。荷衣脫。算相逢草草。祗贏傷別。漢月有情來海嶠。銅仙無淚辭瑤闕。待重拈彩筆共題襟。何年月。

附樊樊山先生和作

碧城以端午日石湖泛舟詞見寄賦答二首　樊增祥

雙槳吳波正老去江郎惜別金翡翠南來傳語自書花葉滄海泣乾鮫帕雨碧湖喚起蛾眉月又山塘七里試龍舟天中節 青雀舫歌三疊紅鸞扇詞一闋算菱謳越女萬金須値（張籍詩一曲菱謳値萬金）雪藕絲牽長命縷綠荷風綰留仙褶只天西遙望美人雲長相憶

又

玉水東流淘不盡昆明灰劫驚宇宙將軍之號文雄飛檄河朔鴟張節度九門牆狗共孩兒十歎魔王五百擾人間天爲赤 天津樹多鵑血長安市多虎跡有朱陽新館通明徒宅楊柳門闌人不到桃花源水誰相覓只北樓重過萬枝燈釵聲寂（君所居北京夷樓今爲避兵之所）

月華清

曉珠詞

清深蒼秀不減樊榭山房

爲白葭居士題葭夢圖

人影蘆深。詩懷雪瘦。溯洄誰泛空際。和水和風。洗盡梨雲春膩。笑放翁畫入梅花。羞莊叟情牽鳳子。徒倚。對蒼茫天地。蕭蕭秋矣。　除卻煙波休寄。更不寄人間。寄存夢裏。墨暈葭痕。差見白描高致。任晝長茶沸瓶笙。儘消受南窗清睡。慵起。只莞然爲問。蝸蠻何世。

曉珠詞增刊 戊辰至壬申皆成於歐洲

摸魚兒

暮春重到瑞士花事闌珊餘寒猶厲旅居蕭索賦此遣懷

又匆匆輕裝倦旅。湖堤蠟屐重印。軟紅塵外閒身在來去煙波堪認。孤館靜。任小影眠雲夢抱梨花冷。吹陰弄瞑。歎婪尾春光。賞心人事。顛倒總難準。

空惆悵。誰見蕊穠妝靚。瑤臺偷墜珠粉。閒愁暗逐仙源杳。更比人間無盡。還自省。料萬里鄉園。一樣芳菲褪。紈干凍忍。只惹擷淒馨。芙搴晚豔。長寄楚纍恨。

又

客裏送春率成此闋傷時感事不禁詞意之悽斷也

悄凝眸綠陰連苑。啼鶯催換芳序春歸春到原如夢莫問桃花前度。吟賞路。便咫尺西洲。忍卻臨波步。多生早誤。拚香死心苗。紅凋意蕊。長與此終古。天涯遠。著徧飄英飛絮。粉痕吹淚疑雨三千頃碧連穹瀚。淒絕雲軿迴處。今試數。只一霎韶華。幻盡閒朝暮。人間最苦。待珠影聯躚。麝塵驚蹕。還引奼魂去。

附楊雲史先生和作

和呂碧城女士重遊瑞士暮春櫻花之作　楊圻

駐雕輪踏莎裙屐。今番芳巡重印。海天吹墜衣光處。祇有鶯花能認。仙源靜。正簾捲紅雲。夢暖詩猶冷。溪山烟暝。算開到將離。啼殘歸去。去住兩無準。東風外。又見韶華明靚。芳菲都付金粉。遙知拾翠樓臺遍。況是欄杆無盡。應悲省。怨太液春消。綠綴紅初褪。迷津未忍。問花裏秦人。水邊漁父。知否再來恨。

念奴嬌

自題所譯成吉思汗墓記（事見拙著鴻雪因緣）

英雄何物。是嬴秦一世。氣吞胡虜。席捲瀛寰連朔漠。劍底諸侯齊俯（江淹恨賦秦帝按劍諸侯西馳）寶鍘裁花。珠旒擁樹。異想空千古。雙棲有約。翬衣雲外延佇。　幽穸碧血長湮。啼妝不見。見蒼煙祠樹。誰訪貞珉傳墨妙。端讓西來梵語。夔鳳凋翎。女龍飛蛻。劫換情天譜。彤篇譯罷。騷人還惹詞賦。

相見歡

聞鷄起舞吾廬。讀奇書。記得年時拔劍斫珊瑚。　鄉雁斷。島雲暗。鎖荒居。

聽盡海潮悽厲壯心孤。

蝶戀花

纈盡愁絲兼恨縷。塵海茫茫。欲繫韶光住。悱惻芬芳天所賦。蛾眉謠諑甯予妒。說果談因來復去。苦向泥犁。鋪墊薔薇路。五萬春華誰與護。枝頭聽取金鈴語。

陌上花

瑞士見月

十年吟管。五洲遊屐、水遙雲瞑。碧海青天。猶見故宮眉暈。含顰凝睇追隨偏。莫避尹邢妝靚。又今宵依約。水精簾下。夢痕堪印。話前身何許、萬千哀怨。付與瑤臺笛韻。舊譜霓裳。悽斷人間芳訊。嬋娟共影。誰長在。祇是坡仙詞倦。但願人長久千里共嬋娟東坡詠月詞也更低迴。怕說桂林疏雨。茂陵秋病。

漾蘭香

蕪城惹賦。金谷迷香。夢裏舊遊暗引。飆輪掣電。逝水囘瀾。猶寫落花餘韻。記哀音撩亂。縈絃琴心。因誰絕軫。半摺吟箋。篋底塵封重認。還又仙都小寄。波膩風柔。瑣窗人靜。雲鬟蕩影。縞袂兜春。沾徧杏煙。櫻粉最無端豔冶年光。付與啼妝病枕。問怎把永晝懨懨。艱難消盡。

菩薩蠻

舞衣葉葉餘香在。歡場了卻繁華債。往事夢鈞天。夢囘情惘然。 疏枝霜後柳。病骨如人瘦。來歲柳飛緜。樓空誰捲簾。

江城梅花引

日內瓦 Genève 湖畔櫻花如海賦此以狀其盛

搴霞扶夢下蒼穹。怨東風。問東風底事朱脣催點費天工。已是春痕嫌太豔。還織就花一枝。波一重。 一重一重搖遠空。波影紅。花影融。數也數也數不盡密朵繁叢。惱煞吟魂顛倒粉圍中。誰放蜂兒逃色界。花歷亂。水淒迷。無路通。

尉遲杯

春點蕩。奈著眼處處成惆悵。無端暗引柔絲。自把吟魂密網。香心枉費。漫閒倚銀屏。笑周昉算詞人生帶愁來。玉顏空許相抗。 征衫倦拍芳塵。望朱雀烏衣。何處門巷。舊苑淒涼。更誰見珠淚涴銅仙露掌。早料理移宮換羽。和海水天風咽斷響。任從他羅綺輕盈。翠軿花外來往。

更漏子

題浣雲吟稿

句聯珠。珠綴串。一一圓姿璀璨。哀窈窕。惜芳非。自書花葉詩。　花開落。人離合。顛倒夢中蝴蝶。擬宋玉。苦靈均。問天天不聞。

高陽台

啼鳥驚魂。飛花濺淚。山河愁鎖春深。倦旅天涯。依然憔悴行吟。幾番海燕傳書到。道烽煙故國冥冥。忍消他。綠酺金卮。紅萼瑤簪。　牙旗玉帳風光好。奈萬家閨夢。悽入荒砧。血涴平蕪。可堪廢壘重尋。生憐野火延燒處。徧江南草盡紅心。更休談。蟲化沙場。鶴返遼陰。

青玉案

曉珠詞

櫻雲冷壓銀漪徧。春滿了澄湖面。十二瑤峯來閬苑。眉痕斂黛。霞痕湔雪。山也如花豔。登樓懶賦王郎怨。回首神州似天遠。休道年年飄泊慣。隨風去住。隨波舒卷。人也如鷗倦。

轉應曲

春晚春晚。弱絮輕花飛滿。朱樓歡度華年。暮暮朝朝管絃。絃管絃管。底事哀音撩亂。

又

憔悴憔悴。嬾向花前迴睇。湘皋無限春寒。人遠誰聞佩環。環佩環佩。冷落明珠瑩翠。

菩薩蠻

韡紋縐碧波千頃。幾痕疎雪搖秋影。鷗夢入蒼茫。仙鄉即水鄉。　輕煙籠晚翠。山意慵如睡。何處避秦人。行吟獨苦辛。

長相思

風瀟瀟。雨瀟瀟。天末秋魂不可招。淒涼渡晚潮。　醒無聊。睡無聊。閒倚江樓擫玉簫。紅燈影自搖。

謁金門

春睡起。先探陰晴天氣。簾捲春空天似水。曉雲拖鳳尾。　架上亂書慵理。且向小欄閒倚。鳥踏庭花飛更墜。滿枝紅雨碎。

滿庭芳

日內瓦湖畔殘夜聞歌有感

曉珠詞

倦枕欹愁重衾滯夢小樓深鎖春寒笙歌隔院咫尺送喧闐想見華筵初散怎禁得酒冷香殘空賸了深宵暗雨淅瀝洗餘歡　愁看佳麗地帷燈匣劍玉敦珠槃怕人事年光一樣闌珊漫說霓裳調好秋墳唱禪味同參疎簾外銀瀾弄曉江上數峰閒

一枝春

深院愔愔破苔痕寂寞獨尋幽逕東風僝僽還共晚煙吹暝縞衣輕曳問誰向玉闌偷凭驚認作粉魅窺人卻是老梅搖影　孤芳素心堪印奈花非解語悶懷難訊疎枝殘雪寒到翠禽都噤低徊往事憶情話小窗燈暈知甚處驛使重逢暗香折贈

好事近

雲氣滿乾坤。做盡荒寒高潔。一寸盈盈小影。入亂峯層疊。萬松排翠接遙天。天籟也沉寂。未忍遊踪遠去。怕詩魂孤絶。

新雁過妝樓

寓雪山之頂漫成此闋

萬笏瑤峯迎仙客。半空飛現妝樓。素鸞驂到。覓帔冷襲天颸。雲氣嵐光相流瀣。更無餘地着春愁。思悠悠。魂消冰雪。鄉杳溫柔。嬋娟誰識影夢霜姚月娍。裙屐風流。相逢何許。依約羣玉山頭。鴻泥輕留爪印。似枕借黃粱聯舊遊。閒吟倦。但眼迷銀纈。寒生錦裯。

好事近

登阿爾伯士 Alps 雪山

寒鎖玉嵯峩。掠眼星辰堪擷。散髮排雲直上。闖九重仙闕。再來剛是一年期。還映舊時雪。說與山靈無愧。有心懷同潔。

玲瓏四犯

日內瓦之鐵網橋

虹影牽斜。占鷲嶺天風。長縷輕颺。誰鍊柔鋼。繞指巧翻新樣。還似索挽鞦韆。逐飛絮落花飄蕩。任冶遊湖畔來去。通過畫船雙槳。步虛仙屧傳清響。渡星娥鵲羣休傍。舊歡密約渾無據。春共微波往。爲問倚柱尾生。可懺盡當年情障。鎖鏡瀾淒黯。廻腸同結。萬絲珊網。

夢芙蓉

蔻嶺Caux多紫野花。茁於雪際。予恒採之。遊踪久別。偶於書卷中

見舊藏殘瓣悵然賦此

纖苗凝姹紫。記銜寒破雪。嶺頭鋪綺。幾番吟賞。裙屐遠遊。至素標誰得似。繁霜晚菊堪擬。高受天風。倚嵐光弄靚。羞傍髻鬟底。　回首林扃暮矣。蘼老蘿荒。夜黑啼山鬼。歲華催換。陳跡入花史。春痕留片蕊。琅函脂暈猶膩。舊夢重尋。但千巖雲鎖。松影墮頑翠。

綠意

予愛食筍海外無此殊悵悵也

春泥乍坼。記小鋤親荷。籬外尋探。市共朱櫻。嚼伴青蔬。鄉園雋味堪買。虛懷密籜層層褪。只玉版禪心誰解。儘抽成嫩篠新蓀。遮斷野溪荒竇。　還憶韜光。十里綠天。導一徑游屐輕快。翠亮冰寒。洗髓瀹腸。豈必辛盤先貸。

曉珠詞

滄波不卷瀟湘夢。枉遠隔瀛漪流睐。問幾人羅袖閒欹。消受晚風清籟。

憶秦娥

金絲織。春衫織就金鸂鶒。金鸂鶒。舞場初試萬波回睐　舊歡如夢休重說。穠華儼盡今非昨。今非昨。白蓮香裏縞衣彷彿。

如夢令

嵐氣曉來凝黛。掩映湖光妍冶。輕駛更留痕。秋影浪分舟尾。欸乃欸乃。界破一溪銀靄。

又

近水樓臺歌舞。莫辨珠光花霧。橋影遠流虹。消得晚來幽步。歸去歸去。紅顫一溪繁炬。

六醜

警銀屏好夢，驀別院繁絃，悽咽試迴。倦眸瀛波，涵枕角、水遠烟闊。問幾多金粉，大千拋徧。賺衆生哀樂。穠華苦短，憑誰說、溝外桃英，籬邊絮雪。舊時燕鶯能識，歎流光草草，催換今昨。　黄粱乍覺。有靈犀清澈。待把閒愁怨都懺卻。仙蛾破繭舒翼，莫濕磨更染，豔絲重織。望縹緲、步虛非隔。指碧落，别有星寰，可許倩魂長託。高寒處、良夜休怯。折芙蓉、在手天風外，銖衣控鶴。

解連環

綺霞彌漫。任盈盈小影，水天幽佔。儆幾多、畫本詩材，把嵐翠閒收，湖漪輕剪。何處飛仙，指風送、東溟三萬。儘相逢一笑，莫論主賓，休問胡漢。　歸遲待尋鶴夢。料滄桑故國。幾度催換。且蹉跎老我浮生。有曉霧鐙花。夜霜羌管。未了風懷。怕明月隔簾流眄。按清歌寄愁。未得寸心自遠。

絳都春

日內瓦湖習槳

臨波學步。試扶上小舟。輕移柔櫓。弱腕乍揚。已覺吟魂消銀浦。低昂一葉從洄溯。似蘸淥蜻蜓栩栩。半灣新漲。盈襟紺影悄然來去　休誤煙霞無價。供欣賞。說甚他鄉吾土。幾許夢痕。濯入滄浪慵回顧。仙踪況許壺天住。儘水佩風裳容與夕陽正戀瑤峯赤晶認取。

二郎神

楊深秀所畫山水便面兒時常摹繪之　先嚴所賜楊爲戊戌殉

雖六賢之一變政之先覺也

齊紈乍展。似碧血畫中曾汚。記國命維新。物窮斯變。肇路艱辛初步。鳳馭金輪今何在。但廢苑斜陽禾黍。矜尺幅舊藏。淵渟嶽峙。共存千古。　可奈鷹瞵蠶食。萬方多故。怕錦樣山河。滄桑催換。愁入靈旗風雨。粉本暮春。荷香拂暑。猶是先芬堪溯、待篋底剪取芸苗麝屑、墨痕珍護。

醜奴兒慢

十洲頑洞。吾道倀倀何往。對滿眼蜃樓花雨。那處仙源。浪跡遐荒。萬方多難此憑欄。孤吟去國杜陵烽火。庾信江關。　夢影漸稀。宣南韻事。江左清談。正誰向天山探雪。渤海觀瀾。來日奇憂。東風吹送到雲鬟。梅枝難寄。鄉心悽黯。笛語哀頑。

又

雕闌幾曲。月影盈盈初上。瀉一抹銀輝如水。冷浸花魂。悄倚孤梅素心商略。共溫存寒翠。戢翠櫂虬綴雪。伴定黃昏。漏盡更闌。幽沉萬籟。靜掩千門。正遙想歡場春好。玉笑珠顰。歌舞誰家。華燈紅鬧。錦屏人凝情佇久。疎林落蕊。輕點苔痕。

浣溪紗

景色何心說故鄉。朱樓依舊見垂楊。禁他冶葉不迴腸。　鳳翮有聲鏘紫塞。燕歸無計認雕梁。三千弱水溯中央。

又

色相憑誰悟大千。瑤峯無盡浸壺天。此中眞個斷塵緣。　淡掠煙波描夢

影淨調冰雪鍊仙顏。一生常枕水精眠。日內瓦湖雪山四照

又

蕙帶荷衣惜舊香。夢回禁得水雲涼。魚書迢遞訴愁腸。　已是槎浮通碧漢。更聞人語隔紅牆。星源猶自見欃槍。得故國友人書訴兵燹之苦

又

不信山林可賦閒。豔於金粉膩於煙。鶯花無賴自年年。　碎碾青瓊成蓓蕾。亂拋紅豆寄纏綿。初禪怕住有情天。瑞士境內徧植小朶藍花名長相思 Forget Me Not

又

小劫仙都認夢痕。淒迷淚雨送芳辰。長空何處不消魂。　天際葬花騰豔靄。人間疑緯說祥雲。人天誰懺可憐春。

曉珠詞　十

曉珠詞

一剪梅

一抹春痕夢裏收。草長鶯飛。柳細波柔。珠簾十里蕩銀鉤。箏語東風。那處紅樓。別有前塵憶舊遊。幾日韶華。賦筆生愁。長安雲物戀殘秋。鈴語西風。那處紅兜。

點絳脣

萬葉鼕風。綠天涼鬧山樓雨。初收殘暑。驀地秋如許。舟塔凌空。一點搖紅炬。心休怖。黝溟黟霧。也有光明路。

翠樓吟

瑞士水仙花多生於陸地然地以湖著名仍與原名契合欣賞之餘製此爲頌

豔骨冰清仙心雪亮羞看等閒羅綺柔鄉羈素韈指洛浦芝田雙寄凌波迴睇認玉質金相西來梳洗韶光裏盈盈欲語通詞誰試　恰是羣玉山頭望有娀無恙瑤臺迤邐相逢悲隔世灑千點如鉛香淚首邱容倚寫砑粉銀箋花銘同瘞歸無計祗憐孤負故山梅蕊予曩遊鄧尉詩有青山埋骨他年願好共梅花萬禩馨之句

風蝶令

煙鎖三山遠滄溟萬里迷身非雙翼鳳凰兒已是與天相近與人離　金粉衣難染風花夢豈疑步虛來去幾多時除卻瀛光嵐影更誰知

念奴嬌

遊白琅克 Mont Blanc 冰山

靈媧游戲把晶屏十二排成巇嶮簇簇鋒稜臨萬仞詭絕陰森天塹雨滑

曉珠詞

瓊枝光迷銀纈。鸞鶴愁難佔。羲輪休近。炎威終古空瞰。圖畫展徧湖山。驚心初見仙境。窮猶變。惟怕乾坤英氣盡。色相全消。柔豔巫峽雲荒。瑤臺月冷。夢斷春風面。遊踪何許。飛車天末曾綰。電線懸車掠空而行

南樓令

葉落見城厢。疏枝恨早霜。喜山林乍換秋妝。多謝倪郎傳畫筆。濱絳縩點蒼黃。橋影戀殘陽。沙平引岸長。鎖羈愁十里清湘。著個詩人孤似鴈。雲黯淡。水微茫。

解連環

巴黎鐵塔

萬紅深塢。怕春魂易散。九州先鑄。鑄千尋鐵網凌空。把花氣輕兜。珠光團

聚聯袂人來似宛轉蛛絲牽度認雲煙縹緲遠共海風吹入虛步 銅標別翻舊譜借雲斤月斧幻起仙宇問誰將繞指柔鋼作一柱擎天近銜羲馭繡市低環瞰如蟻鈿車來去更凄迷夕陽寫影半捎蒨霧

玲瓏四犯

意國多古蹟佛羅羅曼 Fororomano 爲千餘年市場遺址斷礎殘甃散臥野花夕照間景最悽豔賦此以誌舊遊之感

一片斜陽認古甃頹垣蝌篆苔翳倦影銅駝催入野花秋睡儘教殘夢沉酣渾不管劫餘何世看凄迷廢壘蘿蔓猶似綺羅交曳 豔塵空指前遊地黯銷凝羃香黏蕊大秦西望蒼煙遠誰解明珠佩重溯故國舊聞記八駿曾馳周轍葱賦情緜邈春痕長暈穆瑤池際 十二世紀時成吉思汗統一歐亞羅馬屬焉

八聲甘州

遊馬勒梅桑 Malmaison 弔拿坡倫之后約瑟芬

望娟娟一水鎖妝樓。千秋想容光。悵翬衣褪采。螭奩滯粉。猶認柔鄉。未穩棲香雙燕戎馬正倉皇。剪燭傳軍牒。常伴君王。見說蘼蕪遺恨。逐東風上苑。也到椒芳。道名花無子。何祚繼天潢。譜離鸞馬嵬終負。算薄情不數李三郎。遊人去。女牆扃翠。娥月渲黃。

絳都春

拿坡里火山

禪天妙諦。證大道湼槃。薪傳誰繼。世外避秦。那有驚心。咸陽燧飈輪怒碾丹砂地。弄千丈紅塵春翳。倦飛孤鶩。幾番錯認。赤城霞起。凝睇。鑴冰斵雪。指隔浦迤邐瑤峰曾寄。火浣五銖。姑射仙人翔遊袂。流金鑠石都無忌。算世態炎涼游戲。任教燒蠟成灰。早乾豔淚。

金縷曲

紐約港口自由神銅像

值得黃金笵。指滄溟神光離合。大千瞻戀。一簇華鐙高擎處。十獄九淵同燦。是我佛慈航艤岸。縶鳳羈龍緣何事。任天空海闊隨舒卷。蒼穹渺。碧波遠。

唧砂精衛空存願。歎人間綠愁紅悴。東風難管。篳路艱辛須求己。莫待五丁揮斷。渾未許。春光偷賺。花滿西洲開天府。是當年種播佳蒔遍。繙史册。此殷鑑。予譯有美利堅建國史綱

摸魚兒

曉珠詞

倫敦堡弔建格來公主 Lady Jane Grey

望淒迷。寒漪衙苑。黃臺瓜蔓曾奏。娃宮休問。傷心史。慘絕燃萁煎豆。驚變驟。驀玄武門開。弩發纖纖手。嵩呼獻壽。記花拜螭墀。雲扶娥馭。爲數恰陽九。吹簫侶。正是芳春時候。封侯底事輕負。金旒玉璽原孤注。擲卻一圓鶯脰。還掩袖。見窗外囚車。血涴龍无首。幽魂悟否。願世世生生。平林比翼。莫作帝王冑。建格來即位僅九日。被馬利女王所殺。瀕刑先於囚室睹其夫無首之尸舁過窗外。詳情見英史

蝶戀花

彗尾騰光明月缺。天地悠悠。問我將安託。一自魯連高蹈絕。千年碧海無顏色。容易歡場成落寞。道是消愁。試取金尊酌。淚迸尊前無計遏。迴腸得酒哀愈烈。

又

海上秋來人不識。仙籟橫空。只許仙心覺。小立瑤臺揮羽箑。新涼情緒憑誰說。桂影當幃垂罘罳。撥影搴幃。莫障姮娥矚。瀉得銀輝清似淥。玉軀合稱蟾光浴。

又

迤邐湖堤光似砑。漢女湘姚。盡態爭游冶。爲避鈿車行陌野。清吟卻怕衣香惹。別浦凝陰風定也。蘆荻蕭蕭。濠濮閒情寫。雙占水天光上下。一凫對影成圖畫。

又

爲問閒愁拋盡否。收得乾坤。縹緲歸吟袖。雪嶺炎岡相競秀。一時寒熱同

曉珠詞

消受。淚雨吹香花落後。塵劫茫茫。彈指旋輪驟。便作飛仙應感舊。五雲深處猶回首。瑞義比鄰雪山火山兩國相望

三姝媚

滬友函稱有於古玩肆購得傅君沅叔爲予書詩冊者珍襲徵詠視如古蹟云事見申報予去國時書笥皆寄存於滬此物何由入市我躬不閱遑恤我後惟物主及書者均尚生存竟邀詠歎亦堪莞爾賦此以寄慨焉

芳塵封鄴架。記蘭成匆匆。錦帆西挂。滄海飄零。更傷心休問。年時書畫。尺素偷傳。驚掌故。新添詩話。舊句籠紗。翠瀋痕湮。粉牋光砑。 瞥眼雲煙過也。悵脉望難仙。浮生猶借。片羽人間。笑雞林胡賈。早矜聲價。知否吟蹤尚

留戀水柔雲冶。還憶家山夢影。長恩精舍。先嚴築有長恩精舍藏書三萬卷遭家難無一存者

花犯

日内瓦湖畔牡丹數株看花已二度爲題此闋

炫芳叢。韡紅歐碧。年華又如此。玄都觀裏。誰省識。重來羸得憔悴。已諳世態浮雲味。吟懷懶料理。算也似。粉櫻三見。歸期猶未計。風流弄絕塞胡妝。依然未減。卻天姿名貴。閒徙倚。問可是。洛陽遷地。儘消受。蠻花頂禮。引十萬。紅雲渡海水。還怕說。寶欄春晚。宵來風雨洗。

喜遷鶯

得故國友人書謂社稷壇芍藥千餘株多金帶圍名種近被暴民集會踐踏無遺爲賦此調以代傳檄希海内騷人結社招魂俾暴

曉珠詞

徒愧悔兼可爲文苑他年掌故也

杯傳婪尾記涵粉浥脂豐台爭買穀雨吹晴薔枝共晚長恨俊遊難再海壖蜃樓春好故國雕欄春改馬蹄過問翻階紅豔而今安在　堪怪張綵幟道是護花刈割同蕭艾芳信將離仙魂不返夢想錦雲飛蓋早知舞衣金縷輸與荷衣蕙帶更鵑哭倒冬青幾樹奄香同採　（東陵古蹟亦被摧殘）

醜奴兒慢

東横泰岱誰向峯頭立馬最愁見銅標光黯翠島雲昏一旅揮戈秦關百二竟無人從今已矣羞看貂錦怯涴胡塵　鼎倘沸然殘膏未盡腐鼠猶瞋更繡幕閉燒宮燭紅照花魂徧野哀鴻但無餘唳到營門迎春椒頌八

方爭說草木同新

沁園春

時序重逢，檢點寒馨，東籬又黃。悵靈萱堂下，曾暌萊綵，高椿冢畔，莫奠椒漿。磨轍光陰，搏沙身世，豈待而今始斷腸。天涯遠，祇孤星怨曉，病葉啼霜。

家山夢影微茫，記摘蔓燃萁舊恨長。便宮鸚前面，言將未忍，風人旨外，哀已成傷。月冷松楸，塵封馬鬣，泉路棲遲各一鄉。凝眸處，但悽風獵獵，白日荒荒。

清平樂

尋尋覓覓，印徧芳洲跡。故國愁雲橫遠碧，莫問梅枝消息。　異鄉消得憑欄，身閒便覺天寬。野樫紅迷古堡，海棕青過沙灣。

又

亂山蒼莽若個成孤往。遠市紅塵飛不上。祗有雲光相向。荒寒殘雪無垠。卜居誰寄天眞。消得翠屏環拱。一椽茅屋爲尊。

又

林巒深窈。萬緑飛輪悄。俯瞰湖光千丈杳。洞口一奩低小。兩厓燦錦鋪霞。無名不識蠻花。車軌陡懸梯級。山田横劃袈裟。

又

錦屏曾隔胡越。同舟識花葉。誰書傳素翼。還待象胥重譯。前番山水因緣。今番縈敦聯歡。儘狎江湖鳧雁。偏瞻夷狄衣冠。

又

百年飄瞥來去原無著夢抱曉珠歸舊闕一笑水空雲邈 已羞叔世浮名仍羈滄海餘生哀入江樓倦枕禁他午夜灘聲

金縷曲

倫敦快報稱銀幕明星范倫鐵諾 R. Valentino 之死世界億萬婦女贈以眼淚及香花而無黃金之賻迄今借厝他塋不克遷葬其理事人發乞助之函千封於范氏富友答者僅六函予爲莞爾囊予舟渡大西洋曾夢范氏乞誄（事見鴻雪因緣）今賦此闋寄慨兼償夙諾焉

孰肯黃金市歎荒邱塵封駿骨一棺猶寄知否恩如花梢露花謝露痕晞矣況幻影魚龍游戲人海茫茫銀波外問歡場若個矜風義原慣態事非

異。征軺曾訪鳴珂里。黯餘春碧桃零落。小門深閉。舊夢淒迷無尋處。消息翠禽重遞。算吟債今番堪抵。乞取神風東溟送。倚新聲好賺同情淚。盧幕罨。夜燈炧。

洞仙歌

戊辰中秋計予再度去國又二年矣

圓規無恙。自乘桴西去。二十三番弄消長。看蒼茫秋色。窈窕冰姿。又宛宛來伴客星同朗。淮南還木落。問訊銅仙曾否宵啼淚盈掌。故國幾悲歡。分付西風。掃太華殘雲。來往喜法曲霓裳。遠能傳播。桂子天香共成心賞。

玉漏遲。

舊遊迷。杜芷採芳重到。歲華更替。無恙闌干。消得幾回閒倚。逝水不分今古且莫問滄桑何世差自喜吟懷未減素心堪寄　園林昨夜新霜弄熟柹垂丹晚枇凝翠天際瑤峯還又綺霞微翳道是山川信美可祓得人間疵癘殘照裏高歌海門秋麗

慶春宮

雪後

山市馳橇冰壇競屐胡天朔雪初乾已霽仍嚴將融又結疎林慣寫蕭閑風裁爭峻指松柏相期歲寒飄零休訴人遠天涯樹老江潭　年時苦憶長安韻鬬尖叉吟輿徧酬官閣梅花梁園賓客夢痕一樣闌珊暮愁千疊擁雲氣橫遮亂山淒迷誰見鴻爪西洲馬首藍關

浣溪紗

曉珠詞

處處煙波鎖畫橋。夢中猶自倦雙橈。仙源長寄轉無聊。　欹枕鄉心驚斷雁。捲簾秋影見層樵。欲隨風雨入中條。

蝶戀花

法曲先聞猶隔面。繡幕開時。一霎橫波亂。七寶妝成來閬苑。天衣曳處星辰閃。　優孟風流班宋豔。不逞名場。便向歌場現。舉世滔滔聲色戀。燒殘秦火才人賤。

望湘人

送征帆遠去。孤館悄歸。祇憐排悶無計。繡椅空時。錦茵凹處。坐久餘溫猶膩。銀褪糖衣。灰殘蔻尾。分明眼底。恰匆匆如夢相逢。那信伊人千里。　紅萼新詞漫擬。悵伶俜倦旅。歲闌心事。聽笑語誰家。暖入翠樽芳禊。倘逢驛

使梅枝折寄冰雪郵程西比（西比利亞鐵路）不辭化一縷離魂黏入緗苞寒蕊

瑞鶴仙

散步日内瓦公園即景

屐痕侵敗蘚自覓覓尋尋歲闌心眼霜林弄秋絢挾西來金氣別嚴妝面喬松翠健羨祇許寒禽獨佔似宣和畫本偷傳虬影鸞姿重見　還看山眉愁倚薄黛含顰倦鬟堆怨美人騷畹迨遲暮轉淒豔尙依然綠徧平蕪如此豈必花時堪戀對西風料理清吟賦情自遠

洞仙歌

白葭居士繪松林一人面海而立題曰湘水無情弔豈知南海康更生君見而哀之題詩自比屈賈而予現居之境恰有此景

復以自哀焉爰題此闋以應居士之屬戊辰冬識於日内瓦湖畔

何人袖手。對橫流滄海。一樣無情似湘水。任山留雲住。浪挾天旋。爭忍說。身世兩忘如此。千秋悲屈賈。數到嬋娟。我亦年來儘堪擬。遺恨滿仙源。無盡闌干。更無盡。瀛光嵐翠。又變徵上聲遙聞動蒼涼。倚畫裏新聲。萬松清吹。

玉樓春

人間那是消魂處。咫尺西洲成小住。翠瀾三面繞妝樓。柔櫓一雙搖夢雨。清歌疊引公無渡。休向枝頭聽杜宇。從教憔悴滯天涯。肯說高寒愁玉宇。

漁家傲

欲避煩憂何所適。浮邱挹袖洪厓拍。渺渺幽踪臨衆壑。愁千斛。雲光磨洗天風濯。　萬綠自成清淨色。玉輝珠娟渾嫌濁。峭壁孤花紅一萼。標高格。名園羅綺慵迴矚。

月華清

雕影橫秋。人煙破暝。詩懷一昔催換。境入荒寒、恰好素襟堪浣。伴哀蛩新句重裔。擷晚菊舊情仍戀。緩緩向林臯。石磴等閒尋徧。　何處巫雲吹卷。指依樣嶔崎。蜀峰攢劍。倦旅登臨。羸得幾番悽黯。和樵歌松籟淒鏘。弄燈影雪窗紅顫。宛宛。但蒼龍西走。暮山無斷、

丁香結

曉珠詞

夢於倫敦友人處見予所繪水墨大士像秀髮披拂現身海中憶髫齡鄉居鄉人曾以舊畫觀音一幅乞爲摹繪固有其事也

妙相波瑩。華鬘風裊。一笑拈花彈指。記年時桑梓。傳舊影蘸渌裁緗摹擬。夢中尋斷。夢夢飄斷水驛海瀠。無端還見墨暈。化入盈盈瀾翠。凝。思又劫歷諸天。晴怯清游。迤邐。塵障消殘。春華惜徧。此情難寄。遙瀚低掠倦羽。自返蓮臺底。有菡心靈淨。依樣烏泥不滓。

陌上花

茫茫海水。無情東去。比愁多少。溯到天涯。還是燕昏鶯曉。紇干何限家山恨。夢入吳宮花草。又吹殘絮雪。上京春晚。玉臺人老。數韶光幾許。看朱成碧。小史華年偷校。仙嶼雲煙。身世一般縹緲。三千珠履飄零盡。誰話滄桑天寶。但淒涼賸有當時明月。夜闌低照。

金盞子

芳禊停修。花葉慵書。一年春晚。憐病蝶依依。相婉婉同是夢中虛豔。隔簾小影淒迷。倚珍叢寒淺。黃昏又風雨。洗殘梨粉。早成秋苑。　法曲絕絃按。弄繁會哀音儘拂。亂禁他曲終易變。怕音尾一唱更嚲三歎。無奈先避華筵。當笙歌未散。背人處。羅帕茜濡。潛痕嗁滿。

望江南

瀛洲好。知是甚星寰。冠蓋都非如隔世。晨昏相背不同天。塵夢委春煙。

瀛洲好。應悔問迷津。蟾影盈虧知漢曆。桃源淸淺誤秦人。去住兩含顰。

瀛洲好。春意鬧湖邊。小白長紅花作市。肥環瘦燕水爲奩。三月麗人天。

曉珠詞

瀛洲好。重賀太平時。遠近鐃歌傳綵幟。萬千嫠緯泣緇衣。哀樂太參差。十一月十一日停戰紀念

瀛洲好。衣履樣新翻。橡屧無聲行避雨。鮫衫飛影步生煙。春冷憶吳棉。

瀛洲好。辟穀餌仙方。凈白凝香調犢酪。嫩黃和露剝蕉穰。薄膳稱柔腸。

瀛洲好。筆硯久拋荒。不見霜毫鸜眼燦。惟調翠瀋蟹行長。繞指有柔鋼。

瀛洲好。小謫住樓臺。身似落花常近水。月臨繁電不生輝。頑豔有餘哀。

望海潮

平瀾疊翠。飛瀧潑雪。倚闌長寄心期。潮汐循環。冰夷恨數。晨昏清淚常滋。夜潮由月體吸引雲葉想旌旗。似羣真蹌濟。羽葆輕移。舊侶難招。佩環何處怨來遲。塵寰小住爲宜。望神山縹緲。漫寫遐思。白柰花零。紫蘭人杳。蕊宮無

限凄迷。一樣斷腸時。問仙家哀樂。世外誰知。夢繹天書金字。十萬紀騷詞。

騷作憂解

藍陵王

秋柳

亂鴉集。寫入蕪城秋色。隋堤畔、一片斜陽。紅到枝頭黯成碧。宵來夢鬱抑。比似眉痕更窄。憐憔悴。薄黛殘妝。付與西風弄梳掠。春華去誰惜。憶簾捲朱樓。處處煙羃朦朧。盡是相思纈。奈絮朵吹散。白華宮怨。還憑飛燕認蹤迹。拾來淚沾臆。悽惻。訴飄泊。更唱徹陽關。魂斷橋側。霜條待共梅枝折。望故國千里。暮雲愁隔。歸心何許。託笛語。問舊驛。

喜遷鶯令

曉珠詞

燕啣泥。泥涣雪。南陌早關情。尋芳宜唱踏莎行。莫問雨和晴。　枝綻花。花褪蕚。幾日便分今昨。今年燈市已前塵。何況去年人。元夜

浣溪紗

知是仙遊是夢遊。春痕依約彩牋收。芳塵囘首恨悠悠。　山水有緣溫舊迹。釵鈿無地證新愁。傷心何獨牡丹侯。是日遊故迪斯黛侯爵夫人之舊邸於日內瓦

採桑子

仙情更比人情薄。不貸天錢。便靳天緣。織女黃姑各自憐。　鵲槎莫向雲邊泛。不是星源。便是河源。星自參商水不廉。七夕

柳梢青

人影簾遮。香殘鐙灺。雨細風斜。門掩春寒。雲迷小夢。睡損梨花。　且消錦

樣年華。更莫問天涯水涯。孔雀徘徊杜鵑歸去。我已無家。

卜算子

屏障立莊嚴。雷曜爭陰霽。松籟泱泱大國風。不餒荒寒氣。莫採野花紅。且挹喬柯翠。古木幽人共一山。性理同貞粹。

又

閒趁豔陽天。悄訪棲眞處。一水盈盈不見舟。祇許仙禽渡。門巷落花深。嶺嶂春陰聚。紅是緗桃白是雲。遮斷來時路。

又

祇有斷腸花。那有長生藥。徐市同舟去海東。誰見重還客。紅萼舊詩郵。碧漢新蠡測。人住塵寰我月球。世外通消息。

曉珠詞

憶舊游

證仙經舊說。縹緲三山。間是耶非。路轉松杉密。恰詩如石瘦。境與人離。靜參物外禪諦。無語會心期。正雲戀羣峯。青蓮朵朵。玉葉垂垂。　嵐光瀉濃黛。似擊碎瑯玕。翠髓橫漓。漫說衣襟浼。便飛來鶴羽。也染毿毿。軟紅欲避塵夢。捨此更何之。奈徙倚天風。羊公峴淚還暗滋。

月下笛

吟管寥芳。仙裳蘸淥。俊遊還再。幾會孤負。鷗鷺湖邊相待。徧人間笙歌正酣。冷香杜芷開自採。謝題襟舊侶。玉璫緘札。賦情猶在。　桑田變否。試問訊麻姑。朱顏暗改。渭流脂膩。愁渡西戎紅海。勸靈源春痕秘留。碧桃且莫漂片蕊。渺心期。又見三山半落青昊外。

齊天樂

吾樓對白琅克冰山 Mont Blanc 晨觀日出山頂賦此

曜靈初破鴻濛色長空一輪端麗霞暖鎔金雲蘇瀉玉驀發天硎新礪冰巒峻倚更反射皚皚銀輝騰綺儘鬭寒暄素䊵飛弩惱神羿 驚聲殘夢唤起繡簾先自捲偏慣凝睇光滿瑤峯春溶碧海慵顧姮娥梳洗羲鞭漫指怕漸近黄昏短英雄氣影戀花枝斷紅誰共繫

破陣樂

歐洲雪山以阿爾伯士爲最高白琅克次之其分脉爲冰山餘則蒼翠如常但極險峻遊者必乘飛車 Teleferique 懸於電線掠空而行東亞女子倚聲爲山靈壽者予殆第一人乎

曉珠詞

渾沌乍啓。風雷暗坼。横擎天柱。駭翠排空。窺碧海。直與狂瀾爭怒。光閃陰陽。雲爲潮汐。自成朝暮。認遊踪。祇許飛車到。便虹絲遠繫。飈輪難駐。一角孤分。花明玉井。冰蓮初吐。　延佇。拂薜鐫巖。調宮按羽。問華夏衡今古。十萬年來。空谷裏。可有粉妝題賦。寫蠻箋。傳心契。惟吾與汝。省識浮生彈指。此日青峯。前番白雪。他時黄土。且證世外因緣。山靈感遇。

惜秋華

和韋齋西溪紀遊之作即次原韻

越尾吳頭。認江流玉帶。寒漪雙抱。金粉正濃。攙槍幾番迴照。秋山倦倚啼妝。尚依舊。秦鬟擾擾。任詞仙醉賞。颵風吹帽。　前度夕陽老。算長房袖裏壺天猶好。沙渚淺。霜徑曲。瘦筇曾到。生憐夢影分明。憶十年柿圓花小。輸

了。恨吾家紺珠偏少。古有紺珠佩之能記前事

附韋齋原作　費樹蔚

兩地西溪。讓臨安獨秀。蒼然寒抱。孤棹葦間。煙嵐玉人雙照。人間換劫匆匆。算佳處兵塵未擾。對秋陰冷落。茸衫紗帽。多謝咫園老。教開圖認取。風光淸好。淺水畔。斜日下。十年前到。霜紅柿劈銀刀。丙辰於西溪寺中食柿甚甘但國花拍波猶小。溪中有紫白花土人呼爲革命花云自辛亥年始有之今必更繁衍矣　休了。泛吳艭棟風人少。陳恪勤詩棟花風裏游人歇一任閒鷗自往還不曾爲予今日詠也

木蘭花慢

丙辰秋與老友韋齋及廖公子孟昂同遊杭之西溪頃韋齋寄示新詞述及舊事孟昂早歸道山予亦遠適異國棟風雋句深

曉珠詞

寓滄桑之感賦此奉和亦用夢窗韻

賦情傳雁羽。素牋展。黛眉顰。儘溯海尋桑。看朱成碧。欲記難真。荻花又吹疎雪。黯西溪無處認秋痕。依約前遊似夢。飄零舊侶如雲。　逡巡楚些招魂。悁菊瘁。悗蘭薰。怕衆芳消歇。新詞織錦。留印心紋。未來更兼過平聲去。問芸芸誰是古今人。一樣夕陽花影。商量莫負黃昏。

淒涼犯

斷霞吹霰胡天晚。殘年尚弄淒麗。山橫玉壘。塔明金狄。感懷殊異。長街裙屐。望來去仙仙魅魅。問何心飄零萍梗。豔說避秦地。　除夕三番矣。習與時遷。語隨鄉易。錦囊詩料。更兼收十洲瀾翠。故國今宵。定樺燭千家無睡。對蠻花自剪紅綃冒蒨蕊。

眞珠簾

本意

淚華夜夜生滄海。捲愁痕。遮斷鮫宮縹緲。奩底映花枝。似霧中催曉。顆顆圓姿春暗綰。比月影。還憐嬌小。休惱。待銀鉤雙挂。燕歸猶早。　長恨相見無由。道爭如不見。餘情難了。半面許誰窺。但曲終音裊。消盡輕寒留淺夢。借一斛珍光籠照。繚繞。又飄鐙細雨。闌深人悄。

瑣窗寒

孟特如Montreux湖畔多玉蘭高樹婆娑巨朵千百掩映瑤峯玉宇饒華貴氣象予每春來此看花已三度爰用夢窗賦玉蘭韻而成此闋原作有海客乘槎及悲鄉遠等句不啻爲予今日詠也

海日搏霞。仙滃漱玉。靚妝重見。穠春未了。不分做成悽惋。看細苞剪取茜痕。錦綃十丈。天機展。便洛陽姚魏。也應低首。漫論湘畹。　舞倦霓裳換。又暝入梨雲。共憐秋苑。人間天上。一樣韶華催晚。恨相逢。愁中病中。蹇槎不恨星河遠。怪吳郎詞筆凄馨。早識飄零怨。

祝英臺近

己巳春瑞士水仙滿山方抽寸翠未及見花有奧京維也納之役歸來尋賞零落已盡悵賦三解

惓珍叢。催小別。歸思滿懷抱。料理兼程。只說倘春早。那知去帶餘寒。歸迎輕暖。春早已趕先曾到。　被花惱。不分世外相逢。情緣更顛倒。訴與東風。畢竟沒分曉。從教百轉吟哦。一腔悽惋。怎說與此花知道。

又

繞緗臯。依洛浦。特地種騷屑。更借迴風。處處舞流雪。分明萬緒千情。絲絲揉亂。都化作萬花千葉。　弄孤潔。因甚翠羽明璫。春華坐愁絕。占斷仙源。莫展素心結。知他別有奇哀。陳思枉賦。縱豔筆何曾描著。

又

紺搴雲。鉛灕淚。瞥眼又如許。檢點芳痕。消得幾風雨。曇春一刻千金。懲君珍重。原不比等閒朝暮。　按宮羽。不辭燈灺香殘。宵深爲君譜。翠咽瀛波。絃外曳音苦。問他地老天荒。成連去後。更若個賞心重遇。

還京樂

夢聞故國歌聲極頓挫蒼涼之致感而賦此

曉珠詞

殢春睡。聽引圓腔。激楚哀絲顫。話上京遺事。周郎顧。罷龜年歌倦。又夜來風雨。無端撩起梨花怨。縈萬感。殘夢碎影。承平猶見。鳳槽檀板。問人間何世。依然粉醉金迷。華席未散。而今更不成歡。對金尊怯試深淺。指蟾宮早桂影都移。霓裳暗換。渺斷魂何許。青峯江上人遠。

踏莎行

樓觀參差。蓬萊婀娜。捲簾獨對斜陽坐。天開圖畫畫成詩。個中覓句偏容我。翠瀚初澄。丹輪半嚲。餘輝散作燒天火。小雲疊疊倚晴空。一時盡變玫瑰朵。

江神子

催花風雨弄陰晴。似多情。似無情。廿四番風換盡最分明。更換鳴禽如過客先燕燕後鶯鶯。浮生同此轉飈輪。是微塵戀紅塵。如夢鶯花添個夢中人。一霎春痕和夢影。休苦苦喚眞眞。

減字木蘭花

友人來書謂予客海外有屈子行吟之感賦此答之

蘭荃古豔。誰向三千年後剪。移過西洲。又惹東風萬里愁。湖山麗矣。但少幽情如屈子。花草風流。綵筆調和兩半球。

渡江雲三犯

紺陰生海嶠。斜陽破暝。松影落虛壇。屐痕曾印處。弄水搴芳。舊跡認留連。游絲罥蕊。又怨粉吹滿人間。悵重探玄都花事。懷抱已非前。堪憐晴漪晃翠。暉嶺皴金。便湖山如此。問他日躡雲玉笥。誰弔中仙。登臨著徧傷心眼黯平蕪，都到吟邊。華年恨，古今一例荒煙。

風流子

芍藥

長安看徧後，瀛洲外，重見靚妝濃。認雲衣剪紫，帶寬金縷，粉痕捻素，影鞾珍叢。折得露枝歸繡幌，凝睇不言中。誰信斷腸，可憐婪尾，鶯謳臺苑，蝶舞簾櫳。　蕪城多佳麗，空回首，心事暗惱東風。故國花稱后土，揚州瓊花稱后土之花，見賫洲漁笛譜。無此豐容。任波漲春愁，驀槎久繫，詞傳雅謔，蠻語初通。不道萬重蓬遠，一笑相逢。

採芳信

湖邊綠樹葱蒨，夏作小黃花，濃馥如桂，予採細枝供之瓶中，爲賦

此調

蒨雲邀。正翠翻平林。金莖初擢。認小山秋早。淮南誤幽約。濃薰芳氣霏清潤。不借風霜烈。鎖陰陰。初夏湖堤。嫩晴池閣。　佈地珠塵薄。勸鳳帚鍾情。玉階休掠。香剪柔枝。銅匜薦寒淡湨槃便作枯禪。化也佳旃檀國。浣蜂黃。澹弄仙瀛水色。

高陽臺

題人海微瀾

花縣霏香。蕙庭消雪。君家特地春多。漲筆狂塵。肯教英氣銷磨。金沙直瀉來千里。比恒河還似黃河。聚人間萬感悲歡。一派笙歌。　傷春不在銀屏裏在浮雲幻影。逝水迴波。縹緲悽痕。幾番著意描摹。臨流休覓殘紅語。怕

曉珠詞

落花無奈愁何儘。收來海底繁枝。珊網輕羅。

浣溪紗

不遇天人不目成。藐姑相對便移情。九閶吹下碎瓊聲。　花號水仙冰作蕊。峯名玉女雪爲稜。好憑心迹比雙淸。雪山當窗朝夕相對

又

莫向南園憶採芳。殘紅如雨送斜陽。一般迴首小滄桑。　不願返魂甦倩女。何須駐景檢神方。花時人事兩相忘。義山詩檢與神方教駐景

徵招

爲白葭居士題周壔畫龍

雩龍飛舞翻滄海。驪光夜穿幽晦。尺幅展鮫綃。湧萬重煙水。是伊誰腕底。

弄大筆觥觥如此。戰罷玄黃抉鱗。猶可點睛須忌。何處問行藏。瑤函裏。香沁碧芸催睡。曼衍徧中原。已倦看游戲。鼎湖波不起。枉凄入翠蓬雲氣。又爭似紅漾桃漪。認鱖遊清泚。

六幺令

碧空凝麗。萬象澄秋宇。會心靜觀天末。遠巘籠煙樹。松杪細排一線。映白雲堪數。翠陰霏霧。吟襟驟濕。滄海斜飛幾絲雨。乘風歸向甚處。肯戀仙源住。回首廿載詞場。寂寞相如賦。羸得浮名何用。未抵浮生苦。遲鶴振平聲羽。丁寧待我。共掠金颸玉京去。

尾犯

夜悄易驚秋。涼戰萬松。風籟鳴急。玉甃迎潮。任琤琮爭拍。紅翳影孤。嶕更

曉珠詞

瘦翠迴橈倦，波猶弱，舊愁零亂，夢隔藕花偷向鷺鷥說。採香隨步遠，但冷豔沁偏緗褶，㵳韻來同，有垂虹知得，便消領錦雲成幄。奈寂寞仙居久，謫問天無語，露洗半蟾妍悽碧。

風入松

籋雲飛佩度清虛。重謁廣寒姝。相邀散髮撈明月，正瑤光、涵澈蓬壺。海颶乍沉鯨浸，夜霞初吐驪珠。　驀槎將見到天衢。探桂近何如。冷香霏露羞紅蓼，問秋光、爭比春殊。更愛喬松拂檻，壓枝翠實霜腴。己巳中秋寫寓所之景科學家謂航空將來可抵月球

高陽臺

故國諸友來書話舊，各有身世之感，賦此答之

芳禊修蘭。仙班倚玉。前塵同首匆匆。劫換人間。苧蘿吹老秋風。量才欲問昭容尺。可平均分計枯榮。但悽然。錦羽傳箋。各訴愁衷。　心期便比無情水。帶落花千點。萬里流紅。迴水尋花。勞他飛燕西東。分飛到海還相見。豈故人未必重逢。指天邊。清淺蓬瀛。不礙槎通。

水龍吟

嵐光時變陰陽。下方黛影涵千頃。雨收南浦。雲歸北闕。一峯初暝。遠映空濛。晃浮金碧。畫圖難準。似壺公幻就。蓬瀛縹緲。迷蜃市。通仙境。　指點人家山頂。倚高寒。結茅棲隱。層層蒼莽。斑斑白堊。小廬盈寸。儘足煙霞。不知冠蓋。也無鐘鼎。但天風嘯晚。萬松飛翠。播秋聲勁。

鶯啼序

曉珠詞

銅仙夜唬漢苑、黯秋空斷綺、指故壘說與紅襟、呢喃能話興廢、忍重見檀欒金碧。承平七百年來地。尙參天松檜凌風拂動寒翠、秀挹崑崙。浩攬渤澥。信雄圖蓋世、更瑤堞萬里迴旋。祖龍曾此飛轡、祇憑闌英姿一顧、問誰度陰山胡騎。好風光。不分輸他。六朝煙水。東周移鼎。南宋揚舲。未是偏安計、悵燭轉玉樹歌罷。螢暗汴沚。霸府重開。元戎高會。塵驚驄馬。花迎劍佩。宏猷合借湖山勝。況東南金粉鍾佳氣。平瞻象緯、九閶翼軫回寅、八荒洛圖呈瑞。滄桑影歛。班宋才銷。賦兩都誰繼。但憔悴蘭成、天末漫倚新聲。荃蘠凋秋。苣懷凝痗。燕雲恨滿。吳波愁絕。金源遺響傳樂府。萃神州繁變皆商徵。上聲哀絃不度人間。競醉鈞天。舞霓半翳。

滿江紅

中秋後殘月半規皎然海上爲賦此闋

精豔難磨。更何必時逢三五。認黛影瀛邊濯洗。瘦顰仙嫵。半玦能遮星斗燦。殘妝猶惹雲霓妒。儘下臨后土上媧天。將焉駐。　惟寶鑑。無今古。照過客。紛來去。對一杯風灔。休辭起舞。水調徒憐傳玉局。花枝能幾歌金縷。且夢尋縞夜度緱山。吹笙路。

桂枝香

近人評桂爲花中聖賢。蓋其樹幹高直。枝葉整齊。氣馥而色不炫。猶蓮之爲君子也。惜海外無此。曩於紐約藏書樓見某卷稱中國特有之花約三千種。不能移植西土云

檀魂喚起。倩誰賦妙詞。黄絹摛綺。碎綴珍叢。鶯羽蜂茸爭麗。小山似有人

曉珠詞

招隱。惓芳馨未信憔悴。霜繁鍊馥。巖深卷秀。翠陰初霽。珠履春塵漫擬。歎遵海逾淮。未許遷地。闕里秋高。參列三千佳士。金樞儼助西風轉。帶天香飛渡清泚。仙雲翳晚。滄波搖夢。一枝誰寄。

大酺

茜雨香霏。倚峨翠小小壺春初拓。閒中消歲月。有昇平花鳥與人同樂。錦羽忘機。瓊枝索笑。一律天親無著。荘磯莎徑畔。慣搴芳弄水。舊曾相識。認偷眼穿林。墜紅抛豆。肯慳鸚啄。

滄波橫故國。黯風絮歷歷渾如昨。任往事塵銷韶夢。錦渙秋紋。心頭凈捲殘痕。羃怨郢。清商問誰信。行雲能遏。且休管花開落。遊仙一枕。世外斜陽西匿。柳邊風鈴未掣。

洞僊歌

海堧遷客。憶西風黃葉。不似江南舊村里。看松耆黛古。秋老霜嚴。終未易銷減萬重頑翠。足音空谷渺。但有飢禽。屢啄山榴。隔林墜。峭壁曳寒泉。激石嘶風。似說遍人間興廢。問誰證悠悠百年心。黯竚盡斜陽。逝川無際。

壽樓春

盟寒梅冬心。又滄波歲晚。瓊瘦霜林。悽斷遏雲殘笛。浣花清吟。兜倦夢。款重衾。伴暗香。輸他幺禽。念病惱維摩。笑慳迦葉。何計證禪襟。風雲氣今銷沉。便驪黃萬馬。刼後都瘖。幾輩高歌青眼共憐焦琴。懷故國。餘情深有夕陽還愁登臨。望天末哀鴻。猶聞隔雲零亂音。

玲瓏玉

阿爾伯士雪山遊者多乘雪橇飛越高山其疾如風雅戲也

誰鬬寒姿正青素乍試輕盈。飛雲溜屧朔風廻舞流霙羞擬臨波步弱任長空奔電恣汝縱横。崢嶸。詫瑤峯時自送迎。望極山河縞。警梅魂初返。鶴夢頻驚。悄碾銀沙只飛瓊慣履堅冰休愁人間途險有仙掌爲調玉髓。迆邐填平。悵歸晚又譙樓紅燦凍檠。

霜葉飛

十年遷客滄波外。孤雲心事誰省。蘭成詞賦已無多覺首邱期近。望故國兵塵正警。幽棲忍說山林穩。聽夜語胡沙似暗和長安亂葉遠遞霜訊。不分紅海歸來朱顏轉逝駐景孤負明鏡。但巃嵸雪濺秋寒上茂陵絲鬢。算一樣華胥夢醒。生憎多事遊仙枕。指驛亭無歸路。馬首雲横鎖藍關暝。

千秋歲

墜粉欺潮。飄燈妒月。不信歡場有時歇。霓裳舞纔一二轉。金颼地已三千缺。且勾留。莫回顧。晉陽獵。　昨夜尙憐釵鈿去聲約。今日怕聞蘼蕪訣。咫尺侯門。玉容別。東隣豔傳窺宋賦。南華巧褪迷莊蝶。斷腸時。賞心事。連環結。

應天長

壞峯瞰水。珍樹羃樓。寫日內瓦湖邊景　仙居占斷湖角。未信俊遊堪戀。風懷倦羈客。滄桑夢。慵更說。費萬感片時哀樂。渺天末。別有心期。終古能託。　依約見湘靈。十丈綃衣。飄曳海雲白。忍自步虛來往。神州黯秋色。招魂句。歌楚些。採桂葉。露香盈握。夕陽外。斷鵶頹垣。愁損歸鶴。

浪淘沙慢

用淸眞韻

曉珠詞

遠遊處人羈瘴島雁繞霜堞羌笛商音競發鈞天夢冷舊闕正極望鄉心舒更結柳憔悴不忍重折任置損泥金舞衣鳳餘歡自長絕　愁切涉江素水遙澗枉自採芙蓉盈襟抱古調增哽咽嗟老去文通慵賦傷別倦吟易竭知甚時歸弄關山明月　來去浮雲羅重疊涼飇起衆芳晴歇桂輪滿天邊圓又缺更休問客鬢驚秋似翠嶂秦鬟待變須彌雪

天香

白蓮

玉井漂鉛銅槃瀉汐年時夢影曾寫佛采敷華帝青塗葉七寶修成無價素標難褻漫擬作凡葩姚冶三十六天如水瑤笙夜涼吹罷　亭亭法身慣化納須彌藕心纖罅攬取禱雲同蕩粉綃封麝誰證無生慧業待隔浦

相逢共清話。頂禮空王。瓣香容借。

多麗

大風雪中渡英海峽

海潮多。彤雲亂擁逶迤。打孤舩雪花如掌。漫空飛卷婆娑。落瑤簪妝殘龍女。揮銀劍舞困天魔。怒飆鳴骹。急帆馳箭。鶩槎無恙渡星河。歎些許峽腰瀛尾。咫翠有驚波。更休問稽天大浸。夷險如何。　念伊誰探梅故嶺。灞橋驢背清哦。越溪遊瓊枝儍倚。謝庭詠粉絮輕羅。遷客情懷。舊家風調。可堪歸計苦蹉跎。待看取晦霾消盡。晞髮向陽阿。將艤岸層樓燈火。射纈穿梭。

風入松

題式園書畫集

曉珠詞

米船一棹泛滄溟。北苑盡知名。騷壇異代蒐新譜。然犀照。珊網初盈。孔翠千翎齊炳。驪珠百琲爭瑩。　劫灰吹冷舊昆明。桑影綠東瀛。海源碣宋飄零後。風嘶榕。併作秋聲。輸與君家墨妙。錦函常貯雙淸。

鷓鴣天

沉醉鈞天籟不聞。高邱寂寞易黃昏。鮫人泣月常廻汐。鳳女凌霄只化雲。歌玉樹。灩金尊。霓裳驚破夢中春。可憐滄海成塵後。十萬珠光是鬼燐。

菩薩蠻

瀛洲何必生芳草。當時誤盼東風早。花信幾番催。淚和紅雨霏。　蘭因兼絮果。誰結連環瑣。鵑血未曾銷。東風猶自驕。

又

嬋娟萬里西洲夢。五銖猶恨雲衣重。眉樣本難同。秋蛾畫不濃。　龍漦欣

裂帛。那惜千家織。拋盡錦雲裳。紅蠶滿箔僵。

又

碧桃天上吹如雨。春風零亂花無主。迷路不堪尋。落紅深更深。　睽睽當

萬睞。墮地明璫碎。回憶始關情。年時意未平。

定風波

夢筆生花總是魔。曇紅吹影亂如梭。浪說鬘天春色（去聲）靚。重省。十年心事

定風波。　但有金支能照海。更無珊網可張羅。西北高樓休著眼。簾捲。斷

腸人遠彩雲多。

江臨仙

曉珠詞

滄海成塵渾慣見，人天哀怨休論，韶華回首了無痕，行雲空弔夢，殘夢又如雲，花外夕陽波外月，憑誰說與寒溫，淒迷同度可憐春，流鶯猶自囀，不信有黃昏。

又

轉盡飇輪千萬劫。浮生苦託微塵。鸚籠無地可埋春。雪衣哀久貯，青璅怨同扃。自織蒼煙傳舊夢，瀟波依約心紋，緗桃漂處是迷津，朱顏先自誤。休更誤秦人，

又

纔有梅痕描雪影。湖山特地悽馨。玉冠諸娣倚青旻。瑞士山多雪額相從諸娣玉為冠白石詞高寒空自警。晼晚定誰尋，見說閬風曾縶馬，聖巴那山為拿坡侖鐵騎出沒之地祇今一

例荒榛。漫遝殘霸問胡僧。冰綫猶不圯。金鎦已凋零。

河傳

鄉思。迢遞路漫漫。烏鵲飛難。黯然。湖樓夢迴香爐殘。宵寒。凍澌冰不喧。

客枕無眠山月落。窗尙黑。寂巷車聲作。知夜闌。霜正繁。已聞馬蹄淸響圓。

念奴嬌

題秋心樓印譜

瘦金零落。問雪漁而後。風標誰絕。分付名山藏姓氏。玉楮幽翻千葉。穎透冰堅。鋒迴霜勁。冷割秋雲碧。碑尋薛篆。翠微曾慣飛舄。　堪歎藝賤雕龍。滄波歲晚。蟠跡橫京邑。漫憶承平追勝賞。奇字時人難識。鼎籀宗周。輪扶大雅。要借君侯筆。芸魂先返。百靈呵護珍笈。

曉珠詞

玉京謠

紅樹室時賢畫集爲陸丹林題

斷綺悽紅樹。瘦颯霜聲。世外斜陽換。今秋於瑞士遊山看紅樹甚多倦羽傳箋、題襟催寫依黯。渺故國無恙溪山、恨不與仙雲分占、低迴徧荆關畫筆。鄒枚詞翰、年時肯負名場。舊擅瑚蟲。記早馳茂苑、粉縞離箱。蟫塵緘恨應滿。予亦幼擅丹青去國後拋棄久矣眄翠瀛都是東流、儘蘸影十洲秋澹。閒展卷。光惹睡鬟爭瞰、

長亭怨慢

又恨鐵六州輕鑄。路指東華。繫驄無地。貂錦愁胡、殘紅腥濺落花淚。綺窗閒對、算一局全輸矣、誰攬賸棋。翻是舊侶雩貍歡呢。　凝睇、認歌塵動處。催起絳都春睡。天驚石破。供玉女投壺一戲。徧潭水浸濕桃花。似嬌面赬

羞難洗。客燕漫歸來。終古斜陽荒壘。

念奴嬌

及門潘連璧女士秀外慧中爲數百同學之冠于歸南洋盧氏甫數載夫婦相繼歿遺雛猶在襁褓也

昭容玉尺。憶清才量徧。都無餘子。幾日東風吹絮影。催賦穠華桃李。雹妒紅情。霜欺綠意。併作春痕碎。鬱金香冷。玳梁誰護雛壘。猶記去伴鴟夷南溟一舸。老煙波身世。拌向蠻荒銷豔。景舊是唐昌瓊蕊。沽酓研朱。淞樓剪翠短夢難重理。秋雲休問。斷歌悽入潮尾。當時畢業歌有從此風流雲散相期各占千秋之句

無悶

前闋既成意猶未盡女士本吳氏珠江巨族幼遭家難螟寄於潘

姓及長雖微知其事而莫詳身世予偶於某粵人處得聞概略即往告之女士大慟時同客燕京也

幽怨重重難認夢痕。一霎悲歡逝矣。甚劍返延陵。淚零珠氾。道是換巢鸞鳳。正阿母年時花銘瘞。便巫陽能下。傷心何必。倩魂呼起。　舊事忍重記。密語羅窗。乍傳哀史。惹梨雨千絲。玉痕悽泚。應憶宣南夢影。可月夜關山。飛璫佩。知甚處青冢秋陰。煙鎖萬椰淒翠。

丹鳳吟

巴黎佛化美術家Louise Janin女士以所繪慧劍斬情魔圖見贈據云斬魔之神於梵文中名Achala詢於華文爲何名予愧無所知爰賦此詞爲謝

依約鬘天何許。彈指無端。幻空成色。煎蘭纈繭。誰解衆蠶春縛。西來義諦。會心微笑。一劍飛霜。萬紅凋萼。莫問多生舊夢。丈室天花。空豔拋散無著。別浦新傳彩筆。紺蓮又見生慧鉢。甚玉璫緘秘。認苕箋點染。蒨手塗抹。法身無礙。不是等閑標格。何必殊名。繙異籍。早筌言忘得。尺波瀉影。瀛翠渲妙墨。

夜飛鵲

英國詩聖雪萊 Percy Bysshe Shelley (1792-1822) 思想繁化出入人天多遺世之作女詩人儒斯諦 Christina Rossetti (1830-1894) 慣以宗教之語入詩皆於騷壇競騰異采茲仿其例闡揚佛法勉成數闋未能暢微旨也

曉珠詞

春魂殢塵網。誰解連環。參徹十二因緣。還悉四諦。說微旨拈花。初試心傳。迦陵妙音囀。警雕梁棲燕。火宅難安。何堪黑海任罡風。羅刹吹船。　觀遍色空曇黤。幻影更何心往返。人天回首。颷輪萬劫。紅酣翠嫵銷與雲煙。阿羅漢果證無生。只有忘筌。似蝶衣輕褪。金鍼自度。小試初禪。聲聞緣覺只自度而不度他謂之小乘

波羅門引

波羅六度。戒持檀羼自惺惺。慈雲普護蒼生。道是羽鱗毛介。一例感飄零。艤蘭橈待渡。彼岸同登。　疊雲幾層。未忍向梵天行。比似精禽塡海。夙願思贏。神山引風。不空盡泥犁功不成。申舊誓水渺沙平。胎生卵生皆救度之地獄未空誓不成佛爲大乘之旨

繞佛閣

十玄邃闡重疊帝網珠影交絢深意無限似他片月圓規萬波現悄迴慧眄塵障盡泯同破幽闇大千衡遍古今秘鑰誰開此關鍵　第一法輪轉記取金身辭雪巘剎海湧蓮當筵難共見算首出羣經北拱星燦梵音沉遠問上乘摩訶誰定臚選渺鬘天只贏悽戀　佛初成道講華嚴經爲第一時教

隔浦蓮近

心香一瓣結念通過靈臺電骨借金蕖鑄雲衣換塵妝浣鵁鶄知惓戀淯波外隔浦終相見　片蒲展跏趺漸定禪觀十六參徧素襟如水冷入蓮寰秋灩華藏去聲莊嚴是信願非幻綠房珠證圓滿　淨土又稱蓮宗以信願持名及依十六觀修證

法駕引

素華誰採　極樂國梵文名素華諦Sukhavati　紺綃暗解蓮房綻耿吟眸望來去金身共騰肩[illegible]

曉珠詞

撩亂。更曼慈陀羅斜吹。茜雨法筵滿。試回首。微茫下界。笑槐安蟻游倦。畹晚山邱。一例莫論人間恩怨。計桂魄終銷。橙暉永逝。（日光為橙色七彩近據天文家報告日之壽命尚有十五兆年Trillions）萬般皆變。凝眄捲螺雲無盡。長空惟有佛光絢。（太陽系之星球無數作旋螺雲狀·佛國無日月惟佛光照耀）到此際煩憂齊解。舊情休戀。（予以阿彌陀經在英付梓逸譯既竟賦此寄懷）

喜遷鶯

紺雲西邁。（此句為予夢中所得）乍翳入寸犀。靈源通。海碩朶扶輪。重臺湧刹。依約萬蓮傾蓋。暗驚絳都花發。休憶玄都花再綠。章奏謝空王。傳語綸音先貸。凝睇。悉認取新恨舊愁。慧劍為君解。越網拗絲。吳蠶穿繭。小試法身無礙。已聞宙光飛練。還眩神光飛綵。（歐人近發見宇宙光Cosmic Rays與佛說無量光天相似）指歸路在通明。一色莊嚴金界。（紀辛未十一月十七日之夢）

掃花遊

梵天望極。遍寶網花幢。羃空搖霧。暫留虛步。道泥犁未盡。涅槃不住。劫海風波。慣窣蓮裳來去。願皆渡。便十二萬年。拚與延竚。　終見花自吐。認粉蛻拋時。綺囚離處。法身換汝。喜金姿微妙。化俱胝數。舊日蜂蛾。比似嫫鹽愧沮。爲誰賦。奈冬冰夏蟲難語。

鵲踏枝

腥海橫流犴狴鎖。爲護羣倫。欲作慈雲禪。但願哀鴻棲盡妥。不辭玉隕崑岡火。　歷劫誰修羅漢果。佛頂香光。直照幽霾破。信誓他年儻證我。九淵應現青蓮朵。

自在天衣舒更卷。粉豔金頑。來去何曾染。豈畏泥犁幽與暗。胸頭自有光

曉珠詞

千萬。路到臨歧終不返。溯海探源直欲窮。星漢渺渺。予懷期彼岸。從教眼底風帆亂。

影事花城閬冕卸。海水生寒。一夕霓裳罷羅襪。臨波歸去也。遺鈿墜珥皆無價。浥透鮫綃誰與話。淚鑄黃金。不爲閒情灑。奏徹神絃啼玉奼。四天雷雨冥冥下。

八犯玉交枝

佛說心生則種種法生心滅則種種法滅感而賦此

光動圓菱。緒牽重繭。暗促鏡瀾微起。一寸靈犀噓蜃市。萬變氤氳紅紫。花開花落。送盡辛苦東風。幽蘭甘抱香心死。愁對亂雲殘照。人間何世。須信色界都空。禪天不滓。無生誰證微旨。占韶景春駒纔化。泫涼露秋蟬先蛻。把金粉從頭淨洗。此身將駐琉璃地。待手爇旃檀。問繙貝葉參新契。

賀新涼

佳氣西來麗。憶年年斜陽竚盡。小樓常倚。一髮瑤京橫天末。慣費妍波流睇。待長跪妙蓮深際。衆聖諸天齊翹首。看如來授我菩提記。平昔願。不虛矣。　飛行萬刹惟彈指。繞華幢天葩遍獻。祥雲迤邐。回首閻浮哀無盡。誓祓人間疵癘。漫翠壘紅牙傻倚。見說延陵乘平聲風去。喜詞壇吾道存先例。春枕夢。試呼起。詞家吳伯宛學佛證果見林鐵尊君半櫻詞

曉珠詞

右詞一卷刋於己巳歲杪迨庚午春予皈依佛法遂絕筆文藝然舊作已流海內外世俗言詞多違戒律疚焉於懷乃畧事删竄重付鋟工雖綺語仍存亦藴微旨麗情託製大抵寓言寫重瀛花月故國滄桑之感年來十洲浪跡瓌奇山水涉覽畧遍故於詞境漸厭横拓而耽直陟多出世之想聞頗有俗傖揣以凡情妄搆謠諑爰爲詮釋以闢其誤西崑體晦自作鄭箋恨未能詳也卷尾若干闋乃今夏寢疾醫舍無聊之作遣懷兼以學道反映前塵夢幻泡影無非般若播梵音於樂苑此其先聲儻亦士林慧業之一助歟

壬申秋末聖因識於瑞士國之日內瓦湖畔

曉珠詞

葉恭綽題

題詞

沁園春　陳浣

昨與寒雲公子夜話泛及近代詞流公子甚賞旅德呂碧城女士且言踰日當折東邀女士與不慧飲集閒樓留此人天一段韻事爲他日詞苑掌故因以女士自刊信芳集見示不慧尋覽一過奇情窈思俊語驚音不意水脂花氣間及吾世而見此蒼雄冷慧之才北宋南唐未容傲睨今代詞家斯當第一矣審其聽性已入華嚴之玄儻更竿木隨身極盡楞伽變相倚其末那融我悲願靈雲見桃花而不疑香嚴擊竹而忘所知到此死境得大自在則逢緣而妙觸處如如矣今填沁園春即依集中遊匡廬一詞元韻爲女士詞像頌託寒雲公子轉致女士豐干饒舌公子又將哂我頭陀多事也

絶代佳人蕙語蘭心玲瓏太深是色身菩薩龍游花外舊家風調鶴在桐陰如此
闌干相逢一笑何似神皋纅馬憑禪天事有誰人解得水月惺泠江山帶淚孤
臨把滄海桑田作豔吟便等閒恩怨都成泡昔多生情障又到而今疑鏡梳春慧
燈思晚俊悟明朝定不禁休憔悴有蓮花胎命共汝空靈

法曲獻仙音　　徐沅

老學庵筆記稱易安譏彈前輩多中其病意其識解所到必有以破一世浮
議不爲所拘攣者惜其論著不傳乃僅以詞人目之也碧城女史邃於哲理
憫女學之不昌爲論說以張之理之所據於前哲不少迴護三千年彤史中
無此英傑餘事塡詞亦復俊麗絶倫殆今之易安居士歟爰拈是解依集中
晚字韻以寫傾頌之忱

鵑血關河燕襟簾幙身世祇憐春晚海角風濤楚纍吟篋心情倚樓常懶懺不盡

金荃恨展箋正神黯　按歌遍喜坤靈扇開塵障張華路不數五丁揮斷彩鳳拍

天來耿吟眸一陣撩亂盡瀹新思浥鮫綃珠字穿線願天風度笛叫起鎖樓繁怨

金縷曲　樊增祥

姑射嬋娟子指仙家碧城十二是儂名字冰雪聰明芙蓉色不櫧明經進士算兼

有韋經曹史玉尺家聲嬌女繼種鯉庭十萬新桃李君爲余同年呂提學季女年甫及笄即爲天津女學總教習男

不重重生女　江南舊識雲英姊寫春風紅梅一卷詩如花美令姊惠如嘗爲余畫紅梅一卷題詩其上芍

藥清文今重見始信花中有蕊只漱玉風流堪擬料得前身明月是賭聲名碧海

青天裏應買貴薛濤紙

按樊公樊山年伯此詞係十餘年前題於初卷者其餘三卷刊後公已歸道

山不及見矣碧城謹識

曉珠詞卷一

樊樊山先生評

旌德女士呂碧城聖因

清平樂

南唐二主之遺

冷紅吟遍，夢繞芙蓉苑。銀漢懨懨清更淺，風動雲華微捲。　水邊處處珠簾，月明時按歌弦。不是一聲孤雁，秋聲那到人間。

生查子

無風自偃。君知否，西子裙裾拂過來。結句不減劉郎矣。

清明烟雨濃。上巳鶯花好。游侶漸凋零。追憶成煩惱。　當年拾翠時。共說春光早。六幅畫羅裙。拂徧江南草。

如夢令

夜久蠟堆紅淚漸覺新寒侵被冷雨更凄風又是去年滋味無寐無寐畫角南樓

吹未

南鄉子

雨過漲留痕新水如雲緑到門幾處小桃開泛了前村寒食東風別有春　重讀斷碑文宿草多封舊雨墳蝴蝶一雙飛更去春魂知是誰家壞緑裙

幽冷

齊天樂

半空風籟秋聲碎凄凉暗傳砧杵翠竹驚寒瓊蓮墜粉秋也如春難駐商音幾許漸爽入西樓惹人愁苦霜冷吳天斷鴻吹影過庭戶　年華荏苒又晚和哀蟬病蝶揉盡芳緒往事迴潮殘燈弔夢幾度兜衾聽雨伶俜倦旅只日暮江皋搴芙延佇塵涴征衫舊痕凝碧唾

常語能奇

前調

此等起句非絕頂聰明人不能道

仙心禪理

荷葉

橫塘未到花時節暗香已先浮動紺袂飄煙綠房迎曉旖旎風光誰共田田滿種正雨過如珠翠盤輕捧鴛侶同盟相逢傾蓋倍情重　芳心深捲不展問閒愁幾許緘緊無縫越女開奩秦宮啓鏡擾擾雲鬟堆擁新涼乍送看萬綠無聲一鷗成夢惆悵秋來水天殘影弄

前調

寒爐茗話圖爲袁寒雲題

紫泉初啓隋宮鎖人來五雲深處鏡殿迷香瀛臺挹淚何限當時情緒興亡無據早玉璽埋塵銅仙啼露皕六韶華夕陽無語送春去　鞓紅誰續花譜有平原勝侶同寫心素銀管鏤春牙籤校秘蹀躞三千珠履低迴弔古聽怨入霓裳水音能

漱玉猶當避席斷腸集勿論矣

訴　君所居曰流水音　花雨吹寒題襟催秀句　臨遠怕

浪淘沙

寒意透雲幬寶篆煙浮夜深聽雨小紅樓姹紫嫣紅零落否人替花愁

凝眸草膩波柔隔簾咫尺是西洲來日送春兼送別花替人愁

前調

百二莽秦關麗堞迴旋夕陽紅處儘堪憐素手先鞭何處著如此山川　花月自

此詞居然北宋

娟娟簾底燈邊春痕如夢夢如煙往返人天何所住如此華年

三姝媚

爲尺五樓主題楊州某校書所畫芍藥片石卷子

花枝紅半吐似伊人亭亭呼之解語怨入將離倩蠻箋留取春魂同住匪石心堅

漫擬作輕狂飛絮芳訊誰傳雨雨風風幾番朝暮　莫問珠鞲鈿柱悵金粉飄零墜歡無據夢影揚州只二分明月曾窺眉嫵和淚眠香更吟老韋郎詞句賸有緗函深鎖小樓尺五

洞仙歌

秋葵

丹心一點鎖葳蕤涼蕊笑捲宮衣更凝睇伴淸啼絡緯瘦蓼疎棠詩句在寂寞閒庭幽砌　露華濃似水絹染鵝黃入道新妝玉人試可奈倚牆腰幾度西風羅袖斂鬌雲全墜怕金粉飄零易成塵煩畫稿生綃替描秋思

法曲獻仙音

鴉影偎煙砧聲喚雨暝色陰陰弄晚簪蕚紅疏題箋墨瀋探梅只今全懶但翠袖

閒欹竹無言自依黯　吟思徧倚樓頭且舒愁眼風正緊雁字幾行吹斷雪意釀嚴寒漾江天昏霧撩亂雲葉微分透斜陽空際一線更城南畫角低送數聲淸怨

踏莎行

水繞孤村樹明殘照荒涼古道秋風早今宵何處駐征鞍一鞭遙指靑山小　漠漠長空離離衰草欲黃重綠情難了韶華有限恨無窮人生暗向愁中老

蝶戀花

寒食東風郊外路漠漠平原觸目成悽苦日暮荒鴟啼古樹斷橋人靜昏昏雨遙望深邱埋玉處煙草迷離爲賦招魂句人去紙錢灰自舞飢烏共踏孤墳語

鷓鴣天

一桁簾漪盪晚煙。青琴彈冷碧雲天。井欄梧葉傳涼訊。指下秋風起素絃　孤坐久未歸眠。桂花搖影露涓涓。消魂最是初三夜。一握么蟾瘦可憐

謁金門

桂

風露洗花滿華嚴界裏三十六天秋似水冷香收不起　誰見靚妝初倚常伴玉釵金蕊良夜羿娥寒不寐一枝和影對

長相思

風冷冷。珮冷冷。知是鸞聲是鳳聲。紅樓一曲箏。　花愔愔。月愔愔。愁煞鵑魂與蝶魂。空庭夜四更。

清平樂

落花

大千塵世總是消魂地粉怨香愁無限意吹得滿空紅淚　臨風猶弄娉婷囘看能不關情願誦楞嚴一卷懺渠籓溷飄零

摸魚兒

曉眠慵起嘒嘒蟬聲催成斷夢翠水瀠洄紅蕖萬柄宛然瀛臺也醒後感而成詠

漾空濛一奩涼翠煙痕低鎖凄黯吟魂已共花魂化恰稱蓬瀛清淺覷醉眼認露粉新妝隔浦曾相見穠華苦短只鷗夢初迴宮衣未卸塵刼已千轉　春明路一任蒼雲舒卷俊遊囘首都倦鸞牋未許忘情處寫入冷紅幽怨芳訊斷怕瘦萼吹香零落成秋苑摩訶池畔又幾度西風爲誰開謝心事水天遠

稼軒

百字令

排雲殿清慈禧后畫像

排雲深處，寫嬋娟一幅，翬衣耀羽。禁得興亡千古恨，劍樣英英眉嫵。屏蔽邊疆，京垓金幣，纖手輕輸去。遊魂地下，羞逢漢雉唐鵡。　爲問此地湖山，珠庭啓處，猶是塵寰否。玉樹歌殘螢火黯，天子無愁有女。避暑莊荒，採香徑冷，芳艷空塵土。西風殘照，遊人還賦禾黍。

沁園春

丁巳七月遊匡廬，寓 Fairy Glen 旅館，譯曰仙谷，高踞山坳，風景奇麗，名頗稱也。縱覽之餘，慨然有出塵之想，率成此闋

如此仙源，只在人間，幽居自深。聽蒼松萬壑，無風成籟；嵐煙四鎖，不雨常陰。曲檻

句法善於伸縮的是塡詞能手世間無數鈍漢自命夢窗縱使嘔心十二萬年不能道其隻字

流虹危樓聳玉時見驚鴻倩影憑良宵靜更微聞鳳吹飛度泠泠　浮生能幾登臨且收拾煙蘿入苦吟任幽蹤來往誰賓誰主閒雲縹緲無古無今黃鶴難招軟紅猶戀囘首人天總不禁空惆悵證前因何許欲叩山靈

祝英臺近

爲余十眉題神傷集

背銀釭拈翠管秋影瘦荀倩洛賦吟成人共素波遠可憐魂覓帷間釵尋海上都不是等閒恩怨　幾曾見瓊樹日日常新冰蟾夜常滿贏得情長那怕夢緣短瓣香待卜他生慈雲乞取好深護玉樓仙眷

念奴嬌

爲劉豁公題戲劇大觀

鬆於梅溪
細於龍洲

文章何川甚薰香摘豔今都倦矣誰譜霓裳傳倩影贏得閒情堪寄彈髫翦鬢峨冠鳴珮色相紛彈指憑君認取浮生原是游戲　可奈如夢年華拚教斷送在梨雲鄉裏除卻湖山歌舞外那有逃名餘地鈿柱疑鶯珠喉妒燕海國天同醉新聲倚處春魂還被吹起

沈痛至骨

陌上花

感宋宫人餞汪水雲事

黃絁縮就徊徘猶見故宮風韻玉筯金觴錦字共題幽恨新詞悽絕家山破忍向離筵重聽算傷心千古天教粉黛寫滄桑影　話南朝舊事湖煙湖水猶夢翠華遙引秋鞞招提爭似長門春冷興亡彈指華胥耳嵩讓靈犀先省悵仙源路杳珮環何處斷人天訊

瑣窗寒

胡氏園有感

彩筆搜春鈿車拾翠俊遊空記幾過燈市還約草堂同醉怪年來情懷暗遷繁霜

獵蕙香心萎兒題襟久散凄涼鄰笛下山陽淚　塵世原如此但愁裏光陰朱顏

倏逝月圓花好癡絕兒時心事悵荒園蘿封圯牆殘詩滄墨凋舊字是當時煙柳

斜陽小欄休更倚

高陽台

落梅

仙籟吹塵飛瓊眷夢餘芳半入苔痕細雨輕寒空山鶴怨黃昏勞他驛使重來探

道美人已化春雲最無端小刧匆匆粉淚猶新　返魂縱有奇香在悵青天碧海

難覓吟魂綠樹婆娑他時誰認前身斷腸曾照驚鴻影臘橋頭素水粼粼奈春波流去天涯影也難尋

燭影搖紅

有感時事以閒情寫之次芷升韻

絮影萍痕海天芳信吹來徧野鷗無計避春風也被新愁染早又黄昏時漸意惺忪低迴倦眼問誰繫住柳外驕陽些兒光線　一霎韶華可憐顛倒閒鶯燕重重帝網殢春魂花綴靈臺滿底説人天界遠懺三生芷愁蘭怨銷形作骨鑠骨成塵更因風散

點絳脣

野色橫空悠然一葉扁舟小詩情多少暗逐流波杳　鷗鷺相看煙月愁清曉秋

光好鯉魚風早十里芙蓉老

前調

似唐昭宗語

雲馬風車宵來涼釀天南雨荷衣楚楚可奈秋如許　江草江花依約來時路渾無據萬方多故歸也歸何處

青衫濕

銀屏鳳蠟流寒燄低照綺羅春酒闌人散涼蟾窺戶無限消凝　人生大抵東勞西燕流水行雲勝儔難聚勝游難再無處追尋

聲聲慢

陳君衡所不能到

聽殘鼉鼓吹暖餳簫鳳城柳弄輕煙檢點春衫早是換了吳棉啼鶯喚愁未醒錦屏深慣倚懨懨朦朧語問人間何世月地花天　還隨浮生幾日儘傷心付與淺

醉閒眠無賴斜陽爲底紅到樓邊繁香又都吹盡費冰毫多事題箋人空瘦到明朝怕啓繡簾

清平樂

誰家廢墅舊日藏春處曲院迴廊深幾許只有斜陽來去　孤吟幽境閒尋屐痕一徑苔侵秋筍瘦穿石罅老荷高過橋陰

踏莎行

野逕雙彎清溪一角涼颸嫋嫋生蘋末煙波直欲老斯鄉可能容我荷衣著　雞自棲塒豨知歸柵村居惟羡農家樂水田百畝蕩秋香今年蓮子豐收穫

浣溪沙

簾幙春寒懶上鈎芳塵何處問前遊澹煙輕夢思悠悠　珠箔飄燈人影颭桃花

史梅溪換巢鸞鳳之嗣音也

糝逕馬蹄愁黃昏風雨徧紅樓

高陽臺

鵝簃感舊記爲芬陀居士題

夢警鸚翎誓消鰂墨情天初換滄桑碎語重題殘編淚涴秋緗循環哀樂君知否證寃緣先有歡場試衡量一寸溫馨一寸凄涼　人間己苦三秋永況蕊珠兜率仙曆春長憔悴花魂料應常倚啼妝文簫不怨分鸞鏡怨封侯輕誤蕭孃黯前塵海水東流舊恨茫茫

賀新涼

西陵

古檜生雲氣鬱葱葱觚棱煥彩層巒拱翠覇業而今消何處滿目蒼涼無際算一

櫟軒寶釵分桃葉渡一闋不得專美于前

樣森嚴聖邸白髮殘兵司香役導遊人一徑穿幽隧螭陛冷蘚花縈　高風豔骨梅根瘞指西泠孤墳片碣寒磬薦水爭似陵宮峨天半瞰鄂窺荊百里倚萬世嬴秦傳繼拓隴開阡收羅盡徧神州禹甸無閒地民戶小不盈咫

祝英臺近

縋銀瓶牽玉井秋思黯梧苑蘼淥搴芳夢墮楚天遠最憐娥月含顰一般消瘦又別後依依重見　倦凝眄可奈病葉驚霜紅蘭泣露晚滯粉黏香繡屧悄尋徧小欄人影淒迷和煙和霧更化作一庭幽怨

浣溪沙

殘雪皚皚曉日紅寒山顏色舊時同斷魂何處問飛蓬　地轉天旋千萬劫人間只此一回逢當時何似莫匆匆 成句

蘇幕遮

擬周成美

理鵾絃移雁柱欲訴琴心心事成灰炬浥透鮫綃痕萬縷淚雨何時晴到梨花樹

誦騷詞吟洛賦豔骨香魂畢竟皆塵土蜜熟花殘蜂不哺甜與何人卻自成辛苦

浪淘沙

擬李後主

蘚綠蝕吳鉤舊恨難酬五陵孤負少年遊筆底風雲渾氣短只寫春愁　花瓣錦囊收拋葬清流人間無地可埋憂好逐仙源天外去切莫回頭

醉太平

吳城小龍女復見於今

徐與喬之亞匹

憶梅

綺窗醉凭南枝夢尋雲荒翠冷巖扃寫淒迷古春　鉛華半匀沈檀半熏美人影

隔江澌化煙痕水痕

鷓鴣天

七夕

一杼流霞織錦蹻小樓涼思到雲鬟鴛針乞巧憐芳序蛛網牽愁恨夜闌　煙彩

散露華漫碧空如鏡瀉秋寒天河萬古噴雲漏不見浮槎客再還

瑞鶴仙

賦情悽欲斷正翠袖欹寒碧雲催晚深篁自爇篝弄陰霜不放斜陽一縷迴腸宛

轉有幾許新詞題徧只生來命薄魂柔早是鬼才先讖　重展簪花小記墨暈微

黯潛痕猶茜年時幽怨似夢影春雲變歎飄零病蝶銷殘金粉爲底銖衣猶戀鎭
無聊繡譜重翻舊懷頓減

喜遷鶯

層巒幽覓步石磴盤旋瘦筇斜引籜響清心藥香療肺病起閒身相稱茶花半埋
雲霧栽向高寒偏勁天風外泛瓊苞玉蕊落千尋頂　重省空歎我塵涴素衣忍
説鷗盟冷樝拾霜紅蘿牽晚翠甚日巖棲纔穩幾番俊遊暫寄依舊歸期未準碧
雲杳鎖篁陰十里竹雞啼暝

浣溪沙

風籟嗚哀起翠條撩人心緒漲秋潮仙源回望轉無聊　去去莫教重顧影行行
何必更停橈愁山怨水一身遥

臨江仙

錢塘觀潮

橫流滾滾吞吳越，風波誰定喧豗。崎人重見更無期。錦袍鐵弩，千古想英姿。　九辨難招憐屈賈，幽魂空滯江湄。子胥終是不羈才。風雷激盪，天際自徘徊。

瑞龍吟

和清真

橫塘路，還又冶葉抽條，繁英辭樹。最憐老去方回，賀鑄斷魂，尚戀芳塵送處。　悄延佇，愁見唾茸珠絡，舊時朱戶。蠹牋暗褪芸香，不堪重認，題紅密語。　苦憶前遊如夢，翠裙長曳，錦襜低舞。巢燕歸來，雕梁春好非故。餘哀零怨，寫盡閒詞句，更誰見，梨雲沁影，隔花微步。春共行雲去。吳蠶未蛻，猶牽病緒。織就愁千縷，釀一寸芳心

黄梅酸雨罘罳鬬倚倦懷誰絜

綺羅香

湯山温泉

礦爇珠霏硝炊玉濺一勺娟娟清泚泛出桃花江上鴨先知未訝冰泮不待葭吹試纓浣閒看淚起引靈源小鑿娥池洗脂重見渭流膩　蘭湯誰爲灌就也似華清賜浴山靈溥惠不許春寒侵到人間兒女喜滌腸痼疾能瘳問换骨仙緣誰嗣相傳浴者卻疾輕身競聯翩裙屐風流證盤銘古意

百字令

登莫干山夜黑風狂清寒砭骨率成此調

萬峯潑墨漾紅燈一點逕穿幽篠翠袖單寒臨日暮來御天風浩浩湍瀑驚雷䨓

當還玉仙籟生雲表飛瓊前世舊遊疑是曾到　昨日綺閣香溫宿酲猶殢誰換炎涼早爭道才華多鬼氣佔盡人間幽悄浸入靈犀凍餘冰繭芳緒抽難了驛程倦影微茫愁入秋曉

滿江紅

庚申端午偕縵華女士迂瑣詞人泛舟吳會石湖用夢窗蘇州過重五詞韻時予將有美洲之行

舊苑尋芳尚斷碣蝌文未滅石湖外一帆風軟碧煙如抹菰葉正鳴湘水怨葭花猶夢西溪雪春間曾同遊杭之西溪　又紅羅金縷黯前塵兒時節　人天事憑誰說征衫試荷衣脫算相逢草草只贏傷別漢月有情來海嶠銅仙無淚辭瑤闕待重拈彩筆共題襟何年月

附樊樊山先生和作

碧城以端午日石湖泛舟詞見寄賦答二首　樊增祥

雙槳吳波正老去江郎惜别金翡翠南來傳語自書花葉滄海泣乾鮫帕雨碧湖喚起蛾眉月又山塘七里試龍舟天中節　靑雀舫歌三疊紅鸞扇詞一闋算菱謳越女萬金須値張籍詩一曲菱謳値萬金雪藕絲牽長命縷綠荷風裼留仙褶只天西遙望美人雲長相憶

前調

玉水東流淘不盡昆明灰劫驚宇宙將軍之號文雄飛檄河朔䳌張節度九門牆狗共孩兒十歎魔王五百擾人間天爲赤　天津樹多鵑血長安市多虎跡有朱陽新館通明徒宅楊柳門闌人不到桃花源水誰相覓只北樓重過萬枝

清深蒼秀不減樊榭山房

燈釵聲寂 君所居北京夷樓今爲遊兵之所

月華清

爲白葭居士題葭夢圖

人影蘆深詩懷雪瘦瀰洄誰泛空際和水和風洗盡梨雲春膩笑放翁畫入梅花差莊叟情牽鳳子徒倚對蒼茫天地蕭蕭秋矣　除卻煙波休寄更不寄人間寄存夢裏墨暈葭痕差見白描高致任晝長茶沸瓶笙儘消受南窗清睡慵起只莞然爲問蝸蠻何世

曉珠詞卷二

旌德女士呂碧城聖因

摸魚兒

暮春重到瑞士花事闌珊餘寒猶厲旅居蕭索賦此遣懷

又匆匆輕裝倦旅湖堤蠟屐重印軟紅塵外問身在來去煙波堪認孤館靜任小影眠雲夢抱梨花冷吹陰弄暝歎婪尾春光賞心人事顛倒總難準　空惆悵誰見蕊穠妝靚瑤臺倏墜珠粉問愁暗逐仙源杳更比人間無盡還自省料萬里鄉園一樣芳菲褪紇干凍忍只蕙損淒馨芙搴晚豔長寄楚纍恨

前調

客裏送春率成此闋傷時感事不禁詞意之悽斷也時客大秦

悄凝眸綠陰連苑啼鶯催換芳序春歸春到原如夢莫問桃花前度吟賞路便咫

尺西洲忍卻臨波步赤城再顧認霞熖猶騰炎岡未冷心事已灰灶　天涯遠著飄徧英飛絮粉痕吹淚疑雨三千頑碧連穹瀚悽絕雲軿迴處今試數只一霎韶華幻盡閒朝暮人間最苦待珠影聯躔麝塵驚蹕還引奼魂去

附楊雲史先生和作

和呂碧城女士重遊瑞士暮春櫻花之作　楊圻

駐雕輪踏莎裙屐今番芳逕重印海天吹墜衣光處衹有鶯花能認仙源靜正簾捲紅雲夢暖詩猶冷溪山烟暝算閒到將離啼殘歸去去住兩無凖　東風外又見韶華明靚芳菲都付金粉遙知拾翠樓臺遍況是欄杆無盡應悲省怨太液春消綠綴紅初褪迷津未忍問花裏秦人水邊漁父知否再來恨

念奴嬌

自題所譯成吉思汗墓記（事見拙著鴻雪因緣）

英雄何物是嬴秦，一世氣吞胡虜，席捲瀛寰，連朔漠，劍底諸侯齊俯江淹恨賦：秦帝按劍，諸侯西馳。寶鍘裁花珠旒擁櫬，異想空千古。雙棲有約，翬衣雲外延佇。　幽窔碧血長湮，啼妝不見，見蒼煙祠樹。誰訪貞珉傳墨妙，端讓西來梵語。鸞鳳凋翎，女龍飛蛻，刼換情天譜。彤篇譯罷，騷人還惹詞賦。

相見歡

聞鷄起舞吾廬，讀奇書。記得年時拔劍斫珊瑚。　鄉雁斷，島雲暗，鎖荒居。聽盡海潮悽厲壯心孤。

蝶戀花

瀑盡愁絲兼恨縷，塵海茫茫，欲繫韶光住。悱惻芬芳天所賦，蛾眉謠諑甯予妒

說果談因來復去苦向泥犁鋪墊薔薇路五萬春華誰與護枝頭聽取金鈴語

陌上花

瑞士見月

十年吟管五洲遊屐水遙雲暝碧海青天猶見故宮眉暈含顰凝睇追隨徧莫避尹邢妝靚又今宵依約水精簾下夢痕堪印　話前身何許萬千哀怨付與瑤臺笛韻舊譜霓裳悽斷人間芳訊嬋娟共影誰長在祇是坡仙詞俊更低迴怕說桂林疏雨茂陵秋病

澡蘭香

蕪城惹賦金谷迷香夢裏舊遊暗引飈輪掣電逝水回瀾猶寫落花餘韻記哀音撩亂縈絃琴心因誰絕軫半摺吟箋篋底塵封重認　還又仙都小寄波膩風柔

瑣窗人靜雲鬘蕩影縞袂兜春沾徧杏煙櫻粉最無端豔冶光年付與愁圍病枕
問怎把永晝懨懨艱難消盡

菩薩蠻

舞衣葉葉餘香在歡場了卻繁華債往事夢鈞天夢回情惘然　疏枝霜後柳病
骨如人瘦來歲柳飛緜樓空誰捲簾

江城梅花引

日內瓦Genève湖畔櫻花如海賦此以狀其盛

搴霞扶夢下蒼穹怨東風問東風底事朱脣催點費天工已是春痕嫌太豔還纖
就花一枝波一重　一重一重搖遠空波影紅花影融數也數也數不盡密朵繁
叢惱煞吟魂顛倒粉圍中誰放蜂兒逃色界花歷亂水淒迷無路通

尉遲杯

春點蕩奈著眼處處成惆悵無端暗引柔絲自把吟魂密網香心枉費漫閒倚銀屏笑周昉算詞人生帶愁來玉顏空許相抗　征衫倦拍芳塵望朱雀烏衣何處門巷舊苑凄凉更誰見珠淚流銅仙露掌早料理移宮換羽和海水天風咽斷響任從他羅綺輕盈翠軿花來往

更漏子

題浣雲吟稿

句聯珠珠綴串一一圓姿璀璨哀箛窈惜芳菲自書花葉詩　花開落人離合顛倒夢中蝴蝶癡宋玉苦靈均問天天不聞

高陽台

啼鳥驚魂飛花濺淚山河愁鎖春深倦旅天涯依然憔悴行吟幾番海燕傳書到
道烽煙故國冥冥忍消他綠醑金巵紅蕚瑤簪　牙旗玉帳風光好奈萬家閨夢
悽入荒砧血流平蕪可堪廢壘重尋生憐野火延燒處徧江南草盡紅心更休談
蟲化沙場鶴返遼陰

青玉案

櫻雲冷壓銀漪徧春滿了澄湖面十二瑤峯來閬苑眉痕歛黛霞痕渲雪山也如
花豔　登樓懶賦王郎怨囘首神州似天遠休道年年飄泊慣隨風去住隨波舒
卷人也如鷗倦

轉應曲

春晚春晚弱絮輕花飛滿朱樓歡度華年暮暮朝朝管絃絃管絃管底事哀音撩

亂日內瓦聞絃歌而作

前調

憔悴憔悴嬾向花前迴睇湘皋無限春寒人遠誰聞佩環環佩環佩冷落明珠瑩翠

菩薩蠻

韡紋縐碧波千頃幾痕疎雪搖秋影鷗夢入蒼茫仙鄉即水鄉　輕煙籠晚翠山意慵如睡何處避秦人行吟獨苦辛

長相思

風瀟瀟雨瀟瀟天末秋魂不可招凄涼渡晚潮　醒無聊睡無聊閒倚江樓擫玉簫紅燈影自搖

晓珠词

五

謁金門

春睡起先探陰晴天氣簾捲春空天似水曉雲拖鳳尾　架上亂書慵理且向小欄閒倚鳥踏庭花飛更墜滿枝紅雨碎

滿庭芳

日內瓦湖畔殘夜聞歌有感

倦枕欹愁重衾滯夢小樓深鎖春寒笙歌隔院咫尺送喧闐想見華筵初散怎禁得酒冷香殘空贏了深宵暗雨淅瀝洗餘歡　愁看佳麗地帷燈匣劍玉敦珠槃怕人事年光一樣闌珊漫說霓裳調好秋墳唱禪味同參疏簾外銀瀾弄曉江上數峰閒

一枝春

深院愔愔破苔痕寂寞獨尋幽逕東風僝僽還共晚煙吹暝縞衣輕曳問誰向玉闌偷凭驚認作粉魅窺人卻是老梅搖影　孤芳素心堪印奈花非解語悶懷難訊疎枝殘雪寒到翠禽都噤低徊往事憶情話小窗燈暈知甚處驛使重逢暗香折贈

好事近

雲氣滿乾坤做盡荒寒高潔一寸盈盈小影入亂峯層疊　萬松徘翠接遙天天籟也沉寂未忍遊蹤遠去怕詩魂孤絶

新鴈過妝樓

寓雪山之頂漫成此闋

萬笏瑤峯迎仙客半空飛現妝樓素鸞驂到霓帔冷襲天颸雲氣嵐光相沆瀣更

無餘地着春愁思悠悠魂消冰雪鄉杳溫柔　嬋娟憑誰鬪影夢霜姚月妊裙展
風流相何逢許依約羣玉山頭鴻泥輕留爪印似枕借黃粱聯舊遊閒吟倦但眼
迷銀纈寒生錦裯

好事近

登阿爾伯士Alps雪山

寒鎖玉嵯峨掠眼星辰堪擷散髮排雲直上闖九重仙闕　再來剛是一年期還
映舊時雪說與山靈無愧有襟懷同潔

玲瓏四犯

日內瓦之鐵網橋

虹影牽斜占鷲嶺天風長縷輕颺誰鍊柔鋼繞指巧翻新樣還似索挽鞦韆逐飛

絮落花飄蕩任冶遊湖畔來去通過畫船雙槳　步虛仙屧傳清響渡星娥鵲羣休傍舊歡密約渾無據春共徵波往爲問倚杜尾生可懺盡當年　情障鎖鏡瀾淒豁迴腸同結萬絲珊網

夢芙蓉

蔻嶺（二）多紫野花茁於雪際予恆採之遊蹤久別偶於書卷中見舊藏殘瓣悵然賦此

纖苗凝妊紫記衡寒破雪嶺頭鋪綺幾番吟賞裙屐遠遊至素標誰得似繁霜晚菊堪擬高受天風倚嵐光弄靚羞傍髻鬟底　回首林扃暮矣薜老蘿荒夜黑啼山鬼歲華催換陳跡入花史春痕留片蕊瑱函脂暈猶膩舊夢重尋但千巖雲鎖松影墮頑翠

綠意

予愛食筍海外無此殊悵悵也

春泥乍坼記小鋤親荷籬外尋探市共朱櫻嚼伴青蔬鄉園雋味堪買虛懷密籜層層褪只玉版禪心誰解儘抽成嫩篠新篠遮斷野溪荒靄　還憶韶光十里綠天導一徑游屐輕快翠亮冰寒洗髓湔腸豈必辛盤先貸滄波不卷瀟湘夢枉遠隔瀛溦流睞問幾人羅袖閒欹消受晚風清籟

憶秦娥

金絲織春衫織就金鸂鶒金鸂鶒舞場初試萬波回睩　舊歡如夢休重說穠華懺盡今非昨今非昨白蓮香裏縞衣參佛

如夢令

嵐氣曉來凝黛掩映湖光妍冶輕駛更留痕秋影漾分舟尾欵乃欵乃界破一溪

銀霤

前調

近水樓臺歌舞莫辨珠光花霧橋影遠流虹消得晚來幽步歸去歸去紅顫一溪

繁炬

六醜

警銀屏好夢驀別院繁絃悽咽試迴倦眸瀛波涵枕角水遠烟闊問幾多金粉大千拋徧賺衆生哀樂穠華苦短憑誰說溝外桃英籬邊絮雪舊時燕鶯能識歎流光草草催換今昨　黄粱乍覺有靈犀清澈待把閒愁怨都懺卻仙蛾破繭舒翼莫溫磨更染豔絲重織望縹緲步虛非隔指碧落別有星寰可許倩魂長託高寒

處良夜休怯折芙蓉在手天風外銖衣控鶴

解連環

綺霞瀰漫任盈盈小影水天幽佔做幾多畫本詩材把嵐翠閒收湖瀠輕剪何處飛仙指風送東溟三萬儘相逢一笑莫論主賓休問胡漢　歸遼待尋鶴夢料滄桑故國幾度催換且蹉跎老我浮生有曉霧螢花夜霜羌管酒醒今宵帕明月隔簾流眄按清歌寄愁未得寸心自遠

絳都春

日內瓦湖習槳

臨波學步試扶上小舟輕移柔櫓弱腕乍揚已覺吟魂消銀浦低昂一葉從洄溯似蘸淥蜻蜓栩栩半灣新漲盈襟紺影悄然來去　休談煙霞無價供欣賞說甚

他鄉吾土幾許夢痕濯入滄溟慵回顧仙踪况許壺天住儘水佩風裳容與夕陽

正戀瑤峯赤晶認取

二郎神

楊深秀所畫山水便面兒時常摹繪之　先嚴所賜楊爲戊戌殉難六賢

之一變政之先覺也

齊紈乍展似碧血畫中曾污記國命維新物窮斯變䡊路艱辛初步鳳馭金輪今

何在但廢苑斜陽禾黍矜尺幅舊藏淵渟嶽峙共存千古　可奈鷹瞵蠶食萬方

多故怕錦樣山河滄桑催换愁入靈旗風雨粉本摹春荷香拂暑猶是先芬堪溯

待篋底剪取芸苗辟屑墨痕珍護

醜奴兒慢

十洲澒洞吾道倀倀何往對滿眼蜃樓花雨那處仙源溷跡遐荒萬方多難此憑欄孤吟去國杜陵烽火庾信江關　夢影漸稀宜南韻事江左清談正誰向天山探雪渤海觀瀾來日奇憂東風吹送芸髻梅枝難寄鄉心悽黯笛語哀頑

前調

雕闌幾曲月影盈盈初上瀉一抹銀輝如水冷浸花魂悄倚孤梅素心商略共溫存寒翎戢翠瘫虬綴雪佇定黃昏　漏盡更闌幽沉萬籟靜掩千門正遙想歡場春好玉笑珠顰歌舞誰家華燈紅鬧錦屏人凝情佇久疎林落蕊輕點苔痕

浣溪紗

景色何心說故鄉朱樓依舊見垂楊禁他冶葉不迴腸　鳳翅有聲鏘紫塞燕歸無計認雕梁三千弱水溯中央

前調

色相憑誰悟大千　瑤峯無盡浸壺天　此中眞個斷塵緣　淡掠煙波描夢影　淨調冰雪鍊仙顏　一生常枕水精眠成句

前調

蕙帶荷衣惜舊香　夢回禁得水雲涼　魚書迢遞訴愁腸　已是槎浮通碧漢　更聞人語隔紅牆　星源猶自見欃槍得故國友人書訴兵燹之苦

前調

不信山林可賦閒　驂於金粉膩於煙　鶯花無賴自年年　碎碾青瓊成蓓蕾　亂拋紅豆寄纏綿　初禪怕住有情天瑞士境內徧植小朵藍花名長相思 Forget Me Not

前調

小劫仙都認夢痕凄迷淚雨送芳辰長空何處不消魂　天際葬花騰黯靄人間疑緯説祥雲人天誰懺可憐春

一剪梅

一抹春痕夢裏收草長鶯飛柳細波柔珠簾十里蕩銀鈎箏語東風那處紅樓別有前塵憶舊遊幾日韶華賦筆生愁長安雲物戀殘秋鈴語西風那處紅兜

點絳脣

萬葉鑾風綠天涼鬧山樓雨初收殘暑驀地秋如許　舟塔凌空一點摇紅炬心休怖黝溟黟霧也有光明路

翠棉吟

瑞士水仙花多生於陸地然地以湖著名仍與原名契合欣賞之餘製此

爲頌

豔骨冰清仙心雪亮羞看等閒羅綺柔鄉羃素𧟌指洛浦芝田雙寄凌波迴睇認玉質金相西來梳洗韶光裏盈盈欲語通詞誰試　恰是羣玉山頭望有娀無恙瑤臺迤邐相逢悲隔世灑千點如鉛香淚首邱容倚寫砑粉銀箋花銘同瘞歸無計祇憐孤負故山梅蕊予曩遊鄧尉詩有青山埋骨他年願好共梅花萬禩馨之句

風蝶令

煙靄三山遠滄溟萬里迷身非雙翼鳳凰兒已是與天相近與人離　金粉衣難染風花夢豈疑步虛來去幾多時除卻瀛光嵐影更誰知

念奴嬌

遊白琅克 Mont Blanc 冰山

靈媧游戲把晶屏十二排成巇嶮簇簇鋒稜臨萬仞詭絕陰森天塹雨滑瓊枝光迷銀縝鸞鵠愁難佔羲輪休近炎威終古空瞰　圖畫展徧湖山驚心初見仙境窮猶變惟怕乾坤英氣盡色相全消柔豔巫峽雲荒瑤臺月冷夢斷春風面遊蹤何許飛車天未曾縮電線懸車掠空而行

南樓令

葉落見城廂疏枝恨早霜喜山林乍換秋妝多謝倪郎傳畫筆渲絳赭點蒼黃橋影戀殘陽沙平引岸長鎖羈愁十里清湘著個詩人孤似雁雲黯淡水微茫

解連環

巴黎鐵塔

萬紅深塢怕春魂易散九州先鑄鑄千尋鐵網淩空把花氣輕兜珠光團聚聯袂

人來似宛轉蛛絲牽度認雲煙縹緲遠共海風吹入虛步　銅標別翻舊譜借雲斤月斧幻起仙宇問誰將繞指柔鋼作一柱擎天近銜羲馭繡市低環瞰如蟻鈿車來去更凄迷夕陽寫影半捎蒨霧

玲瓏四犯

意國多古蹟佛羅羅曼Fororomano爲千餘年市場遺址斷礎殘甃散臥野花夕照間景最悽豔賦此以誌舊遊之感

一片斜陽認古甃頹垣蝌篆苔翳倦影銅駝催入野花秋睡儘教殘夢沉酣渾不管劫餘何世看淒迷廢壘蘿蔓猶似綺羅交曳　豔塵空指前遊地黯銷凝屧香黏惹大秦西望蒼煙遠誰解明珠佩重溯故國舊聞記八駿曾馳周轡惹賦情緜邈春痕長暈穆瑤池際十二世紀時成吉思汗統一歐亞蘿馬屬焉

八聲甘州

遊馬勒梅桑 Malmaison 弔拿坡倫之后約瑟芬

望娟娟一水鎖妝樓千秋想容光悵鞏衣褪采螭奩滯粉猶認柔鄉未穩棲香雙燕戎馬正倉皇剪燭傳軍牒常伴君王　見說蘼蕪遺恨逐東風上苑也到椒芳道名花無子何祚繼天潢譜離鸞馬嵬終負算薄情不數李三郎遊人去女牆扃翠娥月渲黃

絳都春

拿坡里火山

禪天妙諦證大道湼槃薪傳誰繼世外避秦那有驚心咸陽燧颸輪怒碾丹砂地弄千丈紅塵春翳倦飛孤鶩幾番錯認赤城霞起　凝睇鑴冰斲雪指隔浦迤邐

瑤峰曾寄火浣五銖姑射仙人翔遊袂流金鑠石都無忌算世態炎涼游戲任敎燒蠟成灰早乾豔淚

金縷曲

紐約港口自由神銅像

値得黃金笵指滄溟神光離合大千瞻戀一簇華鐙高擎處十獄九淵同燦是我佛慈航艤岸縶鳳羈龍緣何事任天空海闊隨舒卷蒼靄渺碧波遠　啣砂精衛空存願歎人間綠愁紅悴東風難管篳路艱辛須求己莫待五丁揮斷渾未許春光偸賺花滿西洲闢天府是當年種播佳蒔遍繙史冊此殷鑑（予譯有美利堅建國史綱）

摸魚兒

倫敦堡弔建格來公主望 Lady Jane Grey

望淒迷寒漪銜苑黃臺瓜蔓曾奏娃宮休問傷心史慘絕燃箕煎豆驚變驟蕭玄武門開弩發纖纖手嵩呼獻壽記花拜螭墀雲扶娥馭爲數恰陽九　吹簫侶正是芳春時候封侯底事輕負金旒玉璽原孤注擲卻一圓鴦脰還掩袖見窗外囚車血涴龍旡首幽魂悟否願世世生生平林比翼莫作帝王胄建格來郎位僅九日被馬利女王所殺瀕刑先於囚室睹其夫無首之尸舁過窗外詳情見英史

蝶戀花

彗尾騰光明月缺天地悠悠問我將安託一自魯連高蹈絕千年碧海無顏色

容易歡場成落寞道是消愁試取金尊酌淚迸尊前無計遏迴腸得酒哀愈烈

前調

海上秋來人不識仙籟橫空只許仙心覺小立瑤臺揮羽箑新涼情緒憑誰說

不用宮紗籠礔爍帝網千珠分作家家月惟願冰輪常皎潔何妨火繖頳西極

前調

迤邐湖堤光似砑漢女湘姚盡態爭游冶爲避鈿車行陌野淸吟卻怕衣香惹

別浦凝陰風定也蘆荻蕭蕭濠濮閒情寫雙占水天光上下一鳧對影成圖畫

前調

爲問閒愁拋盡否收得乾坤縹緲歸吟袖雪嶺炎岡相競秀一時寒熱同消受

淚雨吹香花落後塵刧茫茫彈指旋輪驟便作飛仙應感舊五雲深處猶回首

瑞義比降雪山火山兩國相望

三姝媚

滬友函稱有於古玩肆購得傅君沅叔爲予書詩册者珍襲徵詠視如古

蹟云事見申報予去國時書笥皆寄存於滬此物何由入市且物主及書者均尚生存竟邀詠歎亦堪莞爾賦此以寄慨焉

芳塵封鄴架記蘭成匆匆錦帆西挂滄海飄零更傷心休問年時書畫尺素偸傳驚掌故新添詩話舊句籠紗翠瀋痕湮粉牋光砑　瞥眼雲煙過也悵脈望難仙浮生猶借片羽人間笑鷄林胡賈早矜聲價知否吟踪尚留戀水柔雲冶還憶家山夢影長恩精舍（先嚴築有長恩精舍藏書三萬卷遭家難無一存者）

花犯

日内瓦湖畔牡丹數株看花已二度爲題此闋

炫芳叢輕紅歐碧年華又如此玄都觀裏誰省識重來贏得憔悴已諳世態浮雲味吟懷懶料理算也似粉櫻三見歸期猶未計　風流弄絶塞胡妝依然未減卻

天姿名貴問徙倚問可是洛陽遷地儘消受蠻花項禮引十萬紅雲渡海水還怕說寶欄春晚宵來風雨洗

喜遷鶯

得故國友人書謂社稷壇芍藥千餘株多金帶圍名種近被暴民集會踐踏無遺爲賦此調以代傳檄希海内騷人結社招魂俾暴徒愧悔兼可爲文苑他年掌故也

杯傳婪尾記滴粉浥脂豐台爭買穀雨吹晴薔枝共晚長恨俊遊難再海壖蜃樓春好故國雕欄春改馬蹄過問翻階紅豔而今安在　堪怪張綵幟道是護花刈割同蕭艾芳信將離仙魂不返夢想錦雲飛蓋早知舞衣金縷輸與荷衣蕙帶更鵑哭倒冬青幾樹窀香同採（東陵古蹟亦被摧殘）

醜奴兒慢

東橫泰岱誰向峯頭立馬最愁見銅標光黯翠島雲昏一旅揮戈秦關百二竟無人從今已矣羞看貂錦怯渷胡塵　鼎尙沸然殘膏未盡腐鼠猶瞋更繡幕閒燒官燭紅照花魂徧野哀鴻但無餘唳到營門迎春椒頌八方爭説草木同新

沁園春

時序重逢檢點寒馨東籬又黃痛靈萱堂下曾睽萊綵高椿冢畔莫奠椒漿磨蠍光陰搏沙身世豈待而今始斷腸天涯遠祇孤星怨曉病葉啼霜　家山夢影微茫記摘蔓燃箕舊恨長便宮鸚前面言將未忍風人旨外哀已成傷月冷松楸塵封馬鬣泉路棲遲各一鄉凝眸處但悽風獵獵白日荒荒

清平樂

尋尋覓覓印徧芳洲跡故國愁雲橫遠碧莫問梅枝消息　異鄉消得憑欄身閒便覺天寬野檉紅迷古堡海棕青過沙灣

前調

亂山蒼莽若個成孤往遠市紅塵飛不上秪有雲光相向　荒寒殘雪無垠卜居誰寄天真消得翠屏環拱一椽茅屋爲尊

前調

林巒深窈萬綠飛輪悄俯瞰湖光千丈杳洞口一奩低小　兩厓燦錦鋪霞無名不識蠻花車軌陡懸梯級山田橫劃袈裟

前調

錦屏曾隔胡越同舟識花葉誰書傳素翼還待象胥重譯　前番山水因緣今番

槃敦聯歡儘狎江湖鳧雁徧瞻萬國衣冠

前調

百年飄瞥來去原無著夢抱曉珠歸舊闕一笑水空雲邈　已羞叔世浮名仍羈滄海餘生哀入江樓倦枕禁他午夜灘聲

金縷曲

倫敦快報稱銀幕明星范倫鐵諾 R. Valentino 之死世界億萬婦女贈以涕淚及香花而無黃金之賻迄今借厝他塋不克遷葬其理事人發乞助之函千封於范氏富友答者僅六函予爲莞爾曩予舟渡大西洋曾夢范氏乞誄（事見鴻雪因緣）今賦此闋寄慨兼償夙諾焉

孰肯黃金市歎荒邱塵封駿骨一棺猶寄知否恩如花梢露花謝露痕晞矣況幻

影游龍凊戲人海茫茫銀波外問歡場若個矜風義原慣態事非異　征軺曾訪嗚珂里黯餘春小桃零落綺窗深閉舊夢淒迷無尋處消息翠禽重遞算吟債今番堪抵記取仙槎西來夜薦靈風倦枕驚濤裏殘酒醒絳燈灺

洞仙歌

戊辰中秋計予再度去國又二年矣

圓規無恙自乘桴西去二十二番弄消長看蒼茫秋色窈窕冰姿又宛宛來伴客星同朗　淮南還木落問訊銅仙曾否宵啼淚盈掌故國幾悲歡分付西風掃太華殘雲來往喜法曲霓裳遠能傳播桂子天香共成心賞

玉漏遲

舊遊迷杜芷採芳重到歲華更替無恙闌干消得幾回閒倚逝水不分今古且莫

問滄桑何世差自喜吟懷未減素心堪寄　園林昨夜新霜弄熟柿垂丹晚枇凝翠天際瑤峯還又綺霞微翳道是山川信美可祇得人間疵癘殘照裏高歌海門秋麗

慶春宮

雪後

山市馳橇冰壇競屐胡天朔雪初乾已霽仍嚴將融又結疎林慣寫蕭閒風裁爭峻指松柏相期歲寒飄零休訴人遠天涯樹老江潭　年時苦憶長安韻鬪尖叉吟興偏酣官閣梅花梁園賓客夢痕一樣闌珊暮愁千疊擁雲氣橫遮亂山淒迷誰見鴻爪西洲馬首蘼關

浣溪紗

處處煙波鎖畫橋夢中猶自倦雙橈仙源長寄轉無聊　欹枕鄉心驚斷雁捲簾秋影見層譙欲隨風雨入中條

蝶戀花

法曲先聞猶隔面繡幕開時一霎橫波亂七寶妝成來閬苑天衣曳處星辰閃優孟風流班宋豔不逞名場便向歌場現舉世滔滔聲色戀燒殘秦火才人賤

望湘人

送征帆遠去孤館悄歸祗憐排悶無計繡椅空時錦茵凹處坐久餘溫猶膩銀褪糖衣灰殘蕊尾分明眼底恰匆匆如夢相逢那信伊人千里　紅萼新詞漫擬悵伶傳倦旅歲闌心事聽笑語誰家暖入翠樽芳楔倘逢驛使梅枝折寄冰雪郵程西比西比利亞鐵路不辭化一縷離魂黏入緗苞寒蕊

瑞鶴仙

散步日內瓦公園即景

屐痕侵敗蘚自覓覓尋尋歲闌心眼霜林弄秋絢挾西來金氣別嚴妝面喬松翠健羨祇許寒禽高佔似宣和畫本傖傳虬影鷲姿重見　還看山眉愁倚薄黛含顰倦鬟堆怨美人騷畹迨遲暮轉凄豔尙依然綠徧平蕪如此豈必花時堪戀對西風料理清吟賦情自遠

洞仙歌

白葭居士繪松林一人面海而立題曰湘水無情弔豈知南海康更生君見而哀之題詩自比屈賈而予現居之境恰同此景復以自哀焉爰題此闋以應居士之屬戊辰冬識於日內瓦湖畔

何人袖手對橫流滄海一樣無情似湘水任山留雲住浪挾天旋爭忍說身世兩忘如此　千秋悲屈賈數到嬋娟我亦年來儘堪擬遺恨滿仙源無盡闌干更無盡瀛光嵐翠又變徵上聲遙聞動蒼涼倚畫裏新聲萬松淸吹

玉樓春

人間那是消魂處咫尺西洲成小住翠瀾三面繞妝樓柔櫓一雙搖夢雨　淸歌疊引公無渡休向枝頭聽杜宇從教憔悴滯天涯肯說高寒愁玉宇

漁家傲

欲避煩憂何所適浮邱挹袖洪厓拍渺渺幽蹤臨衆壑愁千斛雲光磨洗天風濯　萬綠自成清淨色玉輝珠媚渾嫌濁峭壁孤花紅一萼標高格名園羅綺慵迴矚

月華清

雕影橫秋，人煙破暝，詩懷一昔催換。境入荒寒，恰好素襟堪浣。伴良蛩、新句重商，擷晚菊、舊情仍戀。緩緩。向林皋石磴，等閒尋徧。　何處巫雲吹卷。指依樣嶔崎，蜀峰攢劍。倦旅登臨，贏得幾番悽黯。和樵歌、松籟淒鏘，弄燈影、雪窗紅顫。宛宛。但蒼龍西走，暮山無斷。

丁結香

夢於倫敦友人處見予所繪水墨大士像，秀髮披拂，現身海中。憶髫齡鄉居，鄉人曾以舊畫觀音一幅乞爲摹繪，固有其事也。

妙相波瑩，華髮風裊，一笑拈花彈指。記年時桑梓，傳舊影、蘼蕪裁緗摹擬。夢中尋斷夢，夢飄斷、水驛海澨。無端還見，墨暈化入，盈盈瀾翠。　凝思又劫歷諸天，暗怯

清游迤邐塵障消殘春華惜偏此情難寄遙瀚低掠倦羽自返蓮臺底有菡心靈淨依樣烏泥不滓

陌上花

茫茫海水無情東去比愁多少溯到天涯還是燕昏鶯曉紇干何限家山恨黯入瀛洲花草又吹殘絮雪上京春晚玉臺人老　數韶光幾許看朱成碧小史華年儉校仙嶼雲煙身世一般縹緲三千珠履飄零盡誰話滄桑天寶但凄涼賸有當時明月夜闌低照

金盞子

芳禊停修花葉慵書一年春晚憐病蝶依依相婉娩同是夢中虛豔隔簾小影凄迷倚珍叢寒淺黃昏又風雨洗殘梨粉早成秋苑　法曲絕絃按弄繁會哀音儘

拂亂禁他曲終易變怕音尾一唱更贏三歎衆裏先避華筵當筵歌未散更休待銀燭殞風滿堂花黯

望江南

瀛洲好。知是甚星宸。冠蓋都非如隔世。晨昏相背不同天。塵夢委香煙。

瀛洲好。應悔問迷津。蟾影忽虧知漢歷。桃源清淺誤秦人。去住兩含顰。

瀛洲好。乍意鬧湖邊。小白長紅花作市。肥環瘦燕水爲廛。二月麗人天。

瀛洲好。重賀太平時。遠近鐃歌傳綵幟。萬千嫠緯泣緇衣。哀樂太參差。十一月十一日停戰紀念

瀛洲好。衣履樣新翻。橡屧無聲行避雨。鮫衫飛影步生煙。春冷憶吳棉。

瀛洲好。辟穀餌仙方。淨白凝香調犢酪。嫩黃和露剝蕉穰。薄膳稱柔腸。

瀛洲好。筆硯拋久荒。不見霜毫鷄眼燦。惟調翠瀋蟹行長。繞指有柔鋼。

瀛洲好小。謫住樓臺。身似落花常近水。月臨繁電不生輝。頑豔有餘哀。

望海潮

平瀾疊翠驚瀧潑雪廣寒飛下冰夷娥馭俊征晶輪姸轉衆流澎湃相隨（夜潮由月體吸引）雲巢想旟旗似羣眞蹌濟羽葆輕移舊侶難招佩環何處怨來遲　塵寰小住爲宜望神山縹緲漫寫遐思白柰花零紫蘭人杳蕊宮無限淒迷一樣斷腸時問仙家哀樂世外誰知夢繹天書金字十萬紀騷詞（騷作憂解）

蘭陵王

秋柳

亂鴉集寫入蕪城秋色隋堤畔無限夕陽紅到枝頭黯成碧宵來夢鬱抑愁壓眉痕更窄憐憔悴零落舊妝付與西風弄梳掠　春華去誰惜憶簾捲朱樓處處烟

羃朦朧盡是想思纈更茜雪相映小桃爭發曾遮驄馬踏豔屑只今兩陳跡　悽惻訴飄泊又唱徹陽關魂斷橋側霜條待共梅枝折望故國千里暮雲愁隔歸心何許託笛語問舊驛

喜遷鶯令

燕啣泥泥渙雪南陌早關情尋芳宜唱踏莎行莫問雨和晴　枝綻花花褪萼幾日便分今昨今年燈市己前塵何況去年人（元夜）

浣溪紗

知是仙遊是夢遊春痕依約彩牋收芳塵回首恨悠悠　山水有緣溫舊迹釵鈿無地證新愁傷心何獨牡丹侯（是日遊故迪斯黛侯爵夫人之舊邸於日內瓦）

採桑子

仙情更比人情薄不貸天錢便斬天緣織女黃姑各自憐　鸞槎莫向雲邊泛不是星源便是河源星自參商水不廉七夕

柳梢青

人影簾遮香殘鐙炧雨細風斜門掩春寒雲迷小夢睡損梨花　且消錦樣年華莫問天涯水涯孔雀徘徊杜鵑歸去我已無家

卜算子

屏障立莊嚴雷曜爭陰壽松籟泱泱大國風不餒荒寒氣　莫採野花紅且挹喬柯翠古木幽人共一山性理同貞粹

前調

閒趁豔陽天悄訪棲眞處一水盈盈不見舟祇許仙禽渡　門巷落花深嶺嶂春

陰聚紅是緗桃白是雲遮斷來時路

前調

祇有斷腸花那有長生藥徐市同舟去海東誰見重還客　紅萼舊詩郵碧漢新蠡測人住塵寰我月球世外通消息

憶舊游

證仙經舊說縹緲三山問是耶非路轉松杉密恰詩如石瘦境與人離靜參物外禪諦無語會心期正雲樾羣峯青蓮朵朵玉葉垂垂　嵐光瀉濃黛似擊碎瓔玕翠髓横濺漫說衣襟涴便飛來鶴羽也染毿毸軟紅欲避塵夢捨此更何之奈徙倚天風羊公峴淚還暗滋

月下笛

吟管搴芳仙裳蘸淥俊遊還再幾曾孤負鷗鷺湖邊相待徧人間笙歌正酣冷香杜芷閒自採謝題襟舊侶玉璫緘札賦情猶在　桑田變否試問訊麻姑朱顏暗改渭流脂膩愁渡西戎紅海勸靈源春痕秘留碧桃且莫漂片蕊渺心期又見三山半落青昊外

齊天樂

吾樓對白琅克冰山 Mont Blanc 晨觀日出山頂賦此

曜靈初破鴻濛色長空一輪端麗霞暖鎔金雲蘇瀉玉驀發天硎新礪冰巒峻倚更反射皚皚銀輝騰綺儘闘寒暄素韜飛砮惱神羿　鶯聲殘夢喚起繡簾先自捲偏慣凝睇光滿瑤峯春溶碧海慵顧姮娥梳洗羲鞭漫指怕漸近黃昏短英雄氣影戀花枝斷紅誰共繫

曉　珠　詞

破陣樂

歐洲雪山以阿爾伯士爲最高，白琅克次之，其分脈爲冰山，餘則蒼翠如常，但極險峻，遊者必乘飛車Teleferique懸於電線，掠空而行。東亞女子倚聲爲山靈壽者，予殆第一人乎。

渾沌乍啓，風雷暗坼，橫插天柱。駭翠排空窺碧海，直與狂瀾爭怒。光閃陰陽，雲爲潮汐，自成朝暮。認遊蹤、祇許飛車到，便虹絲遠繫，飇輪難駐。一角孤分，花明玉井，冰蓮初吐。　延佇。拂蘚鐫巖，調宮按羽，問華夏、衡今古。十萬年來空谷裏，可有粉妝題賦。寫蠻箋、傳心契，惟吾與汝。省識浮生彈指，此日青峯，前番白雪，他時黃土。且證世外因緣，山靈感遇。

惜秋華

和韋齋西溪紀遊之作即次原韻

越尾吳頭認江流玉帶寒漪雙抱金粉正濃攙槍幾番迴照秋山倦倚啼妝尚依舊秦鬟擾擾任詞仙醉賞萸風吹帽　前度夕陽老算長房袖裏壺天猶好沙渚淺霜徑曲瘦筇曾到生憐夢影分明憶十年柿圓花小輸了恨吾家紺珠偏少古有紺珠佩之能記前事

附韋齋原作　費樹蔚

兩地西溪讓臨安獨秀蒼然寒抱孤棹葦間煙嵐玉人雙照人間換刼匆匆算佳處兵塵未擾對秋陰冷落茸衫紗帽　多謝咫園老敎開圖認取風光清好淺水畔斜日下十年前到霜紅柿劈銀刀丙辰於西溪寺中食柿甚甘但國花拍波猶小溪中有紫白花土人呼爲革命花云自辛亥年始有之今必更繁衍矣休了泛吳艘楝風人少陳恪勤詩楝花風裏游人歇一任閒鷗自

往還不啼爲予今日詠也

木蘭花慢

丙辰秋與老友韋齋及廖公子孟昂同遊杭之西溪頃韋齋寄示新詞述及舊事孟昂早歸道山予亦遠適異國棟風雋句深寓滄桑之感賦此奉和亦用夢窗韻

賦情傳雁羽素牋展黛眉顰儘溯海尋桑看朱成碧欲記難眞荻花又吹踈雪黯西溪無處認秋痕依約前遊似夢飄零舊侶如雲　逡巡楚些招魂悄菊瘁惋蘭薰怕衆芳消歇新詞織錦留印心紋未來更兼過平聲去問芸芸誰是古今人一樣夕陽花影商量莫負黃昏

淒涼犯

斷霞吹霰胡天晚殘年尚弄淒麗山横玉壘塔明金籀感懷殊異長街裙屐望來
去仙仙魅魅問何心飄零萍梗豔說避秦地　除夕三番矣習與時遷語隨鄉易
錦囊詩料更兼收十洲瀾翠故國今宵定樺燭千家無睡對蠻花自剪紅綃寫舊
愁

眞珠簾

本意

淚華夜夜生滄海捲愁痕遮斷鮫宫縹緲奩底映花枝似霧中催曉顆顆圓姿春
暗綰比月影還憐嬌小休惱待銀鈎雙挂燕歸猶早　長恨相見無由道爭如不
見餘情難了半面許誰窺但曲終音裊消盡輕寒留淺夢借一斛珍光籠照繚繞
又飄鐙細雨閣深人悄

瑣窗寒

孟特如 Montreux 湖畔多玉蘭高樹婆娑巨朶千百掩映瑤峯玉宇饒華貴氣象予每春來此看花已三度爰用夢窗賦玉蘭韻而成此闋原作有海客乘槎及悲鄉遠等句不啻爲予今日詠也

海日摶霞仙潢漱玉靚妝重見穠春未了不分做成悽惋看緗苞剪取茜痕錦綃十丈天機展便洛陽姚魏也應低首漫論湘畹　舞倦霓裳換又暝入梨雲共憐秋苑人間天上一樣韶華催晚恨相逢愁中病中鶱槎不恨星河遠怪吳郎詞筆淒馨早識飄零怨

祝英臺近

己巳春瑞士水仙滿山方抽寸翠未及見花有奧京維也納之役歸來尋

賞零落已盡悵賦三解

惓珍叢僅小別歸思滿懷抱料理兼程只說春尙早那知去帶餘寒歸迎輕暖春早已趕先曾到　被花惱不分世外相逢情緣更顚倒訴與東風畢竟沒分曉從敎百轉吟哦一腔悽惋怎說與此花知道

前調

繞緗皋依洛浦特地種騷屑更借迴風處處舞流雪分明萬緒千情絲絲揉亂都化作萬花千葉　弄孤潔因甚翠羽明璫春華坐愁絶占斷仙源莫展素心結知他別有奇哀陳思枉賦縱豔筆何曾描著

前調

紺峯雲鉛蘸淥瞥眼又如許檢點芳痕消得幾風雨曇春一刻千金憑君珍重原

不比等閒朝暮　接宮羽不辭燈灺香殘宵深爲君譜翠咽瀛波紘外曳音若問
他地老天荒成連去後更若個賞心重遇

還京樂

夢聞故國歌聲極頓挫蒼涼之致感而賦此

殢春睡聽引圓腔激楚哀絲顫話上京遺事周郎顧罷龜年歌倦又夜來風雨無
端撩起梨花怨縈萬感殘夢碎影承平猶見　鳳槽檀板問人間何世依然粉醉
金迷華席未散而今更不成歡對金尊怯試深淺指蟾宮早桂影都移霓裳暗換
渺斷魂何許青峯江上人遠

踏莎行

樓觀參差蓬萊婀娜捲簾獨對斜陽坐天開圖畫畫成詩個中覓句偏容我　翠

瀚初澄丹輪半𩊚餘輝散作燒天火小雲疊疊倚晴空一時盡變玫瑰朵

江神子

催花風雨弄陰晴似多情似無情廿四番風換盡最分明更換鳴禽如過客先燕燕後鶯鶯　浮生同此轉飈輪是微塵戀紅塵如夢鶯花添個夢中人一霎春痕和夢影休苦苦喚眞眞

減字木蘭花

友人來書謂予客海外有屈子行吟之感賦此答之

蘭荃古豔誰向三千年後剪移過西洲又惹東風萬里愁　湖山麗矣但少幽情如屈子花草風流綵筆調和兩半球

渡江雲

紺陰生海嶠斜陽破暝松影落虛壇屐痕曾印處弄水搴芳舊跡認留連游絲胃蕊又怨粉吹滿人間悵重探玄都花事懷抱已非前　堪憐晴漪晃翠暉峰𡾊金便湖山如此問他日躡雲玉笥誰弔中仙登臨著偏傷心眼黯平蕪都到吟邊華年恨古今一例荒煙

風流子

芍藥

長安看偏後瀛洲外重見靚妝濃認雲衣剪紫帶寬金縷粉痕捻素影譂珍叢折得露枝歸繡幌凝睇不言中誰信斷腸可憐婪尾鶯謳臺苑蝶舞簾櫳　蕪城多佳麗空回首心事暗惱東風故國花稱后土揚州瓊花稱后土之花見夔洲漁笛譜無此豐容任波漲春愁鬌槎久繫詞傳雅謔蠻語初通不道萬重蓬遠一笑相逢

探芳信

湖邊綠樹蔥蒨夏作小黃花濃馥如桂予採細枝供之瓶中爲賦此調

蒨雲邈正翠翻千林金莖初擢認小山秋早淮南誤幽約濃薰芳氣霏淸潤不借風霜烈鎖陰陰初夏湖堤嫩晴池閣　佈地珠塵薄勸鳳帚鍾情玉階休掠香剪柔枝銅匜薦寒淥湟槃便作枯禪化也住旃檀國浣蜂黃瀹弄仙瀛水色

高陽臺

題人海微瀾

花縣霏香蕙庭消雪君家特地春多漲筆狂塵肯教英氣銷磨金沙直瀉來千里比恒河還似黃河聚人間萬感悲歡一派笙歌　傷春不在銀屏裏在浮雲幻影逝水迴波縹緲悽痕幾番著意描摹臨流休覓殘紅語怕落花無奈愁何儘收來

海底繁枝珊網輕羅

浣溪紗

不遇天人不目成藐姑相對便移情九閽吹下碎瓊聲　花號水仙冰作蕊峯名玉女雪爲棱好憑心迹比雙淸雪山當窻朝夕相對

前調

莫向南園憶採芳殘紅如雨送斜陽一般囘首小滄桑　不願返魂甦倩女何須駐景檢神方花時人事兩相忘義山詩檢與神方教駐景

徵招

題周琇畫龍

雩龍飛舞翻滄海驪光夜穿幽晦尺幅展鮫綃湧萬重煙水是伊誰腕底弄大筆

觥觥如此戰罷玄黃抉鱗猶可點睛須忌　何處問行藏瑤函裏香沁碧芸催睡

曼衍徧中原巳倦看游戲鼎湖波不起枉凄入翠蓬雲氣又爭似紅漾桃漪認鱖

遊清泚

六幺令

碧空凝麗萬象澄秋宇會心靜觀天末遠巘籠煙樹松杪細排一線映白雲堪數

翠陰霏霧吟襟騄濕滄海斜飛幾絲雨　乘風歸向甚處肯戀仙源住囘首廿載

詞場寂寞相如賦贏得浮名何用未抵浮生苦邀鶴振平聲羽丁寧待我共掠金颸

玉京去

尾犯

夜悄易驚秋涼戰萬松風籟鳴急玉虬迎潮任琤琮爭拍紅翳影孤帷更瘦翠迴

橈倦波猶弱倚愁零亂夢隔藕花偸向鴛鴦說　探香隨步遠但冷豔沁徧綃裙

縹韻來回有中虹知得使消領錦雲成幄奈寂寞仙居久謫問天無語露洗半蟾

妍悽碧

風入松

瀚雲飛佩度清虛重謁廣寒姝相邀散髮撈明月正瑤光澌澈音帝海颶作沉鯨

淩夜霞初吐驪珠　寰桂將見到天衢探桂近何如冷香霏露着紅雲間秋光霽

比存殊更愛喬松拂檻壓枝翠實猶腴（己巳中秋寫[illegible][illegible]之役科學家謂航空將來可攬月球）

高陽臺

故國諸友來書話舊各有身世之感賦此答之

芳禊修蘭仙班倚玉前塵回首匆匆劫換人間笙簫吹老秋風量才欲問昭容尺

可平均分計枯榮但悽然錦羽傳箋各訴愁衷　心期便比無情水帶落花千點萬里流紅遡水尋花勞他飛燕西東分飛到海還相見豈故人未必重逢指天邊清淺蓬瀛不礙槎通

水龍吟

嵐光時變陰陽下方黛影涵千頃雨收南浦雲歸北闕一峯初暝遠映空濛晃浮金碧畫圖難準似壺公幻就蓬瀛縹緲迷蜃市通仙境　指點人家山頂倚高寒結茅棲隱層層蒼莽斑斑白堊小廬盈寸儘足煙霞不知冠蓋也無鐘鼎但天風嘯晚萬松飛翠播秋聲勁

鶯啼序

銅仙夜唬漢苑黯秋空斷綺指故壘說與紅襟呢喃能話興廢忍重見檀欒金碧

承平七百年來地尙參天松檜凌風拂動寒翠　秀挹崑崙浩攬渤澥信雄圖蓋世更瑤堞萬里迴旋祖龍曾此飛轡祇憑闕英姿一顧問誰度陰山胡騎好風光不分輸他六朝煙水　東周移鼎南宋揚舲未是偏安計悵燭轉玉樹歌罷螢暗江沚霸府重開元戎高會塵驚驄馬花迎劍佩宏猷合借湖山勝況東南金粉鍾佳氣平瞻象緯九閶翼軫囘寅八荒洛圖呈瑞　滄桑影歛班宋才銷賦兩都誰繼況憔悴蘭成天末漫倚新聲荃蘦凋秋苣懷凝痗燕雲恨滿吳波愁絶金源遺響傳樂府莽神州繁變皆商徵上聲哀絃不度人間競醉鈞天舞霓半翳

滿江紅

中秋後殘月半規皎然海上爲賦此闋

精豔難磨更何必時逢三五認黛影瀛邊濯洗瘦蛾仙嫵半玦能遮星斗燦殘妝

猶惹雲霓妒儘下臨后土上媧天將焉駐　惟寶鑑無今古照過客紛來去對一杯風灩休辭起舞水調徒憐傳玉局花枝能幾歌金縷且夢尋縞夜度緱山吹笙路

桂枝香

近人評桂爲花中聖賢蓋其樹幹高直枝葉整齊氣馥而色不炫猶蓮之爲君子也惜海外無此曩於紐約藏書樓見某卷稱中國特有之花約三千種不能移植西土云

檀魂喚起倩誰賦妙詞黃絹摛綺碎綴珍叢鶯羽蜂茸爭麗小山似有人招隱惓芳馨未信憔悴霜繁鍊馥巖深罨秀翠陰初霽　珠履春塵漫擬歎遼海逾淮未許遷地闕里秋高參列三千佳士金樞儻助西風轉帶天香飛渡淸泚仙雲翳晚

滄波搖夢一枝誰寄

大酺

茜雨香霏倚峨翠小小壺春初拓閒中消歲月有昇平花鳥與人同樂錦羽忘機瓊枝索笑一律天親無著蕻磯莎徑畔慣搴芳弄水舊曾相識認偸眼穿林墜紅拋豆肯慳鸚啄　滄波橫故國黯風絮歷歷渾如昨任往事塵銷噩夢錦渙秋紋心頭淨捲殘痕畧怨郢清商問誰信行雲能遏且休管花開落遊仙一枕世外斜陽西匿柳邊鳳鈴未掣

洞僊歌

海堧還客憶西風黃葉不似江南舊村里看松耆黛古秋老霜嚴終未易銷減萬重頑翠　足音空谷渺但有飢禽屢啄山榴隔林墜峭壁曳寒泉激石嘶風似說

遍人間興廢問誰證悠悠百年心黯竚盡斜陽逝川無際

壽樓春

盟寒梅冬心又滄波歲晚瓊瘦霜林悽斷過雲殘笛浣花清吟兜倦夢欹重衾伴暗香輪他幺禽念病惱維摩笑慳迦葉何計證禪襟　風雲氣今銷沉便驪黃萬馬刧後都瘖幾輩高歌青眼共憐焦琴懷故國餘情深有夕陽還愁登臨望天末哀鴻猶聞隔雲零亂音

玲瓏玉

阿爾伯士雪山遊者多乘雪橇飛越高山其疾如風雅戲也

誰鬬寒姿正青素乍試輕盈飛雲溜屧朔風迴舞流霙羞擬臨波步弱任長空奔電恣汝縱橫崢嶸詫瑤峯時自送迎　望極山河冪縞警梅魂初返鶴夢頻驚悄

碾銀沙只飛瓊慣履堅冰休愁人間途險有仙掌爲調玉髓池邐塡平悵歸晚又譙樓紅燦凍檠

霜葉飛

十年選客滄波外孤雲心事誰省蘭成詞賦己無多覺首邱期近望故國兵塵正警幽棲忍說山林穩聽夜語胡沙似暗和長安亂葉遠遞霜訊　不分紅海歸來朱顏轉逝駐景孤負明鏡但贏巖雪濺秋寒上茂陵絲鬢算一樣邯鄲夢醒生憎多事遊仙枕指驛亭無歸路馬首雲橫鎖𪋻關暝

千秋歲

墜粉欺潮飄燈妒月不信歡場有時歇霓裳舞纔一二轉金甌地已三千缺且勾留莫回顧晉陽獵　昨夜尙憐釵鈿去聲約今日怕聞蘼蕪訣咫尺侯門玉容別東

鄰豔傳窺宋賦南華巧褪迷莊蝶斷腸時賞心事連環結

應天長

環峯瞰水珍樹羃樓寫日內瓦湖邊景仙居占斷湖角未信俊遊堪戀風懷倦羈客滄桑夢慵更說費萬感片時哀樂渺天末別有心期終古能託　依約見湘靈十丈綃衣飄曳海雲白忍自步虛來往神州黯秋色招魂句歌楚些𠀤採桂葉露香盈握夕陽外斷愁顏垣愁損歸鶴

浪淘沙慢

用清眞韻

遠遊處人羈瘴島雁繞霜堞羌笛商音競發鈞天夢冷舊闋正極望鄉心舒更結柳憔悴不忍重折任置損泥金舞衣鳳餘歡自長絕　愁切涉江素水遙闊枉自

採芙蓉盈襟抱古調增哽咽嗟老去文通慵賦傷别倦吟易竭知甚時歸弄關山明月　來去浮雲羅重疊涼飈起衆芳暗歇桂輪滿天邊圓又缺更休問客鬢驚秋似翠嶂秦鬟待變須彌雪

天香

白蓮

玉井漂鉛銅盤瀉汐年時夢影曾寫佛采敷華帝青塗葉七寶修成無價素標雛褻漫擬作凡葩姚冶三十六天水如瑤笙夜涼吹罷　亭亭法身慣化納須彌藕心纖縴攬取蒨雲同羃粉綃封礴誰證無生慧業待隔浦相逢共清話頂禮空王瓣香容借

多麗

大風雪中渡英海峽

海湖多形尖亂摧逶迤打孤舷雪花如掌漫空飛卷婆娑落瑤簪妝殘龍女揮銀劍舞困天魔怒飆鳴散急帆馳箭騫槎無恙渡星河歎此許峽腰瀛尾咫尺有驚波更休問稽天大浸夷險如何　念伊誰探梅故嶺灞橋驢背清哦越溪遊瓊枝俊倚謝庭詠粉絮輕羅迢遞三山間關萬里浪遊歸計苦蹉跎待看取晦霾消盡晞髮向陽阿將艤岸蜃樓燈火射纈穿梭

風入松

題式園書畫集

米船一棹泛滄溟北苑盡知名騷壇異代蒐新講然犀照珊網初盈孔翠千翎齊炳驪珠百琲爭瑩　劫灰吹冷舊昆明桑影綠東瀛海源陌宋飄零後風嘶楮併

作秋聲輸與君家墨妙錦函常貯雙淸

鷓鴣天

沉醉鈞天籲不聞高邱寂寞易黃昏鮫人泣月常迴汐鳳女凌霄只化雲　歌玉樹灩金尊漁鼙驚破夢中春可憐滄海成塵後十萬珠光是鬼燐

菩薩蠻

瀛洲何必生芳草當時誤盼東風早花信幾番催淚和紅雨霏　蘭因兼絮果誰結連環瑣鵑血未曾銷東風猶自驕

前調

嬋娟萬里西洲夢五銖猶恨雲衣重眉樣本難同秋蛾畫不濃　龍漦欣裂帛那惜千家織抛盡錦雲裳紅蠶滿箔僵

前調

碧桃天上吹如雨，春風零亂花無主。迷路不堪尋，落紅深更深。　晱晱當剪睞，隋地明璫碎。回憶始關情，年時意未平。

定風波

夢筆生花總是魔，疊紅吹影亂如梭。漫說鬘天春色去聲靚，重省，十年心事定風波。但有金支能照海，更無珊網可張羅。西北高樓休著眼，簾捲，斷腸人遠彩雲多。

江臨仙

滄海成塵渾慣見，人天哀怨休論。韶華回首了無痕。行雲空弔夢，殘夢又如雲。

前調

花外夕陽波外月，憑誰說與寒溫。淒迷同度可憐春。流鶯猶自囀，不信有黃昏。

轉盡颷輪千萬劫浮生苦託微塵鷃籠無地可埋春雪衣哀久貯金縷怨同紉

自寫蒼煙傳舊夢滄波依約心紋緗桃漂處是迷津朱顔先自誤休更誤秦人

前調

幾有梅痕描雪影湖山特地悽馨玉冠諸娣倚青旻瑞士山多雪額高寒空自警晼晚定誰尋

見説閬風曾緤馬聖巴邢山爲傘坡侖鐵騎出沒之地祇今一例荒榛漫憑殘霸問胡僧冰轡猶不圯金箍已凋零

河傳

鄉思迢遞路漫漫鳥鵲飛難黯然湖樓夢迴香爐殘宵寒凍凘冰不㕵　客枕無眠山月落窗倘黑寂巷車聲作知夜闌霜正緊先聞馬蹄清響圓

念奴嬌

題秋心樓印譜

瘦金零落問雪漁而後風標誰絕分付名山藏姓氏玉楮幽翻千葉穎透冰堅鋒迴霜勁冷割秋雲碧碑尋蘇篆翠微曾慣飛舄　堪歎藝賤雕龍滄波歲晚蟹跡横京邑漫憶承平追勝賞奇字時人難識鼎籀宗周輪扶大雅要借君侯筆芸魂先返百靈呵護珍笈

玉京謠

紅樹室時賢畫集爲陸丹林題

斷綺悽紅樹瘦入霜晴世外斜陽換（今秋於瑞士遊山看紅樹甚多）倦羽傳箋題襟催寫依黯渺故國無恙溪恨山不與仙雲分占低迴偏荊關畫筆鄒枚詞翰　年時肯負名場舊擅琱蟲記早馳茂苑粉縞離箱蟫塵緘恨應滿（予亦幼擅丹青去國後拋棄久矣）眄翠瀛都是

東流儘蘸影十洲秋瀹開展卷光惹睡驪爭瞰

長亭怨慢

又恨鐵九州輕鑄路指東華繫驄無地貂錦愁胡殘紅腥濺落花淚綺窗閒對算一局全輸矣誰攬賸棋翻是裙底雪貍歡昵　凝睇送新歡往處歌入莫愁煙水蘼蕪山下痛半幅鸞綃輕棄偏潭水浸濕桃花似嬌面赬羞難洗粱燕樂偏安慵顧斜陽荒壘

念奴嬌

及門潘連璧女士秀外慧中爲數百同學之冠于歸南洋盧氏甫數載夫婦相繼歿遺雛猶在襁褓也

昭容玉尺憶清才量徧都無餘子幾日東風吹絮影催賦穠華桃李雹妒紅情霜

欺綠意倂作春痕碎鬱金香冷玳梁誰護雛壘　猶記去伴鴟夷南溟一舸老煙波身世拌向蠻荒銷黯景舊是唐昌瓊蕊沽舍研朱淞樓剪翠短夢難重理秋雲休問斷歌淒入潮尾當時畢業歌有從此風流雲散相期各占千秋之句

無悶

前闋既成意猶未盡女士本吳氏珠江巨族幼遭家難螟寄於潘姓及長雖微知其事而莫詳身世予偶於某粵人處得聞概略即往告之女士大慟時同客燕京也

幽怨重重難認夢痕一霎悲歡逝矣甚劍返延陵淚零珠氾道是換巢鸞鳳正阿母年時花銘瘞便巫陽能下傷心何必倩魂呼起　舊事忍重記記密語羅窗乍傳哀史惹梨雨千絲玉痕淒泚應憶宣南夢影可月夜關山飛瑤佩知甚處青冢

秋陰煙鎖萬椰凄翠

丹鳳吟

巴黎佛化美術家Louise Janin女士以所繪慧劍斬情魔圖見贈據云斬魔之神於梵文中名Achala詢於華文爲何名予愧無所知爰賦此詞爲謝

依約鬘天何許彈指無端幻空成色煎蘭纈繭誰解衆靈春縛西來義諦會心微笑一劍飛霜萬紅凋萼莫問多生舊夢丈室天花空豔拋散無著　別浦新傳彩筆紺蓮又見生慧鉢甚玉璫緘秘認苔箋點染荑手塗抹法身無礙不是等閒標格何必殊名繙異籍早筌言忘得尺波瀉影瀛翠渲妙墨

夜飛鵲

英國詩聖雪萊Percy Bysshe Shelley (1792-1822) 思想繁化出入人天多
遺世之作女詩人儒斯諦 Christina Rossetti (1830-1894) 慣以宗教之語
入詩奇情壯采涵被萬有皆於騷壇別闢勝境茲仿其例闡揚佛法勉成
數闋未能暢微旨也
春魂殢墮網誰解連環參徹十二因緣還憑四諦說微旨拈花初試心傳迦陵妙
音囀警雕梁棲燕火宅難安何堪黑海任罡風羅刹吹船　觀遍色空暈豔幻影
更何心往返人天回首飆輪萬刧紅酣翠膴銷與雲煙阿羅漢果證無生只有忘
筌似蝶衣輕褪金鍼自度小試初禪聲聞緣覺只自度而不度他謂之小乘

波羅門引

波羅六度戒持檀羼自惺惺慈雲普護蒼生道是羽鱗毛介一例感飄零蟻蘭橈

待渡彼岸同登　髻雲幾層未忍向梵天行比似精禽塡海夙願思贏神山引風不空甚泥犁功不成中脩習水渺沙平胎生卵生皆救度之地獄未空誓不成佛爲大乘之行

繞佛閣

十玄遂闢重乖帝網珠影交絢深意無限似他片月圓規萬波現悄迴慧眄塵障盡泯同破幽闇大千衡遍古今秘鑰誰開此關鍵　第一法輪轉記取金身辭雪嶺刹海湧蓮當筵難共見算肯出羣經北拱星爍梵音沉遠開上乘摩訶誰定膺選渺髻天只贏悽戀佛初成道講華嚴經爲第一時教

隔浦蓮近

心香一瓣結念通過暹羅電骨借金蓮鑄雲衣換與妝浣鷗鷺知惓戀滄波外隔浦移相見　片蒲展跏趺漸定禪觀十六參偏素襟如水冷入蓮貣秋點華藏去聲

莊嚴是信願非幻緣房珠證圓滿（淨土又稱蓮宗以信願持名及依十六觀修證）

法駕引

素華誰探（樂極國梵文名素華諦Sukhavati）紺綃暗解蓮房綻耿吟眸望來去金身共騰肩談撩亂更曼惢陀羅斜吹茜雨法筵滿試回首微茫下界笑槐安蟻游倦　晼晚山邱一例莫論人間恩怨計桂魄終銷橙暈永逝（日光為橙色七彩近據天文家報告日之壽命尚有十五兆年Trillions）萬般皆變凝眄捲螺雲無盡長空惟有佛光絢（太陽系之星球無數作旋螺雲狀佛國無日月惟佛光照耀）到此際煩憂齊擲釐情休戀（予以阿彌陀經在英付梓遂譯既竟賦此寄懷）

喜遷鶯

紺雲西邁（此句為予夢中所得）乍騶入寸犀靈源通海碩朶扶輪重臺湧剎依約萬蓮傾蓋暗驚絳都花發休憶玄都花再綠章奏謝空王傳語綸音先貸　凝睞遙認取新

恨魯愁慧劍爲君解越網拗絲奐蟹穿幽小試法身無礙已闢宙光飛練還眩神光飛綵歐人近發見宇宙光（Cosmic Ray）與佛說無量光天相似指歸路在通明一色莊嚴金界紀辛未十一月十七日之夢

掃花遊

梵天望極遍寶網花幢宗空搖霧暫留虛步道泥犁未盡湼槃不住劫海風波慣穿蓮瓣來去願肯度使十二萬年拚與延佇　終見花門吐認紛蛻拋時綺囚離魔法身換汝喜金姿微妙化俱胝數舊日蜂蛾比似娛鹽愧沮爲誰賦奈冬冰夏蟲難語

鵲踏枝

腥海橫流犴狴鎖爲護羣倫欲作慈雲譁但願哀鴻棲息妥不辭玉隕崑岡火歷刦誰修羅漢果佛頂香光直照幽霾破信誓他年儻證我九淵應現青蓮朵

自在天衣舒更卷粉豔金頑來去何曾染豈畏泥犁幽與暗胸頭自有光千萬路到臨歧終不返溯海探源直欲窮星漢渺渺予懷期彼岸從教眼底風帆亂影事花城聞冕卸海水生寒一夕霓裳罷羅襪臨波歸去也遺鈿墜珥皆無價浥透鮫綃誰與話淚鑄黃金不爲閒情灑奏徹神絃啼玉妃四天雷雨冥冥下

八犯玉交枝

佛說心生則種種法生心滅則種種法滅感而賦此

光動圓菱緒牽重繭暗促鏡瀾微起一寸靈犀噓蜃市萬變氤氳紅紫花開花落送盡辛苦東風幽蘭甘抱香心死愁對亂雲殘照人間何世　須信色界都空禪天不滓無生誰證微旨占韶景春駒纔化泫涼露秋蟬先蛻把金粉從頭淨洗此身將駐琉璃地待手爇旃檀閒繙貝葉參新契

賀新涼

佳氣西來麗憶年年斜陽竚盡小樓常倚一髮瑤京橫天末慣費㶊波流睇待長跪妙蓮深際衆聖諸天齊翹首看如來授我菩提記平昔願不虛矣　飛行萬刹惟彈指繞華幢天葩遍獻祥雲迤邐回首閻浮哀無盡誓祓人間疵癘漫翠墨紅牙俊倚見說延陵乘平聲風去喜詞壇吾道存先例春枕夢試呼起詞家吳伯宛學佛證果見林鐵尊君半櫻詞

惜秋華

瑞士雪後

雪繪晴嵐矗蒼松萬影圖開皴墨幽貯小窗依依歲闌寒色皚凝縞地無垠失前度尋芳紫陌但髡林集霰鏘冰流壑　歸夢故鄉隔任胡笳送老東華詞客鴉背

外殘照遠凍雲微抹還思曉霽瑶京枕蝀鼇萬重珠闕深罳動寒光玉枝交絡故都金鼇玉蝀等處最宜雪景

右詞二卷刊於己巳歲杪迨庚午春予皈依佛法遂絕筆文藝然舊作已流海內外世俗言詞多違戒律疚焉於懷乃畧事删竄重付鋟工雖綺語仍存亦蘊徵旨麗情託製大抵寓言寫重瀛花月故國滄桑之感年來十洲浪跡瓌奇山水涉覽略遍故於詞境漸厭橫拓而航直陟多出世之想聞頗有俗傖揣以凡情妄搆謠諑爰爲詮釋以闢其謬西崑體晦自作鄭箋恨未能詳也卷尾若干闋乃今夏寢疾醫舍無聊之作遺懷兼以學道反映前塵夢幻泡影無非般若播梵音於樂苑此其先聲儻亦士林慧業之一助歟

壬申秋末聖因識於瑞士國之日內瓦湖畔

曉珠詞卷三

旌德女士呂碧城聖因

洞仙歌

飛泉天外拋素練迤邐急下千尋破蒼翠映松篁深茂巖石清奇衝澗底滾滾雪瀧翻起　炎威塵世遠風籟生寒併作秋聲滿天地曳杖慣尋幽路轉峯高貯吟袖上方雲氣藹暗發醲平　香引遊踪秀榛莽叢頭一枝山桂

前調

雪山長往看瑤光多霽此是仙源避秦地有松脂然燗鍾乳療飢賦招隱辟穀採薇堪繼　振衣羣玉頂渺渺靈修隔浦無言素心會秋靄麗遙天極目殘陽散餘綺晃穿雲背又霜葉西風憶長安問繞樹哀鴻冷枝棲未

前調

奇峯窮處驀平疇青袤畫罨湖堤換新稿有垂楊細細流水彎彎更着個一曲紅橋小小　北郊閒地在芳草無愁此意悠然定誰曉不暇感華年花落花開問何事錦屏人惱早打叠芒鞋遠尋春喜桃燦仙霞飯香丹竈

浣溪紗

一捻涼蟾入杏林鬧紅深處見秋心彩毫淒斷未成吟　香燼冷灰成郁烈琴迴絕軫變繁音小樓人影夜沉沉

前調

手把芙蓉誦楚詞搴芳凝睇黯遲思夕陽紅戀蒨雲遲　珍鳥多翔人盡處殘山青到路窮時野村幽步最清宜

前調

已信潮音是梵音，滄浪淘洗去來今，百年身世此沉吟　揭地蠻煙誰叩馬，稽天狂海待填禽，樓船高處怕登臨

前調

髻挽拋家泣路歧，陰霾愁鎖海東西，澄清天地幾時期　但有秋心悲萬象，了無閒恨到靈犀，美人香草漫猜疑

前調

莪蓼終天痛不勝，秋風萁豆死荒塍，孤零身世淨於僧　老去蘭成非落寞，重來蘇季被趨承，不聞譽訾更相凌（予孑然一身，親屬皆亡，僅存一「情死義絕」不通音訊已將卌載者，其人一切行爲予概不預聞，予之諸事亦永不許彼干涉，詞集附以此語，似屬不倫，然讀者安知予不得已之苦衷乎）

前調

仙舞新傳罷羽衣（美國柯省保護羽族之法律禁以鳥翎爲衣帽之飾）南華齊物到西夷更無鵑血浣花枝　對酒常吟傾鱠句（杜甫觀漁詩……東津觀漁已再來主人罷鱠還傾杯……吾徒胡爲縱此樂暴殄天物聖所哀）思鄉宜誦放鷴詩誓遲終古證心期（予倡廢屠之說成效期於千年後）

前調

珍侶嚶鳴不避人三年山館伴芳隣麗湖殘夢付行雲　信手花間招翠羽微吟波面引文鱗機心銷處盡天親（予居瑞士數年魚鳥皆識每覩予則追隨求飼日內瓦湖原名麗曼湖）

前調

天馬行空踏落霞夢遊西極看瓊花夢回依舊滯年華　入世早知身是患（老子云人之大患爲吾有身今術士長生之說殊無根據）長生多事餌丹砂五千言外意無涯

前調

水殿花時見寶王常儲一瓣爇心香羅胸曄曄起星光　紅雨湔愁辭茂苑綠雲邀夢入蓮房人天來去有津梁

前調

斯道尊如最上峯樓臺七寶未完工故疆休被宋賢封　音洗箏琶存正始律調宮羽變窮通萬流甄采滙詞宗（葉君遐庵弘揚詞學恆持通變之說以應時代予深韙之）

減字木蘭花

英人福華德氏 C. W. Forward 挽詞

滄波萬里管鮑分金曾竊比鴻寶能傳恰在寒燈易簀前　題箋心苦四海黃壚多舊雨義薄雲天低首長楊諫獵篇（君當十二齡時睹屠牛之慘即永斷肉食五十年中號召仁術死而後已昔英皇嗜獵君上書諫之請開湯網之仁皇爲感動永能御獵年前君欲刊所著護生之書缺金廿磅予聞之如數寄贈以成其事書甫出版而君遽歿）

汨羅怨

過舊都作

翠拱屏嶂紅邐宮牆猶見舊時天府傷心麥秀過眼滄桑消得客車延佇認斜陽門巷烏衣匆匆幾番來去輸與寒鴉占取垂楊終古　閒話南朝往事誰踵清游採香殘步漢宮傳蠟秦鏡熒星一例穠華無據但江城零亂歌紘哀入黃陵風雨還怕說花落新亭鷓鴣嘑苦

望湘人

婁廬雲青女士爲予相識最早之友去國後遂暌音訊丙子歲暮重遊故都適聞其殯由都移柩津門乃馳往車站送之頃婁魯青君寓書乞誄爲賦此詞盖紀事之作也女士著有遊記數萬言現方付梓供藝林珍賞殆

閨襘中之徐霞客歟

記荀香謝絮流韻溯芬舊家梁孟堪擬琬琰鐫華釵鈿橫海曾見步虛高致藝菊霜清紉蘭秋瘦伊人憔悴最無端一霎迴風縹緲仙雲吹墜　零亂蟫塵鳳紙殢銀鉤寫遍十洲煙水計久別重逢待話離悰相慰斷腸惟見素馨斜路如雪寒花傳儁賦楚些譜入哀絃問有湘靈歸未

齊天樂

予與美國疏食月刊主筆奧爾伯特夫人 Jean Albert 共以文字宣闡主義（排斥殺生食肉者）神交數載客夏君病中無聊每長函覼縷傾其襟抱予適忙於譯經多擱置不閱君知之而不怨予方感知己能恕之雅量亦以來日方長可緩答也讵譯書告竣君已逝世輓賦此詞不盡蒼茫之

感其所用牋封皆綠表棻色也

綠牋長斷西洲訊空餘舊情重數翠競瞼芬珠聯轡影先遗珍叢朝露游絲去住怕萬刦飄零再逢無據幾日蹉跎一番人事竟終古　瑤臺素雲拂動翥翠仙彩翼齊迓娥女苔繡思裙棻香疑麝想像芳塵何處天風珊步蜕鎖骨連環薦馨坏土待式貞徽謄冰紘自譜玄異錄延州有婦人孤行城市及卒有胡僧禮墓曰此鎖子骨菩薩也啓墓視之遍身骨節如連鎖狀又李鄴侯外傳李汝辟穀骨節珊然有聲謂之鏁子骨昔人賦高陽台落梅詞亦有鎖骨之句

臨江仙

憶　先父舊邸

莫問金張全盛際可憐愁裏年華謝堂飛燕巳天涯前塵原噩夢身世比摶沙　回首鄉園歌哭地頹垣斷井横斜素雲連苑鎖梨花當時明月在曾照故侯家

前調

空記藐孤家難日伊誰禍水翻瀾長餘風木感辛酸囊螢書慣讀手線淚常彈

東望松楸拚一慟無由說與慈顏虛聲今日滿江關重泉呼不應多事錦衣還

祭　先母墓

傳言玉女

蜀中女才子黃穉荃來書千言斐亹令之李青蓮也囑題詩集賦此爲酬

三峽瞿塘生就才人秀㠜飛湍漱石比詞源清激青蓮再世別是蛾眉娟嫿千言

倚馬風流猶昔　濯錦江邊料搴芳常浣筆吹花嚼蕊掃金閨陳迹何時夜雨剪

燭歡聯吟席停雲望遍劍門秋碧

惜秋華

詞友韋齋別十年矣歸國後便道訪之途人以訃告遂愴然迴車爲賦此

闋

十載重來黯前遊如夢恍然遼鶴悽入夕陽依稀那時池閣人間換劫秋風催賞

譜金荃零落憶分題步韻驚才猶昨　橫海錦書絕裊山陽怨笛舊情能說甚驛

使傳雁訊驀逢南陌長思挂劍延陵儻素心逝川容託凝默嘯寒巖萬楸蒼颯

側犯

爲龍楡生君題彊村授硯圖

廣陵散絕雅音墜緒憑誰揗依約贈一角琳腴寫蒼遂磷淄石不轉峭剪端溪碧

追憶似夢雨飄來伴吟席　箏琶耳洗金粉都無迹早料理攬仙潢珍重浣詞筆

秀發樵歌韻酬簑笠十斛隃麋翠翻潮汐

望江南

歸去也色界衆生悲白柰徧幢殯平帝女紫雲飛蓋輓神妃吹淚入瑤徽

前調

風露緊驂鶴夜朝真千隊珠冠寒照水人間遥指是星雲法會渺音聞

前調

常面壁歷刼總修持六轉風雷鳴地軸十方花雨下須彌道果乍成時

惜黄花慢

蠟梅

額點宫黄記壽陽鏡啓新換姸妝霽苞微綻濃熏繡幌蜜英斜蟬蒨引瑤觴萼華

重照驚鴻影展詞絹絶妙仙裳漾晚風水痕渲豔蟾暈籠香歲寒且鬭芬芳有

孤山瘦雪老闌腴霜江樓吹笛鶴翎共落花叢歎夢囈味同嘗貞姿合借精金鑄

廣平賦誰兒迴腸憶圯牆舊題鄧尉尘荒

陌上花

木棉花作猩紅色別名烽火樹和榆生教授之作

丹砂拋處峯迴粵秀茜雲催暝絢入遙空漫認霜天楓冷長堤何限紅心草猶帶烽煙餘恨又花棲蜀道鵑魂驚化淚綃痕凝　料奚囊應妒三軍挾纊不待嬌絲縷損臉暈濃醒點鈿猩屏人影鄂君繡被春眠暖誰念蒼生無分待溫回黍谷消寒同賦絳梅芳訊

波羅門引

泰山古松(即大夫松)

根蟠泰岱二千年後，倚凌雲滄桑閱盡閒身天外孤擎寒翠清籟動城闉莫乘濤龍化夜雨愁人　荒庄古春倚瘦石傲嶙峋惟許蒼筠比節丹梅攀鱗文移北山問貞木何曾甘帝秦題僞渠待勒珉青

玉京謠

荷蘭國保護動物社寄贈芳草驕驄圖蓋以予爲護生同志也

幸不孤吾德世外隣存驛訊胡天遠錦軸初開驪黃驚炫心眼豔壯采銷到吟邊占一片平蕪春怨應嘶遍萋萋千里芳郊風軟　何時八駿追隨翠涉仙瀛探異香穆苑冷眼人間風塵驟騁都倦賸玉鞭羞踏殘紅早飫破五陵春曉披舊卷珍重此情猶見予嘗譯法國 E. HARAUCOURT 氏香驄歷劫記狀寫戰場之慘頗爲國人所歎賞記見拙著歐美之光

水龍吟

千寶捲入秋毫一花一葉華嚴界影聯珠網香飄金粟寶王朝罷曼惑吹潮紺雲邀夢法身將化認長庚明處徑登初地親證領無生話　悵望滄波遙也問風帆幾時容卸浮生草草殢人無盡雨晨燈夜守定心期總持塵刼萬緣抛下待回頭記取夕陽竚盡小欄低亞

虞美人

白蓮

仙雲翠窣琉璃面銀浦流香遠一枝清越見丰神卅六湖中紅粉不成春　瑤峯太華擎殘雪十丈花重疊頎頎宜向月中看絕淨天身瑩作水精寒

曉珠詞卷四

旌德女士呂碧城聖因

月下笛

鏡攬湖雲裙瀰海翠墜芳難擷歸艎促上倦游人悔輕別寒驚遼鶴東飛夢憶前度仙巖臥雪況茂陵病損灰殘心篆賦情都歇　緗稿堆重疊費萬感哀吟不關花月飈輪暗轉斷腸無限塵劫西風如檢滄桑譜更翻遍秋雲葉葉悄凝望黯碧天垂處不見珠闕

鵲踏枝

鐵笛吹潮龍夢醒海白雲黟時見游仙影風撼迷津帆不定鶱槎枉說三山近　未信神方能駐景花萎天冠天祿行將盡惟證無生觀自性驚塵不着蓮寰淨

仙界亦非長生天冠花萎爲五衰相現之一詳見釋典

前調

夢裏尋秋秋不住碧海青天盡是徘徊處莫問前身吟舊句冰輪常轉無今古
滾滾寒潮隨玉步行雨行雲羞避行星路但有清光臨后土桂旗長作閻浮主

科學家言太陽壽命尚有十五兆年厥後惟月光照臨世界又夜潮從月力而生

前調

鳳德何曾衰末世半壁丹山十樹紅桐死哀郢孤纍空引睇微波未許微辭遞
夜有珠光能繼晷見說仙都不作晨昏計石破天驚知底事閒供玉女投壺戲

前調

夢想諸天聯席會爲問煩冤飛下皇華使冰雪誰瞻姑射子閻浮一見消疵癘
石爛南山心不死世變無窮終待釁腥洗否則圓輿成粉碎予將與汝甘偕逝

千年後當有大同之法律生命神聖
民物平等永革野蠻血食之惡習

波羅門引

驟車碾處半林秋棗墜霜紅土窰偏戶村農說與人間何世瞠目意難通願爾曹安樂稼穡常豐　關山萬重闢嶄壁鬱蘢葱怕說二陵風雨今古愁蹤雲迷大荒問何處仙緣尋赤松空谷裏自響孤筇

菩薩蠻

蠻妝曾映櫻雲絢雪山一臥朱顏變紅海十年歸相看身世非　歸來臨舊圃荆棘仍如故垂老復西征滄波逝此生

前調

仙心已倦滄溟夢愁山怨水飄靈鳳何處是檀欒瓊樓玉宇寒　刼灰金塔下白

首胡僧話一樣感滄桑還鄉更斷腸

前調

陸沉將見崩天柱素娥青女離筵聚清淚滿金尊非關餞水雲　七襄雲錦織珍護支機石莫待曙光熹枝空烏鵲飛

前調

春雲將展薔薇戰飛紅溜白花如霰人事苦烽霾郇廚翠釜哀　鸞刀摻萬戶猩泿能飄杵此恨幾時平千年誓此生紅白薔薇兩軍血戰三十年事見英史人類既苦兵禍而人類復殺物類屠場每日殺牲以數萬萬計奇痛徹天流血成海歷千萬年而不止倫敦蔬食月刊曾述此言並刊肉市之影於報美國蔬食雜誌亦言廢除肉食爲世界將來必至之趨勢抑嘗聞之世界目標趨於「眞」「美」「善」三點正義爲眞文詞屬美和平爲善吾詞家皆工審美者甯不擯此醜惡之殘殺耶願我同人共勉之「美」美甚廣茲姑就詞壇立言

前調

片帆愁唱公無渡夜長黑海飛黟霧破曉一珠寒孋光滿翠瀾　微塵三界遠歷刼金輪轉不昧寸犀靈靈飛寫契經

前調

照空花網如星月樓臺五億生光纈仙樂響琤琮隨風說苦空　瑩冰清徹底地是琉璃水此想若成時檀邦得概窺

前調

毗楞寶樹千尋起行行葉葉皆相對世界等微塵隔花見寫眞　十方諸佛事了了窺無翳列子漫乘風神游一霎中

前調

金支十四交流注八池翠繞蓮華溆珠水泛摩尼波柔意自怡　妙音宣苦寂讚

歎波羅密此想若麤成花房待化生

前調

明明如月寒光起伊人宛在中央水身相大無邊晶稜射萬千　凡夫心力弱照眼疑將矚小小貯心房金身丈六長以上四闋檃括觀無量壽佛經十六章之四

前調

萬金莫抵綸音諾肯教自誤西歸約零涕報空王山高復水長　花間當受籙繁祉羣倫祝身化百俱胝閻浮再到時

宴清都

偶檢舊篋得徐君芷生遊柳絮泉訪易安遺址見贈之作賦此追和相隔已廿餘年矣

絮影微波寄荒祠外勝游曾訪遺址寒泉浥鮮清詞漱玉蛾眉名世硯池黯點飛花認麗句徐陵慣擬似謝孃殘詠回春朦朧更因風起　隋堤漸少吹緜叢殘未理誰續芳史塵牋再展數行猶見故人深意新華暗凋宮柳早零落貞元朝士謄舊時逌水東流萍踪迤邐

綠意

題瀟湘清籟圖

塵襟待浣喜圖開十里翠陰飛滿葉戰篔簹韻戛琊玕松風尚遜幽倩疑聞暮雨瀟瀟曲漫撩起吳孃秋怨任斑枝吟徹清商夢裏繁紘低顫　炎嶠星分鶉火弄殘暑天際赭雲猶絢尺幅蒼茫未溯湘流已覺涼波吹捲六根齊淨初禪地便一萼嫣紅都貶暗鎔成萬綠愔愔歸路征鴻迷遍

百字令

瑤臺臨水記仙都縞夜清輝新沐一月鎔成銀世界來去人皆如玉市響都沉緱笙暫歇但有松濤謖軟紅慵夢那曾沉醉金谷　無端催上吳舲蓬山天遠回首蒼煙沒重見驚塵三逕晚恨滿猗蘭叢菊鏡逝顏丹梳零鬢翠暗轉華年燭舊蟾無恙隔林猶媚秋綠

瑞雲濃

買蓮供佛得手形花瓣一雙攷之釋典果有「蓮華手」名辭敬賦此闋誌瑞

金仙露掌瑤池飛下雙瓣玉井峯頭雪初綻螺紋暈碧通帝網絲絲靈綰妙諦試拈花稱兜羅膩軟　雲袂分攜憶舊侶蓮鄉采伴歷刼人間再相見綠房珠溜拭

不盡方諸清泣苦海垂援萬紅漂轉

祝英台近

懷故都作

駐宸京留翰苑椿蔭遡先世玉蝀橋邊久寓比珂里斜街燈火離離秋香炒栗空記取兒時風味　孺羅綺五侯家散宮煙珍聞數珠琲白髮高堂剪燭話稗平史重來潘鬢蕭疎蕪城孤踽更不見花鈿遺翠

前調

澹梨雲霏杏雨花信鳳城早十里宮牆依舊翠陰繞甚時玉步歸來無情阢陷又綠遍前番芳草　黯懷抱幾度倦旅招提籠紗認殘稿不分微波南渡送春老無端比素量縑故人輕棄枉竚盡蘼蕪斜照

玉梅令

蒼雲換世去國疑非計殘香墜采空蘭芷遡滄波迤邐十載卸歸帆真廬再見驚塵揭地楚桑吟篋蘸烟蝀水忍重寫棄都餘麗慣愁風愁雨心事比層蕉怎禁得茂陵憔悴

西溪子

嶽翠攀轅留客似說重來何日轉飈輪青朵朵車窗過爲愛看山倒坐漸遠漸闌珊出長安

前調

花外銀屏閒倚屏外銀河千里話清愁傷往事同憔悴驀地驪歌催起人面渺關河綠楊多

點絳脣

暮色空濛，一燈昏入菰蒲雨。扁舟何許。晝罨鯖魚浦。　華蓋遙張，嵐影微茫處。頻迴顧。天邊孤竚。蒼秀高原樹。

鶯啼序

海上法寶圖書館落成，賦此爲頌，柬遐庵館長

禎光夜騰蜃市，敞驪宮近水。蔚錦軸、密籀嫏嬛，字痕齊炳金燧。似偈錄、華嚴十萬，擕來猶帶龍波翠。漫衡量、鄴架書城，莫比瓌異。　像刻旃檀，蛻護鎖骨，話優塡盛事。闢震旦、竹舍祇園，溯芳千古能繼。照鬘天、蓮華貝葉，採三界、衆香繁滙。算維摩，費盡禪心，不辭憔悴。　海源長往，皕宋飄零，尚刼灰餘幾。悵四庫、叢殘漸少，鉛槧誰理。日薄虞淵，夕陽未墜。傷心秦火，斯文先燬，雲罔不返招魂賦。載胡艛、石剷花

綱碎觚棱獨秀從今法寶琳瑯幸存魯靈光裏　金仙東漸玉馬西來早風雲換世記景運圓輿肇啓麗日中天轉碧迴黄萬流都靡龍蛇起陸烽煙揭地銷殘萇血窮則變挽銀河終見兵塵洗梵音説與羣倫象敎宏傳大悲妙諦

八聲甘州

丁丑陽曆六月四日爲予十年前卜居瑞士雪山之始感舊傷時漫成此解

訝年華脱手箭離弦仙游夢初蘧憶巖棲乍穩牽蘿剪淥小貯琴書簾捲寒光積雪皴玉照晴虚映鄰潭倒影琪樹扶疏　歸棹無端東泛又青山犖越芳草愁吳問玄都花事刼後近何如悵浮生萬緣波逝更無一事可還珠憑誰省舊哀新感證與冰蜍

瑞鶴仙

予昔有齊天樂雪山觀日出之詞今遊炎嶠觀海日將沉奇彩愈烈更賦此詞而感慨深矣

瘴風寬蕙帶又瘦影扶筇楚香閒採登臨感淸快對層雲曳縞亂峯橫黛搴裳步隘正雨過湍奔石瀨戰松林萬翠鳴秋併作怒濤澎湃　凝睞陰晴弄暝愁近黃昏蜃華催改明霞照海渲異豔遠天外竚丹輪半謝迅頹羲馭哀入驟平　姚壯采渺予懷此意蒼涼更誰暗解

國香慢

素蘭和樊榭山房之作

九畹春荒又雪飛香海催渡仙幢天門夜涼初闢笙鶴齊鏘瞥眼玉冠諸娣翩然

下襜翠成行臨波試羅襪萬里清流猶似沅湘　孤芳逢叔世但銖衣侚絅秘掩紅妝馨斯后土鄒魯惟素稱王未許靈均紉佩空孤負楚夢秋纕幽憂換雙鬢誰賦風詩小雅繁霜

摸魚兒

元遺山樂府有摸魚兒詞序云「乙丑歲赴試并州道逢捕雁者云獲一雁殺之矣其脫網者悲鳴不去竟自投地而死予因買得之葬之汾水之上號曰雁丘時同行者多爲賦詩予亦有雁丘詞舊所作無宮商今改定之」按遺山此作開詞人戒殺之先例謹按原調和之人類以强凌弱而弱者復凌異類予深恥之安得普世廢屠以湔此大恥耶

繞孤丘苦蘆寒瀨土花悽護貞蜕義聲不讓田横島成句此豸千秋能繼詞苑事有

翠墨甄奇宮羽流哀麗隴書休寄早唳斷銀雲影沉沙嶼霜月弔汾水　憑誰解

依様雀螳相伺强秦盲視公理我悲貂錦胡塵喪殲弱亦吾長技穹宙裏問齊物

同仁寧有偏畸意塵嬗應棄願手挽天河圓輿淨滌終古雪斯恥

附録

予既和遺山雁丘詞憶及舊譯「鹿冢」詩正義嶄然尤足媲美（英文原作見拙譯歐美之光）爰録於此以光吾集

鹿冢詩又名投槍行

美國James J. McDonough摩克當納氏作

灩灩鹿湖水六丈深且瑩有槍沉其底往事感生平投槍緣何事仁義所驅成流光三十載回憶心猶怦其時有牝鹿就湖飲清泠吾槍既發鹿蹶不能行既蹶復奮起步趾苦伶仃迤邐隔遠陌宛轉聞悲鳴吾

心驕且喜趨前視所贏始知爲鹿母舐覓如撫嬰雛鹿驟失母弱體尤
羸驚吾魂方驚醒羞愧相交縈又如人以指直指吾心阬指我復鄙我
刺痛如棘荆陷我於不義此槍實堪懲棄槍如棄玦決絶鐫心銘長跪
向湖畔申誓兼涕零我永不食肉我永不戕生湖濱葬鹿母摶土築孤
坪揮淚對坏土懺㦖輸悃誠迴身取雛鹿偎擁哀且矜抱覓獨歸去日
暮悽長征一曲碧湖水悠悠萬古情

年來潛心梵夾久輟倚聲由歐歸國後專以佉盧文字迻譯釋典三載始竣形神交瘁乃重拈詞筆以游戲文章息養心力顧既觸夙嗜流連忘返百日内得六十餘闋爰合舊稿釐爲四卷草草寫定從今擱筆盖深慨夫浮生有限學道未成移情奪境以詞爲最風皺池水狎而玩之終必沉溺凜乎其不可留也至若感懷身世發爲心聲徵辭寫忠愛之忱小雅抒怨悱之旨弦歌變徵振作士氣詞雖末藝亦未嘗無補焉予惟避席前賢倒屣來哲作壁上觀可耳丁丑孟夏聖因再識

惠如長短句

惠如長短句

旌德呂惠如

瑣窗寒　綠陰

空欲成煙，淨無堪唾，碧愔愔際，淒迷一片，隔斷故園千里。隱江邊誰家小樓，有人背立斜陽裏。正單衣纔換，玉釵風漾，滿身涼翠。　花事久消替。又換了梅園，清和天氣。鳴鳩乳燕，共賞綠天新意。想前番殘紅褪餘，此中猶有春魂寄。伴晝橋明月眠琴，夜色籠清綺。

掃花游　清明

一番雨過，早梨雲卸了，新煙乍起。曉霞晴膩。漾籠門翠柳，萬家春意。粥冷餳香，人隔秋千巷尾。數花事，正開到杜鵑，恰染紅淚。　埋玉芳草地。有多少春魂，墓門長閉。綠羅裙碎。想化成蝴蝶，飛來塵世。如夢光陰，衹有斜陽不死。黯紅紫，鎮年年畫

愁無際

青玉案

東風一樣閒庭宇又一樣斜陽樹祇是朱顏難得駐鏡中人老塵中夢醒懷抱難分付　沈沈往事休回顧且慰藉當時苦喚起少年情緒否吟秋風調愛花心性此意還珍護

臨江仙　擬易安

庭院深深深幾許倚風簾幕低垂海棠紅冷雁來時徘徊團扇曲藴藉悟秋詞暮雨黄房人悄悄無聊獨理琴絲寂寥心事有誰知斷無人可憶何處説相思

浣溪沙

天末風起秦淮歌舫漸稀木樨香時秋陽驕亢人多病齒頭眩江南呼爲

桂花燥賦此詞

金碧樓臺咽暮蟬燥晴秋見夕陽殷夢思疎雨滴簾前　八月涼波桃葉渡一城秋病木樨天惱人風物寄吳箋

點絳脣

暝入高樓西風又送砧聲暮斷鴻來去雲暗江天路象管鸞箋不賦銷魂句秋懷苦愁風愁雨人是芭蕉樹

蝶戀花　秋日泛舟

楊柳蕭疎秋欲笑細雨斜風涼入漁人棹八月湖山供笑傲全家都作煙波釣醉向青天歌古調短笛無腔不怨知音少我自夷猶天地好古今一任愁難了

浣溪紗

兔魄初殘桂蕚凋彎彎月子倩誰招空庭蟲語鬧如潮　花暖鐙深渾似夢酒闌人散轉無聊强將笑語憶前宵

齊天樂　重九游雨花臺

連呼酒上荒臺去詩心欲飛巖岫一抹斜陽滿城煙靄萬柳垂垂低首鞠花開否正翦出金英雁風吹透十畝霜腴看來花不似人瘦　世間多少榮辱任西風馬耳於我何有此日秋清去年人健難得好懷依舊一杯在手看轉燭光陰俊游休負幾個重陽幾回開笑口

鵲橋仙

鐘聲遠寺雞聲近陌曙色漸分林罅秋雲何處隴頭飛正木葉亭臯初下　瑶階涼露瑶窗明月一片融成瀹雅曉來無處覓吟魂想神與西風俱化

踏莎行　末句櫽括杜工部詩意

廊閃晶燈鸚棲珊架半庭竹影流雲瀉紫簫吹澈洞天空浩然風露飛蟾下　碧海煙澄霓裳曲罷夜闌誰共瓊樓話冰壺休涴九秋心天寒珍重姮娥寡

洞仙歌　菊

蘩金碎玉看幾枝疎瘦昨夜新霜又重九正古簾月悄羅薦香寒是詞客薄醉微吟時候　南山眞意在孤絕幽芳千載襟期繼陶叟端不負初心寂寞東籬總未向東風低首願歲歲秋光似花濃這夕照閒門有人同守

祝英臺近

冬月六日偕戚畹薄遊清涼山於掃葉樓清涼寺之間別得古刹境極邃僻搴蘿攀崖藉草成興惜無畫手寫此冬山共話圖也

步蒼厓扶蘚磴一徑入幽窈絕壑雲深翠色帶風篠可能呼起冬心倩他古筆寫出這寺門殘照　世緣少待將結伴誅茅乾坤一亭小人哭人歌甘向此中老似聞鶴語空山忍寒餐雪總不向紅塵飛到

疎影

冬月廿四日初雪紅萼未吐翠樽不傾兀坐小窗蕭然意遠賦此解自慰

峭風弄冷正搓酥翦水飛雪初逞雁影冥茫樹色迷離長空一片濤迴滄江日暮雲陰合早又是千山送暝想翠樓初捲重幃寒入玉人蝤領　寂寞梅邊韻事冷紅猶未放誰助清興巷陌沈沈枯柳蕭蕭那有故人車聽還思極浦揚舲去怕凍合鮫宮明鏡盼中庭皓月能來共賞玉臺仙境

浣溪紗

朔風騷屑雲水淒其釀雪不成雨霰時集九九光陰已過强半正遲六花之際也

雲嬾無心鬭玉龍噀成珠雨澀寒空不知天意恁惺忪　風竹吟成雙管玉小梅開破半椒紅殘年憑賞莫匆匆

憶舊游

羈泊江南匆匆十五年矣桑海遷易百憂塡膺行將卜居冶城山麓以秣陵之煙樹作故山之猿鶴勝地有緣信天自憙時藉倚聲聊攄襟抱

記襟分遼月鬢染吳雲十載猶賒老向江南住把莫愁故里當作儂家青山待人情重留與共煙霞看轉燭人情摶沙世事且伴梅花　獨立水雲側似信天翁鳥飢守蒼葭沒個消凝處倚東風一笛自遣生涯平生不願枯寂冷處亦清華正怕

作愁吟郊寒島瘦誰效他

法曲獻仙音 雪等件

玉屑千家珠塵萬斛晴日幾曾烘盡暗水無聲懸冰未泣冷煙猶沍蘭徑正歲晚空山裏爲誰賦招隱 黯消凝甚靈妃不歸滄海癡喚月凍煞珠衣空等薄暮乂輕陰蕩同雲一片凄冷幾朵飄霙又重裝園林齊整待瓊姨月姊一笑相逢清靚

高陽臺

夕照山川驚濤世界何堪更感流年雪霽荒郊匆匆換了桑田人間那有歡娛地問銷魂春在誰邊但蒼茫一棹寒朝萬柳風煙 浮名早付行雲去笑誰將腐鼠猶忌鵷鶵料理琴書襟懷且自悠然梅花嬾續東風夢抱幽香自老青天祇難忘萬里春愁託與啼鵑

浣溪紗 庚申除夕

絳燭籠紗照夜闌瓊籤愁報曙光寒一年陳迹付飄煙 儘使江流馳短夢待招春色入吟箋好懷休自減中年

清平樂 又

翠樽紅炬送了年華去聽盡鄰娃歡笑語好在不知愁處 春風又到人間憑樓何事相關多少夕陽煙柳可憐如此江山

浣溪紗

楊柳蒙煙覆大隄黃昏人擁市橋西畫船燈影漾明漪 玉笛新聲方入破斷鴻江渚正愁飢酒闌猶問夜何其

前調

忍俊難禁幾日晴吳錦齊脫越羅輕嬉游天氣快心情　二月東風如夢軟一城

春柳插天青落梅無語下風亭

好事近

殘雪寄崖陰淺碧已生纖草三兩幽花誰見有詩人能道　春寒猶鎖玉樓人尋

芳喜儂早偏有小黃蝴蝶更比儂先到

前調

滿袖落梅風吹笛石頭城下楊柳小於嬌女倚赤欄低亞　六朝金粉盡飄零燕

子傷心話賸有齊梁夕照罨青山如畫

先長姊惠如邃於國學淹貫百家有巾幗宿儒之概矢志柏舟主持姆教長江甯國立師範女校有年人多仰其行誼歿時家難糾紛著作湮沒遺稿之求列入訟案蓋與遺產同被攫奪亦往古才人所未聞也時予方由美歸國甫卸塵裝茫無所措承蔣竹村居士等協助遍蒐未得歎爲人琴俱亡矣右詞一卷近始承友人寄到惜非全璧本擬爲刊專集因頁數太少乃附刊於此竊思先姊平生致力不僅詞章即詞復湮沒太半誠不幸已聊誌數行以慰泉壤棖觸家事感慨係之沉哀永閟又豈詠歎所能宣其萬一耶噫丁丑六月碧城謹跋

玉并撰

香珊瑚館詩詞

民國十九年（一九三〇）鉛印本

提要

玉玶《香珊瑚館詞》

《香珊瑚館詞》一卷，玉玶撰，與《香珊瑚館詩》合刊爲《香珊瑚館詩詞》，民國十九年（一九三〇）鉛印本。上海圖書館、吉林大學圖書館等有藏。《香珊瑚館詩詞》集前有庚午秋寶熙題簽，玉玶小像一幀，孫宣公達所撰之《玉夫人象贊》，宗威序，尚秉和《三六橋先生姬人玉玶權厝志銘》，徐世昌所撰之《晚晴簃清詩選小傳》，三多所撰之《玉姬小傳》，另有三多、樊增祥、王樹枏、楊圻、吴璆、梁志文、王式通、宗威、陳衍、孫雄、俞陛雲、李翊灼、何振岱、曹經沅、王揖唐、羅惇曧、葉心漢、談國桓、穆元楨、黄式敘、王嵩儒、繆潤紱、金毓黻、榮孟枚、沈瑞麟、王杜、王耒、任承沆、錢育仁、袁金鎧等悼詩，蔡寶善、郭則澐、郭宗熙、譚祖任、邵章、王楨等悼詞。詩、詞各一卷。

玉玶（一九〇二—一九三〇），字珊珊，北京人。四歲而孤，育於姑家，年十五歸蒙古三多爲第三妾，年二十八而亡。解吟詠，詩詞畫兼擅。玉玶並非她本名，其本爲大户人家之女，家道中落，與人爲妾，故諱其姓氏，「玉玶」之名是其夫三多所起。從三多在其過世當年也即詞集刊刻當年所作《悼玉姬》詩中小注「今年余六十，兒孫欲謀慶祝。因仲春亡次妾，近又喪姬」等語可知，玉幷與其夫有三十餘歲的年齡差距。然夫妻感情頗佳，且玉幷亦以其人品學問在家中受上下愛戴。故其病亡後，三多更是請數十人爲其撰寫悼詞，並將其生平所作詩詞出版，亦可見對其愛惜之情。當然，這也可見其夫的影響力。三多（一八七一—一九四一），字六橋，隸蒙古正白旗，近代政治人物，清朝和民國時期先後任杭州府知府、浙江武備學堂總辦、洋務局總辦、京師大學堂提調等職。亦是文人和書畫家，著有《可園詩鈔》《柳營謠》《可園外集》《庫倫蒙城卡倫對照表》等，與當時諸多文人學者如陳衍、何振岱、譚祖任等有交往。《香珊瑚館詩詞》收玉幷詩詞作品五十餘首。詩多詠物、題畫及夫婦唱酬之作，詞以小令爲多，題材内容與詩相近。詞風樸素自然，徐世昌《晚晴簃清詩選小傳》謂其詩詞「俱敏妙」。

香珊瑚館詩詞

庚午秋

寶熙題

臣熙

玉夫人象贊

猗與夫人懷芳含芬誕庠右族爰侍勛門
婉婉有容惟義是勤克遵禮規而服於仁
默識通微洽覽游文畫梅比絜唄佛味因
雅尚遺俗端操殊倫展矣淑問來裔攸尊

孫宣公達拜題

香珊瑚館詩詞集序

從來名士每悅傾城自古佳人都饒慧業則有燕支色好休言塞北無山蟾魄圓時正值閨中待字緬其身世去去無家授以詩書琅琅上口維時吾友六橋都護龍堆遠宦虎節還朝巍然領袖關東猶是少年城北玉瑠緘札書中莫道相思油壁香車陌上迎來佳麗絳仙才調儂是書生碧玉風流郎呼小字錯疑柳隱謫臥子于雲間宛似董姬歸巢民於水繪豈爭列屋閑居之寵饒有繙書賭茗之才藹藹迎人大婦暱爲閨友依依問字

羣兒競拜先生記會節署春風走雲軿於塞上偶值都門佳日訪花市於城東有時紅汗盈肌煩玉魚之沃肺旋告青囊起疾仍小鳥之依人固已天涯芳草朝雲則此曲能歌江上桃枝鐵老則無花不樂矣且夫才豐者命必嗇情多者性必厚才人恆例女子類然當夫藥罏生活答夫壻之恩深襁褓提携視嬌兒如己出爐寒問暖拚妾工夫細骨輕軀爲郎顦顇雖曰結眉表色時有憂思依然弄墨然脂未忘積習回思去夏於役遼東有美同車其人如玉舉目山河風景非復當年回頭城郭

人民重來故地鴛鴦都尉無遠道之傷離驃騎將軍有舊人之能識既而子身遄返宿疾旋增積素傾腸病黄欺臉商量藥裹猶强笑以爲歡雜誦楞嚴每持齋而自課勿復吟旌久滯行矣勉旃毋忘病榻單棲誰能遣此俄而讖符白奈贈少青棠倩女魂離飛瓊聲杳擘開玉玦猶疑噩夢非真吹折花枝竟任罡風作惡情胡可已命也如何櫟園夢楊柳門前念珠零落月上痛茭蘆庵裏栗主淒涼來日大難既悲逝者神傷若此何以慰之兹者故宫月冷時六橋廣西華門内虚室風淒忍檢脂痕重温茗

話靚壁間之遺挂獨夜愁君摟篋裏之清辭一編授我幾曾擊碎移來石尉園居猶帶餘香付與徐陵筆架見夫背搔如意楮墨痕新腕搭闌干柳絲春老已覺芳霏屑玉色豔紉珠又復偶調粉盝臨管仲姬之畫圖親寫金經爲李三郎而蘄福莫道無聊憶語即算收場從知未免有情還期入夢於是抽毫凝佇展卷旁皇愴玉骨之長埋幸瑤華之成集願借湘東第三之管藉塞餘哀竊媿少師尺二之書爲銘溆謐庚午夏六月宗威書於東北大學

三六橋先生姬人玉井權厝誌銘

尚秉和 節之

姬名玉井字珊珊詩人三六橋之簉室也大興人姬諱言其家世故不悉其姓氏云年十五歸六橋以庚午四月廿二日卒於北平年二十又八時六橋客瀋陽感異夢亟治裝歸及至都姬果卒六橋悲甚既賦悼亡詩幷撰述其行事影印姬生平所爲詩畫求當代士夫題咏而以誌屬余覽其遺墨及詩詞而知六橋之悲有以也姬生四歲而孤鞠於姑家以其慧也教之讀不數年能

吟咏爲詩歌未幾姑家復中落六橋聞其賢幣聘之婉
婉淑慎上下悅喜家中小兒女咸從問字授書遇僻字
僻義則爲抽架上書箋釋之黏壁上皆滿歲丙寅六橋
病風失音姬一身百役者數旬嘗夜籲天願以身代既
而六橋病果瘳姬遂蕉萃瘦損始六橋家世富盛至是
漸貧姬悉其故諱言疾會六橋次姬何氏亡姬哭之慟
愈羸促使就醫又二月遂以不起嗚呼傷已姬工書畫
詩清淑如其人所著有紺珠稿并詩詞各若干卷姬之
卒暫殯於極樂林銘曰

濟纚者聲耶連娟者形耶天胡畀以質而嗇其生耶翩兮婉兮有餘馨耶春風秋月珠宮貝闕魂暫羈於此以待夫子

晚晴簃清詩選小傳

徐世昌 鞠人

玉井字珊珊大興人蒙古三多側室有香珊瑚館詩稿詩話玉井先世本右族幼失怙恃育於他姓逮侍六橋諱其姓氏固詰之則慘然曰今爲簉猶復修言家世耶六橋遂以玉爲之姓事六橋甚謹初不暗六法及見六橋作花鳥便能撫績學爲詩詞俱敏妙歿年二十八六橋作玉姬小傳徵時人題咏樊山有七律八首哀豔獨絶

玉姬小傳　　　　蒙古三多

姬人玉并不幸以庚午夏四月二十二日卒時余于役瀋陽越六日始克還將以視其疾至則已遷殯北郊極欒林矣驚痛前塵房帷改跡送形長往悽切增欷爰搵泪筆述其概略以告當世玉并字珊珊北京人生四歲父母俱亡其姑撫以爲女姑之翁愛憐其聰慧爲延師課焉不數年畢四子書及詩傳均能成誦尋翁卒家落遂附鄰塾歸則自肄習不倦歲丁巳春余自遼入都述職聞其賢禮聘之才十五耳是爲余第三妾初來侍時

喜作男子裝家人戲以女學士呼之遇人謙讓自下雖僕婢未嘗見其疾言遽色諸娣間尤和順甚得大婦懽時四兒六兒五女曁孫輩未就外傅日從問字講典故姬輒繙架上書史凡奇僻新雋摘鈔黏壁間時時爲之解説以是小兒女益親之若師保姬體夙羸弱辛酉秋隨侍還京居數月忽豐碩至不能頫體自著韈韈後大病復瘦削丙寅七月余患中風不語二十餘日遺矢溲便皆賴其扶護之一身百役衣不解帶者月餘嘗夜籲天願以身代及余病已其瘠益甚蓋病伏於斯時矣踰

年患咳漸劇勸其就醫恆以怕飲苦水辭去夏六月余有瀋陽之行堅請相隨既至忽患痢治之踰月稍差又心念六兒旋返六兒大妾石氏出斷乳後即從姬育時寒煖飢飽不啻如己出者及仲冬余歸姬咳加劇問何不治笑曰歲入不豐奈何以妾病滋君累耶促之亟則謾應之今春二月次妾何氏亡姬哭甚哀愈將不支乃强住日華同仁醫院再踰月不效輿之歸以中藥暨鍼砭進飲食銳減然精神若常猶日念佛誦經咒如恆課迨四月十四日飲食稍進挽余謂曰妾病泥君東行久

矣宜急去急歸何戀戀爲余察其狀亦以爲暫可無慮即日行抵瀋陽入日忽夢見天空垂黄色紙長二三丈許朱書七言絶一首甫獲觀珊珊今日即生天七字輒驚起徘徊室中忐忑不能復寐翌晨買車又爲事阻至則姬果以是日卯時卒距余得夢時僅一刻耳姬事余十三年無毫髮弗如意丙寅秋余大病家事一倚委之舉凡衣物書畫以及日用凌雜悉登記比歲生寡食衆首自典衣飾爲家人先或非之即正色曰此身外物皆夫子賜也夫子在何患不得而律己益嚴至力節醫藥

資頗穎以没是可哀已姬初不諳六法及見余所作花鳥模繪便有殊致暇日更出家藏卷軸摩挲達夜分不勌性喜梅因多畫梅名所居曰香珊瑚館平居好學甄摘舊文隨錄隨散存者有手書金剛經二冊畫一冊香珊瑚館紺珠稿二冊詩詞稿一冊卒年二十八其先世本右族幼孤育於他姓故諱其姓氏嘗固詰之慘然曰爲箠猶復侈言家世不益爲祖宗羞邪余遂以玉爲之姓從其志也卒之日余家上下數十人皆痛惜流涕六兒哭之尤慟云聞疾革時且慮傷余懷諄屬家人毋馳

告於乎余何厚於姬而瀕死猶惓惓至此耶

悼玉姬 三多

卿到吾家是盛時綵衣爭舞酒爭持今年爲避稱觴日更弱纖摻晉玉巵今年余六十兒孫輩欲謀慶祝因仲春亡次妾近又喪姬出遊避之

忠誠汝亦可如龍用杜茶村謂董小宛並忠龍比語莊敬吾奚敢比鴻用小宛引梁鴻事怕讀影梅菴憶語傷心輙半事雷同

學詩學畫學填詞妝罷閒求我作師沈水一鑪茶七碗不嫌雲鬢對霜髭

代課兒孫筆試拈紙鈔典故滿牆黏書窗一樣挑鐙坐誰復重談昔昔鹽

世傳紅豆止三枝更道金山尚有之賭茗繙書輪强記

每逢獺祭最相思世傳紅豆僅虞山歙粵三株去年余作紅豆詞有南國生無第四枝句姬笑曰固有四枝何謂無余曰何據姬檢示金山姚蘇卿紈墊詩集題曰曩時先姑母戴孺人於秋琴閣下植紅豆一本經五十餘年矣今歲四月忽萬花攢簇云云其留心如此今失我記事珠矣

前身未必是紅裙巾帶仙乎迥出羣十七歲前喜作男子裝不受

人間封一品超凡應勝善持君龔端毅之顧夫人也

會言簪巧學吳娃博得鍼樓女伴誇居士主人應羨妬

寍惟小字奪梅花姬初不解吳語往年七夕忽笑謂余大妾石氏曰今日可簪巧矣咸異之蓋適閱吳趨風土錄也梅花居士陳孟賢侍姬號梅花主人孫蘊玉女士號皆吳人通文墨

繡口無需荳蔻含閒揮紅塵愛清談脂香總帶詩書氣

疑是瑤池女十三

閒攝笙歌入茜窗依稀紫韻與紅腔自聞伶女謳悽切

不復聲偷絳樹雙姬於文字外雅好歌曲往往隨余觀劇歸輒以留聲機無線電證其同異一日某女伶來忽有所感自此遂輟

頻年易地避兵災一事高於漱玉才書畫鼎彝都忍棄

左扶夫主右攜孩孩謂大兒

清娛屢件出關遊不待俱歸僅去秋指粉印窗絨唾壁

握君同慟柳邊樓去秋姬自遼先歸別詩有獨夜教誰搔背癢且留如意替人陪句今成讖

矣如意一
名握君

寫經回向本生親更感姑家育此身病裏匆匆都報答
尚留兩部與何人

碧海青天夜更長向時膽最怯空房先期蘧倘能相伴
次妾何氏先姬較勝他家小六娘小六娘先期相俟不
七十五日亡憂無伴焉小青致某
夫人遺
書語

踏青人去躡鞮芬見藻會陪夜夜熏夢裏願爲飛蛺蝶
餘香可向徑茵聞

强支瘦骨徇春寒捱過清明看牡丹一片斜陽紅盡處

柳絲猶搭曲闌干（姬闌干詞有搭柳幾絲横代腕句）

一坏心願竟先償，祔葬西山土亦香。他日得逢燕許筆，少房名字載碑詳（余嘗擬西山卜生壙，姬曰願爲妾等留一坏。元黄滔譔鄭青棲墓銘，娶傅福，字世昌；少房徐偉，字妙英，皆前君卒，同葬縣東。他日當援例以從姬志）

多愁自誤太聰明，那得焚香死復生。還悔平時疎領略，帳中淚眼看潛英

相逢整整十三年，大婦居然見亦憐。不樂自傷身世感，忽驚緣盡去生天（姬於丁巳四月十四日來歸，今夏四月十四日余東行與之話別，蓋整整十三年。倘佛氏所謂緣盡即離邪）

來本無來去亦無飄然還有一狸奴香南宣佛聲同杳

併不能尋活手鑪姬愛一白貓時不離左右冬日抱以煖手謂爲活手鑪病中忽失所在

明知萬事是空虛總覺情禪懺不除宛若欲同方朔老

可憐此願竟難如

為六橋悼玉姬　　樊增祥雲門

還京難覓返生香，但撫桐棺泣數行。君四月下旬歸，則姬殁數日矣。金粟生期前世果，蓮花道服殮時裝。蝀風掃地收春色，薤露求人作道場。君謂誦經禮懺不如垂老詩人商寶意用輓歌之爲得也。一生才調付環娘。

世間眞有女珊瑚，腸斷將軍爲彼姝。蜀國美人郎作賦，相如爲文君作美人賦。臨川君子女爲儒。女爲君子儒，見臨川四夢。文章雪苑傳香墜，滌淚西河弔曼殊。粉鏡香奩無恙在，風開羅帳舊人無。

將家人樣好丰神魚嶺仙車送玉真慧甚昭華詩弟子

姬歸六橋後頗能詩詞

病辭花蕊女醫人姬病不謁醫爲省費也釵工紫玉休論費珠婢青蘿共禦貧衣飯尋常只蔬布不隨時世鬬鮮新

婷婷嫋嫋出豐臺紅豆何能爆冷灰生有根源同芍藥歸仍縹眇上蓬萊清詞靜女貽彤管宿世沙彌託畫梅

姬畫梅最工

洛女倘更男子服何殊繡虎魏王才姬十五歸六橋猶作男裝

巖巖山海古巖關新婦來經路百盤恍與仙人同跨虎

縱爲側室亦驂鸞鴨頭緑印羅敷水旌節花圍碧玉欄千騎東方茶火色喜將夫壻上頭看（姬初嫁即隨官奉天節署此生平最得意時也）

寅年郎主動肝風宵晝扶持百日功苦口闈中嘗藥草貧官關外缺蔘茸籲天力返緱山鶴爲汝將成藥店龍祈主延年奴減算江流不盡淚花紅

昔逢絡秀委青禽多病多愁直到今祿米憐儂虚湩乳（姬無子黄漳浦喜蔡夫人生子詩有乳汁不從俸米得之句）潤金累壻置衣簪（犬橋罷官後以潤筆自給）絮泥燒作鴛鴦瓦蘭佩香留翡翠衾淚漬納蘭

雙鳳硯孤鸞獨鶴最傷心雙鳳硯在六橋處

煙波氣息北方含不到西湖死不甘郎讓仙姬騎白鳳

兒思保姆哭金蟾姬初來六橋即以少子付其撫養肯依松柏蘇娘墓

願附茭蘆月上庵爲築六如亭子否朝雲或許是同參

姬近年誦經咒極虔

兄祥坿啓

輓玉姬詩令曾孫輩録出聊慰悲懷年來多作歡

喜詩哀詞不輕落筆因與吾弟至交玉姬又才而

賢此晚年僅見之作也

六橋以悼亡詩屬題敬賦　　王樹枏　晉卿

潘魚陳燕杳無緣，日冷瑤池玉化煙。金縷歌殘花欲淚，錦屏人去月空圓。情知夢幻愁難遣，如夢如幻，萬無懷二姬賦就。元劉痛若煎。小謫人間莫惆悵，瓊臺高處已登仙。

百方無處寄相思，況屬生離死別時。始信眼前空是色，祇餘身後畫兼詩。緣慳一面愁無奈，淚滴重泉痛豈知。我亦多情白居士，楞枷無計慰微之。

玉姬哀詞　有序　　楊圻　雲史

六橋丈愛姬玉并字珊珊，能詩詞，工繪事。去夏隨丈來遼過舍必偕與余姬狄娥甚相得爲娥繪鷺鷥一幀丈見贈一箑書燕歸來詞並畫紅杏姬爲補一燕焉今夏余攜娥入都而姬適於是月疾卒丈傷之甚輒題五絕以塞丈悲

霸得詞壇復將壇綠梅都護足爲歡捧來雙鳳勞紅袖一代詞人峙納蘭有清以詞名者成德常安及將軍將軍又藏成德畫像及雙鳳硯

生小多愁磨蠍宮思親凝淚唾壺紅朝雲靜愛參禪定身世相憐有長公

醫巫遠翠鬬眉彎載得紅妝出塞關莫問當年行樂地

可憐綠滿兩遼山姬出關詩有幾時跨虎能偕隱更向醫巫閭畔間句

七月長城露滿天將軍獨夜恨綿綿且留如意成詩讖

搔背無人慟去年去秋姬因家事由遼先歸寄大詩有獨夜教誰搔背癢且留如意替人陪句今成讖矣

飛龍藥冷恨冥冥欲訴前蹤不忍聽我異香山慰元稹

楞枷有字便非經

六橋都護深悼玉姬作此以澹其悲且廣其意

吴璆康伯

珊珊秀骨本天成鶯燕同傳藝苑名較勝隨園詩弟子

姬人兼署女門生
巾幗微嫌氣不揚鉛華偶洗學男裝前身合是黃崇嘏
便作參軍也擅場
簪花書法倣來真洗硯臨池妙入神墨竹梅蘭盡清絶
瓣香還奉管夫人
寄遠詩篇似若蘭迴文宛轉任君看西風簾捲同花瘦
更有新詞繼易安
潤腑安能仗玉魚竹根難覓夢蘧蘧東坡悼朝雲詩歸臥竹根無遠近
安禪會得朝雲法自寫金經證六如姬去夏在瘞語內子以夜不安寢內

子勸持準提齋咒奉行甚力並虔寫金剛經

決定生西郭妙圓空中神語忽宣傳沈施淨業期都就莫續娑婆世界緣用善女人傳郭妙圓及沈施氏事

梁志文 伯尹

六如亭畔認湖田淨土生來好種蓮小謫人間緣易滿歲星剛過一周天

畫圖能與鬭嬌嬈詞翰還同慰寂寥收得紅裙稱弟子原來此福最難消

防秋猶說舊旌旗美酒羊羔彼一時自寫梅花供紙帳

再休疑是黨家姬

更從何處問家門絡秀終生見淚痕嫁得安東愁未解

城烏豈獨泣王孫

惆悵空花數舊枝河間傷逝有新詞香魂自識關東路

憶否銀缾墮地時

王式通 書衡

蘭錡門高愛獨偏清心玉映想夫憐難銷關外孤吟恨

纔信閨中屈節賢蔓葛陂婆情惝怳影梅菴主語纏綿

玉簫儻慰韋郎意應有西川再世緣

宗威子威

參軍側帽自風流綏綏香車擁碧油今日重來最惆悵
幽花獨媚殿西頭六橋曾廣西華門外今改爲公園矣
小星記得露銀河淺笑輕顰態轉多行近簾前渾不辨
長袍窄袖五紋鞾
和順能諧大婦歡諸姬善處更相安不勞松雪親家計
日用零星簿上看松雪有自寫家用簿
閒時搜栗與徵貓壁上親黏字幾條人去幃空塵滿篋
萬愁如海月如潮

臉紅漸減病黃添，無復新妝對鏡奩。書篋畫廚衣笥在，手痕忍檢玉纖纖。

單衾孤枕夢模糊，弄玉升天事有無。起視殘星人不寐，那堪憔悴女珊瑚。

拈花一笑禮優曇，香火因緣付佛龕。小宛輪君同歲逝，四年福勝影梅庵。姬卒年同小宛。小宛事巢民九年，君與姬相共十三年。

去歲相逢逆旅中，鈿車聞乍去遼東。鑪香茗盌温情話，愁煞平頭六十翁。

珊珊幽怨託題詞，悵望人天又一時。悽絕斷腸董文友

蕭條情夢月來遲 董以寧珊珊怨題詞有聘月來遲蕭條清夢語姬小字珊珊
故宫秋冷雨如絲會記酬君飲水詞今夕安排雙鳳硯
挑燈自寫悼亡詩

陳 衍 石遺

嗟君小宛歌離日是我橫波攏髻年除勸辟量重解珮
替人垂淚亦徒然

孫 雄 師鄭

娥眉自古遭天妬不見情娛享耄齡跋涉長途時顧影
商量同穴預鐫銘賞音難覓絃終絕典故勤鈔筆不停

苦憶弄珠樓上坐臨窗扶病寫金經
義山獺祭有誰俱點茗繙書隻影孤官誥何曾拔一品
鄉音偶爾學三吳壽觴合避萊衣舞畫稿猶存水墨圖
陌上花開環珮返夢中小字儻頻呼

俞陛雲 階青

鏡裏修蛾翠欲顰湘簾過雨一逡巡宓妃繡枕無遺語
秦女飈輪迥絶塵餘馥已隨春夢遠殘書猶認指痕新
荼香花月依然好用影梅庵事衹有檀奴暗愴神

李翊灼 證剛

我觀世界如海沫雲流星聚電一拂人生其間抑何促
升沉自昔殊因緣沉之九淵升九天阿誰於此獨蘧然
六橋居士玉京客紫微會攬蒼華碧劇憐浩劫垂塵迹
帝心慷愾命飛瓊汝爲仙吏作干城離離毋任黍禾驚
步虛聲裏春城夜珊珊弄玉雲軿下盈盈皓月三星亞
文鸞才地本班姬待書况得侍真師江南紅豆又添枝
繡帷錦幃堂深處霞箋彩筆傳章故春風嫗煦嬰兒慕
温恭淑慎一身兼持家更不召譏嫌肯教簿計擾蘇鬟
愁蛾㓙損腰圍減顰天竟代王臣蹇蘭香乘願歸閬苑

彩雲易散可如何散花人去鳥無歌可堪悽絶老維摩
玉梅香人珊瑚集曇華一現空中色十三年事渾難測
人天原不隔毫端去來宛似夢無痕昭昭涵合更何言
智人觀化應深省因緣都是吾心影茫茫情海誰之境
紅塵何計與天通因和緣會自相逢願君更勿唱懊儂

何振岱 梅生

越孃師天女律漑聞淨持非心蹴氍毹了義洞琉璃妙
機啓真鑰孰能輕鑿絲高門有珍瘁屈節多傷悲鷃鵲
直兩脚金籠焉能羈鹿樵有賢侍明珠傾百琲動縵匹

琴客餐蘭名香兒解摹南田畫能誦綠梅詩鹿樵以綠梅詩得名人稱綠梅都護華龕位今是供養甯云非將軍昔出塞氣壓千熊羆年來每佗際紅牙按新詞此鄉信可老何羨黃金墀天不彩雲駐人驚文鸞飛遼西有歸騎棲塵傷故帷摛文寫深意自比冒影梅宛然水繪庵招魂揚桂旗老來東海影顛頓添霜絲豈無蔡女蘿方謝陳結之願言懺綺語明鏡空塵埃文字且不立何況獺祭爲

曹經沅纕蘅

多生難懺是情禪比似西河哭阿錢一語慰君應破涕

三山此去已生天

詞人投老踏邊塵賴有紅閨共苦辛一十三年休恨短

較量福分勝巢民

王揖唐 逸塘

綠梅傳韻事君有綠梅都護之稱羨子早專城晚有同心侶能偕

出塞行神傷荀奉倩仙去董雙成一卷珊瑚集他時媲

太清

羅惜勛 復菴

梵竹已知原宿慧影梅翻似是前身生天大異人間樂

底事他年鑱翠珉

葉心漢 則厂

曾向西玄記小名明茅止生妾臨沒見羽幢迎爲瑤池西玄洞八主之一名倩英止生作文記之復從東海和新聲紅顏早逝翻爲福較勝當年顧太清前年內子在滬曾代購東海漁歌故云

梅是前身是此身不辭清瘦嫁才人修到人間才子婦不辭清瘦似梅花張船山夫人詩遼東修志搜閨秀列傳佳於岳綠春岳綠春吳蘭雪姬人生長盛京以畫名

談國桓 鐵隍

不書唐韻寫牟尼夫人曾爲余畫佛一尊慧業三生筆一枝莫怪
將軍恩誼美大家應共禮瑶池
紅顏强半謫仙多慧性其如薄命何畢竟情天終忌滿
白頭誰件老維摩

穆元植允滋

痛鏤心肝鑄恨詞絲梅都護淚絲絲羊羔美酒銷金帳
紅袖添香彼一時
鄭虔三絶詩書畫紅粉如居弟子行莫續影梅庵憶語
淒其秖惹鬢添霜

夢醒毫華更耐貧賣文買菜葉添薪朝雲総侍東坡老
愧殺炎涼變態人
琳琅讀罷淚滂沱総古情天缺處多是我十年前舊事
滔滔逝水盪回波

黃式叙　黎雍

窻前數典拈紅豆塞上尋秋走玉驄何故罡風遽吹斷
由來最忍是天公
棲禪寺裏朝雲死洗鉢池邊小宛亡同是古今惆悵事
白頭夜雨落花狂

王嵩儒

喬木朱門瑣綠陰空階落葉小星沈十年舊夢黃粱枕萬疊新愁白奈簪絲筆生綃留贈粉錦囊餘綺萃零金陽關柳色秋如許忍聽哀蟬伴客吟

繆潤紱 東麟

香南雪北爪留鴻廿八年華小宛同酷愛寒梅工寫照無情生惱妬花風

朝雲生性喜參禪卷展金經證妙蓮一現優曇休悵惘畫書詩已世爭傳

畫橈女伴萬泉遊蕭史偕登舊鳳樓燕子歸來更何日

替人如意竟長留

香珊瑚館賸莓苔觸耳難禁杜宇哀佳話慰懷稽往事

韋皋重見玉簫來

珠拈記事憶繙書紅豆情凝種恨初得不檀郎青淚滴

同心人失女相如

噩夢驚回冷客衾御歸輪日倍酸心亭亭倩女魂安在

搔首空悲極樂林

金毓黻 靜庵

燕臺低首女郎祠底事羣公盡有詩幸把姓名題簡末
九秋風雨欲寒時
都護無端出玉關舊京一夕悴朱顔夢中爲道相思苦
已散雲屏人未還
珊瑚館似影梅庵一例傷心總不堪生死分明成永别
空懸皓月照宣南
悼詞鐫罷又長歌一老多情可奈何到此不須重解珮
魂香難返顧横波用石遺先生題詩之意詩已見前

榮孟枚 叔右

綠梅都護擅風流豔福知從幾世修有箇姬人人似玉
斷腸一集已千秋
眉墨珍藏欲畫梅香珊瑚館小春回安東嫁了河山改
絕世聰明是病媒
清才合冠婦人集本事常居弟子行倚寫填詞圖一幅
玉兒風調勝雲郎
宮鴉噪雪腐樓寒冉冉朝雲夢裏看惆悵當時雙鳳硯
獨研紅淚寫秋蘭
我亦當年厲太鴻松江春雪損嬌紅天花墮後維摩老

鼻觀殘香最惱公

舊日風華水繪園遊園環珮聽珊珊而今輭語零星憶

頭白將軍掩卷嘆

沈瑞麟 硯裔

慧才淑行早稱賢病寫金經一卷傳如此可園詩弟子

天公底事斬修年

曇花偶現女兒身夢裏生天事竟真賸有淒涼樊樹淚

一屏梅影淺寒春

王杜 晦如

女兒身現丈夫身咳唾闈中迥絶倫休擬等閒香茗集
本來才子亦佳人
前擁貔貅後燕鶯綠梅都護舊才名工詞早叶芝芙夢
不似封侯乞愛卿
醫巫共隱願非奢瞥眼優曇一現花茗碗詩箋依舊在
忍聞鸚語向琵琶
斷句零箋手自書摩挲宛對夜窗虛詩人例有朝雲慟
彊懺情天咒六如

王耒耕木

男兒才調女兒身麗句清詞迥絶塵豔福問誰消受得故應蠻素屬詩人
度遼辛苦爲將軍氈作輕裘毳作裙勝似絳雲樓韻事天然畫裏一昭君
北花休道易飄零詩卷長留死亦瞑自是前生修慧足優婆夷證法華經
白頭人對鬱金堂檢點零牋總斷腸表墓不辭身化土更燒鴛瓦伴聰娘

任承沆 卓人

雲中飛下羽輪迎齋負無端累壻營難道才媛天亦少
東山小謫召盈盈
芝芙春夢等黃粱俊遇蓉仙又一場総踐他年偕老願
靈鶼福慧勝鴛鴦

錢育仁 南鐵

左持旌節右花枝猶憶當年出塞時贏得名流齊頫首
黑頭都護緑梅詩
三絃琴斷不勝哀半為鍾情半愛才慟絶燕支已無色
夕陽猶照晩山來

袁金鎧 兆庸

獨具超塵致，清風林下姿。遺編留雋語，絕妙託新詞。暮雨通神夢，朝雲悵別離。羨君曾豔福，展卷耐人思。

香韻比璆琳，珊瑚感不禁。纏綿名士意，旖旎美人心。豈未悟空色，其如念惜深。影梅菴憶語，繼續寫悲吟。

憶瑤姬　爲六橋先生悼玉姬　　蔡寶善　師愚

情海迷漫，恁匆匆曇華一現，便隔人寰。九霄風露重，夢靈旗冉冉，玉佩珊珊。香因悟否？漫證情禪小謫緣。太慳算，祇留遺襪，空房冷，潘鬢愁頒。　忍問訊月缺花殘，把紅豆數遍，細憶金山。斜陽應有恨，恨柳絲無恙，猶拂雕欄。傷心肯賦落葉，哀蟬瘞花，銘早箋，塵封盡，人在華鬘第幾天。

惜秋華　六橋有玉姬之戚，賦此奉慰，兼題姬所畫梅花便面　　郭則澐　嘯麓

路隔蓬山，料玉皃念著，蕭郎憔悴。錯種慧根，空教怨羅

愁綺分明瘦勝梅花認秀骨天然清麗留連想脂香點罷春魂如醉　惆悵畫簾外躧窗絨過雨幾番凝睇闌柳漸疏會鬭遠山眉翠朱書寄與歸期早夢斷箜篌聲裏雲起結相思碧城十二

華胥引　郭宗熙　頤厂

朝雲何處花葉愁題夢痕起滅燕子梁空淩霄錦字成一瞥問甚天女維摩躧鏡臺珊玦離思條條搭闌纖柳淒絕　聲斷箜篌憶臨邊玉梅先折畫圖環珮同悲春風夜月余昔護邊琿春亦曾悼一詩婢摘盡相思紅豆化紺珠盈篋懺

綺經留忍聽鷃母偷說

臺城路　　譚祖任　瑑卿

疾風吹下人間世，桃根一夕先隕。鈿悵盟空，扇翻歌杳，舉首蒼穹難問。春蘭易困，正細雨簾垂，綠深紅褪。曲曲屏山，披帷怕見爐香燼。　夫君情緒最惡，臨分慳絮別，珠淚偷揾。繡篋留裙，瑣牋賸譜，一一思量成恨。鐙殘漏盡，歎有夢難通，怎生眠穩。寫徧詩篇，愁霜應染鬢。

滿庭芳　　邵章　倬盦

鏤魄成冰，霏詞作雪，羅幃百感相侵。優曇隱現，宿果證祇林生小餐風飲露鎖閒閨靜契禪心孤高甚芳華暗斂玄鬢不勝簪　銀河千里恨連娟仙袂低喚青禽任託根何地花下陰陰昨夢弓衣紫塞滯梨雲往迹難尋西來意籠鸚盡曉含涕六時深

臺城路　王禎　心舟

茫茫情澥難平事曇花自來易謝丹鳳嘑空紅鸞影隻草草塵緣輕捨慧琉般若早繙徧楞嚴頻伽待化似夢如烟仙雲冉冉四天下　為郎自甘蕉萃臨分慳一面病態愁寫畫稿奴偷詞腔婢倚觸處亂絲縈惹溫艮阿

者更痛斷金蟾淚痕凝赭盼到梅華穌穌愁永夜

香珊瑚館詩

玉　井珊珊

擬古

天上願作丹鳳凰地上願作紅鴛鴦齊飛同夢雙復雙雙復雙不相離並蒂花連理枝

和夫子讀留侯傳作

早逢黄石公暮訪赤松子豪與魯連殊智非韓信比英雄富貴總成空辟穀宜從進履始少年便學長不死永保貌如婦人美

即事

晚妝梳罷牡丹頭月鈎新詩屈玉鈎笑與畫眉人比蛹同功繭是小紅樓

題梅花綠端硯

人住綠梅籬眉比梅花綠不用畫雙蛾書鴛鴦卅六

白燕

梨花院落認依稀玉翦裁雲作片飛太不分明斜照裏縞衣影亦等烏衣

題貓譜

不仁何止獸當以護書誇欲廣銜蟬譜拈毫效抱花銜蟬

小譜抱花女史孫蓀薏著

二鬪娘舟

比肩同坐木蘭艭采采芙蓉笑倚窗花約鴛鴦三十六與人俱至總成雙

自君之出兮

自君之出兮獨坐蕙鑪傍恨不爲蘭注隨風香到郎

其二

自君之出兮五色繡鴛鴦裁作合歡被總在合歡牀

紅梅

香珊瑚勝女珊瑚（香珊瑚紅梅名）壓倒齊奴六七株豔聘棠妻
薰石葉寒邀竹友醉瓊酥水邊蕊蘸燕脂顆嶺上花迷
鶴頂珠試碾硃砂描玉貌瑤臺仙換著緋圖（朱方畫梅記畫朱梅）
如瑤臺仙子偶著緋衣云

綠梅

九嶷仙子是前身又奪羅浮兩朶春畫竹翠翹應共寫
破瓜碧玉擬非倫雀屏誤展鷩嬌女鶗盞親斟供喜神
欲索蛾眉相視笑含章檐下幾回巡

白梅

不許凡葩鬬尹邢夭桃穠李自慚形色鍾天地顏如玉氣傲冰霜骨亦馨柳絮堂前魁獨占梨花帳裏夢同醒摻摻譜作瑤琴曲三弄新聲有鶴聽

墨梅

楝花巧接奪天工若楝樹接白梅郎開淡墨花廿四風翻第一風洗硯池邊痕不皂元王冕墨梅詩我家洗硯池邊樹箇箇花開淡墨痕不皂淡黑也團羅亭裏影難紅招魂歸鶴林和靖元李孝光墨梅詩孤山招得老逋魂白鶴歸來楚雲作伴騎驢陸放翁此是讀書真種子幾時調鼎始點

能充

黄梅

試新反著綠衣裳幻出宮人入道裝照豔寒宵宜蠟炬尋芳暖日誤蜂房瘦如李女詞吟菊修到林妻服象桑（周禮內史服鞠衣鄭司農云黄桑服也色如鞠塵象桑葉始生）自顧幽姿還自笑居然金屋當嬌藏（陸放翁蠟梅詩合將金屋貯幽姿）

侍夫子重使奉天

纔入雄關又出關紅巾玉帶伴君還樓臺粉壁瞻新繪宮殿金門脫舊鐶韎鞨鄉音嬰母舌胭脂山色女兒顔

幾時跨虎能偕隱更向醫巫嶼岕閒

登高

鳳凰樓樓勢與雲浮鳳凰不復見燕雀空對啾輕命陪

簫史吹簫上上頭

晚遊萬泉河

遼河花月可憐宵俯看雲霞擁畫橈真箇船如天上坐

青衫紅袖共扶摇

羽衣吹笛倚紅樓忽見夫君在上頭更棹藕花深處去

倒撈明月照汀洲

讀夫子雪詞戲書一絶

身似梅花不畏寒溪山香雪願同看紅簑翠笠新裝束
敢比尋詩李易安

北海

坐待銀蟾月來從玉蝀橋山仍呼萬歲地已閱三朝雲
樹簾舒卷風荷扇動摇此間無弋釣鶺鵁最逍遥

紅樓曲

紅樓高聳雲中央下環流水玻璃光花如錦繡噴芬芳
竹如鼓吹和笙簧雙雙千二百鳳凰行行三十六鴛鴦

倚樓有人方靚妝入時眉畫春山長

彖一白獅貓戲名之曰活手爐

寒閨鎮日抱狸奴喚作兒家活手鑪理罷玉笙溫十指勝他人炙婢肌膚

太平花有序

高士奇天祿識餘云花出劍南似桃四出千百包駢成朶宋天聖中獻至京師仁宗賜名太平花今宮中亦有一株光緒間由東陵移植者

粉團黏住舊繁華本穴徵祥尙共誇三十六宮春自好

年年香徧太平花

春暮

花了綠陰濃簾櫳抵幾重焚香寧辟蠹藏蜜孰憐蜂鍼綫新難貫琴絃舊易鬆自知頻疰夏鄰姊訝疎慵

寓齋題壁

時移衆綠勝疏紅幼圃親鋤細雨中試種孟家娘子菜女兒今亦算英雄

作家書竝附詩寄姒娣

此老到天涯清娛亦硬差張雲璈詩硬差此老到天涯夜長燈屢椓

塵滿鏡頻揩自覺秋來瘦休疑月入懷遥分錦繡段同製合歡鞋

先返舊京留别夫子

幾番隨侍出關來今我先還第一回獨夜教誰搔背癢且留如意替人陪

夫子未歸詩以趣之

妾初入世主封侯仍度遼東老未休秋柳甚於春柳緑凝妝怕上陌邊樓

題紅樹水仙畫

矗矗懸崖淺淺灘碧藤紅葉翳清寒一雙龍缟淩波襪來往蓬瀛不跨鸞

寫經

焚香靜對妙蓮經楷法臨摹燕子丁回向眾生充滿願勝儂獨自轉男形唐善女人陳燕子丁與其兄共寫法華經一品此經能令一切眾生充滿其願黃山谷前生爲女子誦此經轉爲男身云

香珊瑚館詞

玉井珊珊

浣溪紗

閨中即事

貪看巾箱祕本書，倦來黃孄碧紗廚。斬新眉樣孄描模。垂柳鳥巢巢翡翠，落花蛛網網珊瑚。良人催倚畫闌俱。

梧桐影

自題紅情琴

壁月圓金風細今夜美人來不來梅花彈了還重理

憶江南

闌干好圍住小亭紅搭柳幾絲橫代臉咒花卍字正當胸憑徧月明中

簾攏好輭碧勝玻璃煑茗鷓鴣香惹袖接花蝴蝶粉黏衣人影認依稀

秋千好平地學仙昇畫板爭高疑弄玉綵繩吹下誤飛瓊誰敢賭身輕

薰鑪好香奉讀書人替理芸編分甲乙同銷梨夢守庚

申寒夜總如春

連理枝

次和夫子

畫倣貍奴戲經教鸚哥記芍藥階前薔薇架下赤闌閒倚換帶羅蹤得許多長把同心雙締

菩薩蠻

寄夫子

小樓昨夜東風緊杏花稀了鶯聲近憑徧曲闌干愁腸曲過闌　那回歸信說準在紅明節今已到黃明誰留

醉不行

如夢令

鸚鵡

放出金籠鸚鵡翦舌會人言語我欲懺情禪輕拂紅絲

談麈驚去驚去飛過碧桃花樹

眼兒媚

海棠

不藏金屋便瑤臺紅露濕難揩似靈芸淚似楊妃汗似

芧蘿顋一枝斜戴蘭花鬢香與步搖挨胭脂蝶嚊珊

瑚燕覰鞦韆鴛猜

梅弄影

自題小影

紅傳明鏡晃煜光相映好似百身分顈轉笑珍哥自家描倩影元武宗后遺硯背鐫珍哥自寫小影　異時重省故態誰能證恐比黄花瘦更不是詞人詞人同樣命

一落索又一體

憶鄰妹

紅窗睡做神仙費縮壺中天地乳鶯偏向遠人啼夢醒

仍千里　別愁疊疊如山砌這ヾ心窩餘幾尋思怎化合歡仁好同貯桃兒裏

春曉曲

春悶

東風吹得紅成陣卻比春愁容易盡枕中鴛夢暫尋歡簷上鵲聲難作準　春宵偏短身偏困春日越長心越悶此生修不到梅花還算並頭蘭有分

晴偏好

題畫

紅顏偏與花同命紅愁又與花同病誰能定這爲花影春人影

木蘭花 又一體

觀木蘭從征劇

孝烈將軍新色相兒女英雄仍具兩紅妝頃刻變戎妝要與如花人做樣　莫恨男兒還是假終勝烏孫公主嫁當年何不張作仄吾軍參軍合使黄崇嘏

齊天樂

家藏畲孚齋王孫乘槎載妓圖中有天游老人

齊天樂一闋爲集外之作至可寶貴老人西林覺羅鄂文端曾孫女寄養顧氏被選爲幻園貝勒側福晉楊留垞爲夫子題跋甚詳老人詞云

眾香國裏香風起靈槎御風而下天女腰肢維摩眉宇聞是王孫自寫欲何爲也有百八牟尼一函般若不著纖塵屏除一切更嫺雅　本來心在雲水現官身說法恁般瀟灑不染峰巒不增泉石一片青天光射翠鬟嬌姹豈謝傅東山管絃遊冶載箇人兒散天花侍者偶讀老人集

因補書此詞并次韻題後

仙姬定是瑶池女，身從有情天下美。媲飛瓊才侔漱玉，神妙新聲輒寫生。何晚也，幸入夢芝芙一般。般若側帽，風流與鴛鴦社等儒雅。西山隨唱最樂，又連鑣賞杏，筆對花寫暈碧裁紅。槎酥滴粉劍氣珠光并射曾見老人杏花

堂幅並題燕歸梁一儂雖不姹願作瓣香人像陪金治閟幼園題七古於上

薄命相憐幼孤如粲者

菩薩蠻

和人閨怨

紅樓有箇人初起起來呆立紅樓底香夢自難成這回休怪鶯　東風寒側側小婢催容飭忽見寶珠茶幾時開了花

單調采桑子

題牡丹

燕支多買將花寫倘與花同抑比花穠試問花姑紅不紅

武陵春　又一體

月夜遊北海

剛罷傷春還疰夏好事半消磨女伴催人珓波波織水艇如梭　笑擲星辰爲譟豆搓了手重搓身願趺蓮化許多且合十可能麽

桂殿秋

代簡

山叠翠柳垂青遮人望眼不分明夜來同念金輪咒妾夢遼西你夢京

南鄉子

棠院養疴譜此遣悶

本草當羹湯五味年來已徧嘗真箇此身爲苦器堪傷消瘦今春甚海棠　移榻就紅芳綺恨和鸚懺一場枕簟惹花薰夢去甜鄉斷得甜鄉夢亦香闌干萬里心

口占慰夫子

同牢人似鳥同棲了卻塵緣便自飛但願慈悲大準提度天西待化頻伽永不離平日持準提齋咒病中迭夢見之

六橋都護以香珊瑚館詩詞見貽香珊瑚館者六橋姬人玉并字珊珊者之所居也細柳抵綿雜花欲斃收西山之蒼翠奪北地之胭脂鐙下鈔詩念赤華而有託房中製曲記紅豆而無忘孰謂曇鉢難留豈風易落龍能出骨梅不返魂玉谿數錦瑟之華年金谷寫瑶觴之陳迹比眉有月舊夢猶温在髻爲釵閒情都冷嗟乎天心如醉客語皆瘖詩就百篇意成千憶爰資版業用廣流傳庚午七月遼陽金毓黻跋